CRI DE LA CHOUETTE

Né en 1911 à Angers, Hervé Bazin (petit-neveu de René Bazin) est élevé par sa grand-mère ; il connaîtra tardivement ses parents. Après des études mouvementées (précepteurs, six collèges), on l'inscrit à la faculté catholique de droit d'Angers. Mais il la quitte, se brouille avec les siens, «monte» à Paris où il fait une licence de lettres en travaillant pour vivre et commence à écrire.

Journaliste (L'Echo de Paris), critique littéraire (L'Information), il publie d'abord des poèmes qui lui vaudront le prix Apollinaire. Mais la notoriété lui vient avec son premier roman Vipère au poing qui connaît un succès immédiat et considérable. Depuis lors, ses ouvrages — notamment La Tête contre les murs, Qui j'ose aimer, Le Matrimoine, Au Nom du Fils — recueillent l'audience d'un vaste public. Proclamé en 1955 «le meilleur romancier des dix dernières années», lauréat en 1957 du Grand Prix littéraire de Monaco, Hervé Bazin, membre de l'Académie Goncourt depuis 1958, en est actuellement le président.

Folcoche, on s'en souvient, c'est l'affreux surnom dont les enfants Rezeau avaient affublé leur terrible mère. Après l'avoir combattue dans l'inoubliable *Vipère au poing*, Jean Rezeau avait fui la tribu ; il s'était marié, il avait fondé une famille normale — sa revanche — dans *La Mort du petit cheval*.

Vingt-cinq ans plus tard, veuf, remarié avec Bertille dont il élève la fille, Salomé, parmi ses propres enfants, nous le retrouvons dans *Cri de la chouette*. Et voilà que Madame Mère, jamais revue, fait irruption chez lui. Trahie, dépouillée par Marcel, son fils préféré, elle vient offrir la paix ; elle propose même à Jean de racheter la maison familiale, *La Belle Angerie*. Jean, qui avait chassé les fantômes de sa jeunesse, hésite ; puis il accepte d'oublier le passé sur l'insistance de sa femme et de ses enfants qui croient pouvoir convertir leur redoutable aïeule.

Folcoche pourtant est toujours Folcoche ; elle sème aussitôt méfiance et discorde. En même temps une étonnante métamorphose la fait accéder soudain à la passion ; elle se met à adorer, à pourrir Salomé. Habituée, hélas ! aux moyens de la haine, elle ne sait ni aimer ni se faire aimer. Salomé accepte ses dons et ne songe qu'à son amant, Gonzague ; elle s'enfuira avec lui. Mme Rezeau abandonne alors *La Belle Angerie*, en jette les clefs à son fils pour poursuivre la jeune fille... Mais elle tombe, foudroyée par une embolie, et meurt, seule en face de Jean, *présent du moins à son dernier soupir comme elle l'avait été, elle, à son premier.*

Quand on m'enterrera, il y aura peut-être des joues humides, s'il pleut ! Sans doute se trompait-elle, la vieille chouette, en poussant ce cri désespéré. C'est cet aveu discret qui fait de ce livre le plus humain, le plus tragique des romans d'Hervé Bazin, par ailleurs toujours lui-même, passant d'un humour féroce à la nostalgie, du pittoresque à la poésie, de la description de la bourgeoisie terrienne expirante à celle de ces êtres si différents d'elle : ses petits-enfants.

ŒUVRES DE HERVÉ BAZIN

Dans Le Livre de Poche :

VIPÈRE AU POING.

LA TÊTE CONTRE LES MURS.

LA MORT DU PETIT CHEVAL.

LÈVE-TOI ET MARCHE.

L'HUILE SUR LE FEU.

QUI J'OSE AIMER.

AU NOM DU FILS.

CHAPEAU BAS.

LE MATRIMOINE.

LE BUREAU DES MARIAGES.

LES BIENHEUREUX DE LA DÉSOLATION.

HERVÉ BAZIN
DE L'ACADÉMIE GONCOURT

Cri de la chouette

ROMAN

GRASSET

Vipère au poing et *La Mort du petit cheval* étaient déjà des romans. *Cri de la chouette,* leur suite, l'est aussi : l'identification des personnages avec des personnes serait illusoire.

I

Une bourrasque de novembre siffle aux joints de l'œil-de-bœuf de la salle de bain dont les vitres en quart-de-rond, embuées à gros grains, sont aussi opaques que du verre cathédrale. La tuyauterie frémit aux coudes, puis, soudain soulagée de la concurrence par la fermeture du robinet de la cuisine, rote brusquement et le filet que m'octroyait la pomme, aux trous à demi bouchés par le tartre, devient une lance d'eau trop chaude vivement centrée sur mon début de tonsure.

« Tu as fini ? crie Salomé à travers la porte. On peut prendre la suite ? »

Levé tard, parce que j'ai travaillé tard, j'ai pourtant bien entendu fonctionner la douche qu'elle prend tous les matins pour raffermir encore ce petit nu à fesse tendre, à sein frémissant, qui se devine sous ses robes. Elle n'a sûrement besoin que d'un coup de peigne avant de prendre le bateau.

« Cinq minutes, mon chou ! »

Au fait, pourquoi me permettre d'imaginer Salomé en tenue de paradis terrestre, alors que je ne saurais sans gêne en faire autant pour Blandine, sa sœur ? Mais coupons l'eau, empoignons la serviette-éponge, frottons cette chair de poule hérissée de poil qui, çà et là, se faufile de blanc. Puis montons sur le pèse-personne, à cadran-loupe, toujours rangé sous la lucarne et qui depuis des années contrôle les kilos de la famille comme la toise, en forme de girafe, clouée en face sur le Ripolin, en a contrôlé les tailles. Malgré un coup de pouce à la molette pour bien mettre l'aiguille sur zéro et même un peu au-dessous de zéro, car cette balance a tendance à compter fort, je ne fais pas tout à fait soixante-quinze. Pour un homme d'un mètre soixante-douze, ce n'est pas catastrophique, bien qu'en 59, si je me souviens bien, je me sois interdit de dépasser les soixante-quatorze et en 54 les soixante-treize. Réflexion : j'ai les cheveux mouillés et ma montre au bras, ce n'est pas négligeable. Autre réflexion, surgie sans raison apparente : si elle savait, Bertille, qui a pris si grand soin d'éliminer tous les objets témoins de la « précédente », elle aurait sûrement banni cet engin sur quoi Monique sautait déjà, légère, son fils dans les bras, en disant :

« Moi, je ne bouge jamais d'un gramme. Pour savoir ce qu'il prend, Jeannet, je n'ai qu'à faire la soustraction. »

D'un revers de main j'efface la buée d'une vitre. A cette époque, Monique, le petit et moi, rassemblés peau contre peau sur l'étroit plateau, dans un bref miracle d'équilibre et tortillant du cou pour arriver à lire, à nos pieds, le décret de l'index, à nous trois nous n'enfoncions pas le cent...

J'efface une autre vitre. Je ne crains rien de la lucarne, trop haute pour que d'en bas on puisse voir autre chose que mon torse. Je me rhabille d'ailleurs en regardant la crue, limoneuse, enrichie par une pluie battante et fluant largement d'est en ouest sous des nuages bas qui font le voyage inverse. Elle occupe le sous-sol où danse de la futaille ; elle occupe le garage d'où j'ai eu avant-hier juste le temps d'évacuer l'*I.D.* Elle passe depuis ce matin par-dessus les murettes du jardin, zone d'échouage où viennent s'accumuler les bidons, les bouteilles de plastique. Elle s'étrangle sous les arches du pont de Gournay, elle refoule, elle monte encore le long des arbres du quai qui semblent maintenant plantés en pleine Marne. Elle s'engouffre, toujours plus avant, dans les rues parallèles, sourçant d'abord des bouches d'égout, noyant dans l'ordre le caniveau, la chaussée, le trottoir pour finalement bloquer les portes, envahir les parcs et souligner leurs différences de niveau au ras des bordures de buis. Salomé attend... Ma foi, tant pis ! Je ne peux pas m'empêcher d'ouvrir, de humer à plein nez. Pour moi qui ai presque toujours habité des bords de rivière, c'est un de mes plus tenaces souvenirs que cette grande odeur d'humus trempé, de verdure rouie, associée à ce grand bruissement de flot hersé par l'averse, clapotant contre mille obstacles, arrachant aux suçons de ses remous des paquets d'écume sale pour les distribuer aux haies de fusain, aux pointes d'échalas. A *La Belle Angerie*, une ou deux fois par an, d'ordinaire après les grandes pluies de mars (les crues de novembre sont plus rares), l'Ommée lâchée plus

haut, du côté de Vern̄, à une certaine cote dange-
reuse pour les mines, par je ne sais quel maître
des vannes, arrivait brusquement, grimpait en
moins d'une heure par-dessus ses berges pour
filer en nappe sur les prés bas, délayant les bouses
fraîches, noyant les grillons et les taupes, forçant
les corbeaux ou les pies à charogner en vol comme
des mouettes et nous, les gosses, amateurs de
flottilles, à reculer sans cesse jusqu'aux pentes
herbues que dominent les fermes.

Mais voici des raclements, des heurts de tôle,
des coups de gaffe significatifs. La barque des
pompiers qui fait le service du quai durant l'inondation pour emmener les enfants à l'école, les
ménagères au marché, qui les dépose — ou les
reprend — à la butte du pont, n'a pas d'horaire
fixe. Par-dessus les troènes j'aperçois au centre
une demi-douzaine de parapluies ruisselants. A
l'avant un gaillard, dont le poil roux déborde du
casque, tire sur les cordes attachées aux grilles
pour rendre plus facile la progression et surtout
pour éviter à la barque d'être aspirée au centre,
puis expédiée et fracassée sur les piles par la
violence du courant. A l'arrière, se tient une jeune
recrue, poupine et rose, mais maniant fort bien
la perche à croc, et soufflant à tout va dans un
sifflet à roulette, pour prévenir les riverains.

« Vingt-neuf ! Vingt-neuf ! » appelle le rouquin.

Le sifflet à roulette envoie deux, puis neuf
coups et Mme Sauteral, notre voisine, paraît à
la fenêtre du premier, contre laquelle est dressée
une échelle. Son rez-de-chaussée, qui n'est pas
surélevé, a été envahi. Le buffet y nage, paraît-il,
après s'être retourné dans un bruit de tonnerre,

en pleine nuit, avec toute sa vaisselle. Un gamin grimpe pour lui porter son courrier et je reconnais... le mien : Aubin, que sa mère, voilà une heure, pour occuper son jeudi, a expédié chez le boulanger. Campé sur l'avant-dernier barreau, il tend aussi un cabas. Mme Sauteral l'inventorie, se fait rendre une poignée de monnaie qu'elle recompte. Puis Aubin, qui ne rate jamais une occasion de se faire des rentes, rafle une pièce, se laisse glisser et, cueilli par le voisin du 35, M. Galuche, retraité bien reconnaissable à sa calvitie totale, disparaît dans le groupe des parapluies. La barque, surchargée, repart.

« Trente et un ! glapit le rouquin.

— Voilà le bateau. Tant pis ! Je file comme ça », crie Salomé dont j'entends aussitôt les talons hauts dévaler l'escalier.

Fermons la fenêtre. Aubin se débrouillera très bien pour nous amener le courrier et Salomé qui va sûrement rejoindre Gonzague, son petit ami, n'a pas tellement besoin de revoir sa mise en plis pour se faire décoiffer. Au moment d'ouvrir la porte et de gagner mon bureau, je jette pourtant un dernier regard par l'œil-de-bœuf. Obliquant par notre portail grand ouvert (sinon, la crue l'enfoncerait) et traversant en trois coups de gaffe la pelouse enfouie sous un mètre de lavasse jaunâtre, la barque vient de buter sur la cinquième marche du perron, à peine recouverte. Aubin a sauté dessus, éclaboussant du monde si j'en juge aux protestations d'une dame en noir, difficile à identifier, car je l'observe à la perpendiculaire et elle tient toujours au-dessus d'elle un immense riflard noir. La voix, pourtant, la voix m'alerte :

« Petit imbécile ! Tu ne peux pas faire attention ? »

Puis aussitôt :

« Je vous en prie, je descends là, moi aussi. »

Et me voilà qui rouvre l'œil-de-bœuf, en hâte, qui me penche pour mieux voir, pour mieux entendre, pour mieux admettre l'incroyable. Je n'ai pas rêvé. Cette voix passée à l'octave supérieure, comme celle de toutes les vieilles dames qui entendent un peu haut et semblent toujours parler à la cantonade, elle a gardé le même timbre, la même autorité et Salomé, qui vient de déboucher sur la terrasse, qui court en boutonnant son imperméable transparent, ne prendra pas le bateau :

« Non, ma fille, ne te sauve pas quand je débarque. Ça n'arrive pas tous les jours. »

*
**

C'est *Elle* ! A l'annulaire de la main ridée qui tient Salomé par l'épaule, je l'ai bien reconnu, le diamant en tourbillon dont se fendit mon père voilà un bon demi-siècle... C'est notre vieille Folcoche, alias Madame Mère, alias Mme Rezeau, tyran de ma jeunesse ! Je sens mon estomac qui se resserre. Puis je fais un rapide calcul mental : six avec Monique, dix-huit avec Bertille, ça fait vingt-quatre ans, la moitié de ma vie, que je ne l'ai pas vue, la brave dame, aujourd'hui largement engagée dans les septante... Mais j'ai déjà, de la manière interdite aux enfants, je veux dire :

en quelques bonds sonores, franchi les marches qui me séparent du rez-de-chaussée. Je m'y trouve nez à nez avec ma femme qui sort de la cuisine, avec Blandine qui remonte du sous-sol noyé, mètre en main, avec Aubin qui, deux pains sous le bras, déboule de la salle à manger :

« Deux centimètres de moins : ça baisse un peu, dit Blandine qui visiblement n'est pas dans le coup.

— Tu as encore fait le rat ! proteste Bertille, s'emparant des pains, tous deux grignotés du bout.

— Y a une vieille dans le salon, qui te demande, me jette Aubin.

— Une visite, le matin, en pleine crue ! s'exclame Blandine.

— C'est votre grand-mère Rezeau. »

Ma réponse fait son petit effet. Ils me regardent tous, incrédules. La grand-mère Caroux, qui tient boutique de tendresses, pèse cent kilos de réalité. Elle monopolise ici le rôle d'aïeule. L'autre — qui lui semble opposée, comme le noir au blanc, le vinaigre au sucre — n'a pas d'existence précise. Il paraît qu'elle règne, seule, sur trente pièces glaciales, dans un manoir vétuste où ils n'ont jamais mis les pieds, mais qu'ils ont vaguement aperçu de la route, une fois, pendant les vacances, parce que j'avais fait le détour à leur demande et longé le parc à petite vitesse avant de filer jusqu'à Pornic. Mais elle a toujours été, elle est invisible par définition. Par refus de sa race. Pour mes enfants, c'est quelque chose comme une Athalie de province et, sauf au théâtre, il n'est pas d'usage qu'Athalie sorte de l'Ancien

Testament pour fréquenter le Nouveau. Il me faut répéter :

« Je vous assure : c'est ma mère. J'étais à la fenêtre, je l'ai vue arriver.

— Elle y a mis le temps », dit Bertille.

Pour le prestige laissons-la enlever son tablier. Elle grogne :

« S'amener comme ça, sans prévenir ! Elle admet donc que j'existe, maintenant. »

Mais ses yeux luisent de curiosité. Elle agite la main droite, ce qui chez elle signifie : allons-y, secouons-nous, pas de timidité. Et d'un seul coup elle ouvre la porte, elle entre, la poitrine en étrave. Impassible — comme Salomé, d'ailleurs, à qui elle a dû se nommer et qui vient de l'installer dans un fauteuil — Madame Mère est assise bien droite et hausse le col pour nous voir venir. On dirait que c'est elle qui nous reçoit. Son sourire de composition n'arrive pas à cacher, dans l'entortillement des paupières, une lueur verte, moins agressive qu'amusée. Riche de fanons, craquelée comme une poterie, elle a beaucoup vieilli, mais elle n'a pas changé. Au contraire ! L'oreille champignon parmi la mousse blanchâtre des cheveux rares, le nez en train de crocheter, le menton en galoche accusé par deux plis creux descendus de la commissure des lèvres, tout concourt à proposer d'elle une caricature, renforcée par une négligence superbe, un manteau d'un noir verdâtre, un sac à main à bride rafistolée — que contredit le diamant, flambant sur une main sale, mais en soi suffisant pour rappeler les rieurs au respect des familles où l'avarice fait partie des rigueurs honorables.

« C'est une surprise, ma mère ! dit Bertille, pesant sur le mot *mère* et ne craignant pas de loucher sur le grand pépin noir piqué le long du mur dans une petite flaque.

— Je suis désolée, ma fille ! réplique Mme Rezeau, pesant sur le mot *fille*. Je vois que mon parapluie coule sur votre parquet... Mais je suis ravie de trouver les enfants en si bel état. »

Bonne vieille mémé qui parle de leur santé comme si c'était son habitude de s'inquiéter des chers petits, encore inconnus d'elle, bien que l'aîné, déjà grandelet, soit en train d'achever son service militaire !

« Et tes crises hépatiques, reprend Mme Rezeau, tournée de mon côté, c'est fini ? Remarque on pouvait les prévoir : je t'ai passé ma vésicule. »

L'allusion à ma récente opération est claire et me replonge soudain dans l'atmosphère du clan où il fut toujours de bon ton d'exprimer les choses de façon voilée. Il faut comprendre d'abord : *J'ai toujours été au courant de tout.* Ce qui implique au moins trois corollaires : 1 *J'ai mes observateurs ;* 2 *Je n'ai donc pas cessé de m'intéresser à toi ;* 3 *Tu es seul responsable de notre longue séparation.* Je souris : juste ce qu'il faut et, sûre d'avoir été comprise, Mme Rezeau peut ajouter :

« Quel temps ! J'ai cru que je n'arriverais pas. »

Traduisons encore : *La preuve, mon garçon, que tout a été de ta faute, c'est que je suis là, bravant les éléments, que j'en ai pris l'initiative pour venir t'apporter, au bout de deux petites décennies, le pardon d'un lointain contentieux sur lequel j'ai été, moi, énormément discrète ;*

tandis que tu en faisais, toi, scandaleusement état.
Il y a une heure, je croyais encore que je ne la
reverrais jamais. Il y a une heure, si on m'avait
décrit cette scène de rabibochage feutré, je l'aurais déclarée impossible. La solution était pourtant bien simple : il suffisait de faire comme s'il
ne s'était rien passé, comme si tout était normal
depuis toujours. Voyez-en l'efficace ! Déjà je suis
enveloppé de regards étonnés ! *Est-ce donc là
Carabosse sur pieds, la madone aux dégâts ? La
légende n'en a-t-elle pas remis ?* Vous y avez sûrement pensé, ma mère, en vous disant au surplus
qu'au cœur de la place un complice vous était
né. Eh oui, moi-même ! Entouré d'enfants, ne
suis-je pas du même bord, ne suis-je pas mis en
cause du seul fait que vous l'êtes ? Est-ce pourquoi je me sens le nombril sensible, par quoi
— au moins — je vous fus attaché ? Se retrouver
devant un être dont l'existence, source de la nôtre,
ne nous rend pas fier de l'avoir depuis un quart
de siècle tenue pour nulle, ça remue. Mais pourquoi mettre si tard votre orgueil en poche ? Pourquoi sortir de vos ronciers craonnais ?

Cependant Mme Rezeau s'est levée pour tam-
ponner sa bru, puis chaque enfant, puis moi-
même. Elle riote :

« Quatre ! Et ton frère, dix ! Avez-vous assez
crié contre votre enfance ! Et vous voilà tous
bouturés... »

Seule, Salomé a répondu par le doublé en pleine
joue, droite, gauche, cher aux Caroux. Elle est
inattendue, Salomé. Mais Bertille ne l'est pas
moins. Je l'attendais rancunière, réservée. Conqué-
rante, elle se met en frais :

« Vous restez déjeuner, ma mère ?

— Hélas ! non, je regrette, il faut que je sois rentrée à Paris pour deux heures. J'ai de gros soucis en ce moment avec l'arrière-grand-mère des enfants, Mme Pluvignec. Je venais seulement prévenir votre mari... »

La dernière phrase est partie dans ma direction. On ne m'a jamais prévenu lors des autres deuils. Pourquoi cette fois ? Je me surprends à compter sur mes doigts avant de lancer :

« Elle a près de cent ans, non ?

— On vit vieux dans ma famille, reprend ma mère. Ton grand-père est mort à quatre-vingt-huit ans. Ta grand-mère en a quatre-vingt-quatorze. Ils ont largement survécu à leur gendre. »

J'allais traduire, mais ma mère ajoute elle-même le commentaire :

« Ton pauvre père m'avait épousée pour une fortune dont il n'aura jamais profité. C'est une histoire morale. »

Le son de cloche est nouveau. Mais la contradiction est proche. Comment n'ai-je pas deviné que nous approchions du vrai motif de cette visite ? On va me mettre au courant, on s'avance :

« Ta grand-mère vient d'avoir une attaque. J'arrive de Segré, je suis seule à Paris. Ton frère Marcel et sa femme sont en croisière aux Caraïbes et je ne sais même pas si mon télégramme a pu les joindre. »

On est tout contre moi. Je renoue avec ce que Papa appelait le parfum des hectares : Madame a sûrement dû faire un stage dans l'étable, pour causette avec sa fermière, avant de prendre le car qui l'a menée au train. Autre détail : il n'y a plus une, mais trois dents d'or dans sa bouche, qui souffle :

« D'ailleurs, pour tout te dire, je suis en froid avec Marcel. Ta grand-mère a pris, sur sa demande, des dispositions qui me lèsent gravement... et toi aussi d'ailleurs. Je t'expliquerai. »

Elle soupire. A vrai dire je n'ai plus besoin d'aucune explication. Que Marcel se soit abonné à tous les héritages Rezeau, bon, ça allait ! Mais que, mis en goût, il en arrive à rafler les legs Pluvignec, c'est-à-dire ceux de notre mère, halte-là ! Reparaître déguisée en victime, tel était le bon moyen pour entrer ici : Mme Rezeau est venue tout bonnement me proposer le renversement des alliances.

II

Coup de fil à Baptiste Forut, le demi-beau-frère et surtout ami, peintre de son état, pour l'entendre rire à travers sa barbe :

« C'est une histoire de revenants, dit-il. Je n'ai jamais peint de revenants. Si elle revient encore, tu me laisseras faire son portrait. »

*
**

Coup de fil à Arnaud Maxlon, collègue, voisin, ami de vingt ans, comme moi remarié et entouré d'enfants de lits différents. Il aime assez, sur le ton bonhomme, prévoir le pire :

« Bon, dit-il, elle a attendu qu'il y ait prescription. Méfie-toi : ça pue la récidive. »

*
**

Coup de fil à Paule, cette amie plus âgée, un peu maternelle, d'avant Monique. Depuis son départ pour l'Espagne, je ne l'ai jamais revue. Mais depuis son retour nous nous téléphonons une fois par mois : Paule, qui s'avoue toute blanche, perdrait beaucoup à se laisser voir. Elle a l'oreille intacte et sa voix sans présence juge avec un souverain détachement :

« Tu vois ! Les serments d'amour, les vœux perpétuels d'exécration, ça se vaut. Fais attention à Mme Rezeau : au nom près, ce n'est sûrement pas la même personne. »

**
*

En l'absence de Jeannet, probablement hostile, la démocratie familiale avait au déjeuner conclu dans le même sens. Avis de Bertille : *Je ne pouvais pas hésiter. Réintégrer ta mère, c'est aussi réintégrer les enfants dans leurs droits.* Avis de Salomé : *Tes histoires avec elle, ça ne nous regarde pas, à moins qu'elle n'en fasse de nouvelles.* Avis de Blandine : *Voir venir.* Avis d'Aubin : *On aura l'œil.* Et maintenant je réfléchissais. Il avait fallu à ma mère un certain toupet... Soyons juste : il lui avait fallu un certain courage et peut-être aussi quelque chose de mieux pour se risquer ainsi. Avec de la hauteur *(Ce qu'on a raconté, voyez comme je m'en moque)* et de l'astuce *(Mon fils ? Il ne résistera jamais à l'insolente joie de me rendre service)* nous pouvions lui prêter de la considération. Mais pourquoi pas de la lassitude ? De la solitude ? On se ressemble, oui. On se transforme plus encore. Pour être Jean Rezeau, étais-je le même que jadis aux branches du taxaudier et plus tard au bras d'une autre femme ? Je me souvenais, bien sûr, de ma jeunesse. Mais j'avais depuis lors connu pire. Si un malheur ne chasse pas l'autre, il le masque comme un arbre en masque un plus lointain : le dernier planté, dans ma vie, faisait beaucoup plus d'ombre.

Après avoir seulement accepté un porto, elle était partie en hâte, Madame Mère : sans donner l'adresse de son hôtel et en nous demandant seulement de la rejoindre au premier appel :

« En voiture, surtout. On m'a dit que tu avais une *I.D.* Tu vois, je t'aurais cru amateur d'engins à défoncer le vent. « Rien de voyant, rien de « bruyant : transport en confort » disait ton père. L'*I.D.* me va. Je compte sur toi. »

Je n'avais rien promis. Assis à mon bureau, le nez sur mon sous-main, je réfléchissais. Inquiété par la résurrection d'un vieux maléfice. Tracassé, balancé entre la peur d'être dupe de ma mère et celle d'être dupe de moi, entre le souci de rester intact et l'envie de replonger dans ma jeunesse. Les situations nouvelles réveillent chez moi une vieille manie de faire le point. Devant moi, à plat sur le buvard, il y avait cette feuille de papier extraite d'un tiroir : un petit tableau généalogique (Fred disait : *et par endroits généa-illogique*) établi par mon père. Les familles ont des lieux de rencontre privilégiés : église, mairie, cimetière ; parfois aussi, pour quelques-unes, une maison aux souvenirs aussi profondément enracinés que les ormes de son parc. Mais elles n'y sont jamais au complet et le rendez-vous général, bon gré, mal gré, c'est la généalogie : soit sous l'apparence de ces arbres dont nos enfants sont le printemps, soit sous la forme étagée où les lignées, de trait en trait suspendues, ressemblent aux mobiles de Calder.

Celle que j'avais là, sous les yeux, était de ce dernier type et, je ne sais pourquoi (*je ne sais pourquoi ? Vraiment ? Je procède de qui me précède et vivra de moi qui me suit*), je l'avais depuis la mort de mon père tenue à jour. Pour ce, malgré l'absence de contacts, nous ne manquions pas de renseignements. Moi aussi, j'avais mes observateurs : arrière-cousins pleins d'insistance sur le thème : *Enfin, voyons, il faut arranger ça* ; transfuges animés de sentiments contraires ; et surtout commères du voisinage, jamais découragées par mon silence. Celles-là, c'est fou ce que de telles situations peuvent les exciter ! Pendant dix-huit ans une dame Lombert, libraire à Segré, signant son nom, donnant son adresse, s'était crue obligée de me faire un petit rapport trimestriel. Cela donnait :

Méchante nouvelle, monsieur ! Votre taxaudier est par terre, comme tous les arbres de valeur. On fait de l'argent.

Ou encore :

C'est par le Courrier de l'Ouest *que votre mère a appris la naissance d'Aubin. Elle a d'abord eu la même réaction que voilà des années, en apprenant la mort de votre première femme : « Il aurait tout de même pu m'envoyer un faire-part. » Puis elle a grogné : « L'appeler Aubin... Drôle d'idée ! Mais c'est un nom angevin. »*

Ou encore :

Joli, le dernier mot de votre mère : « Ce raté, il a fini par réussir ! » J'ai bien compris qu'à son sens on se ratait fort bien en réussissant ; et qu'en même temps, toute réussite étant bourgeoise, elle vous attendait au tournant.

Ou encore :

Etait-ce de la gloriole ? Etait-ce de l'émotion ?
Mme Rezeau aurait dit à la Jobeau, sa fermière,
qui lui offrait des immortelles : « Moi aussi, je
sèche. »

Elle s'était tue depuis peu, Mme Lombert, non
sans m'en donner la raison, au dos d'une carte
postale en couleurs représentant les citronniers
de Menton :

Mon mari a vendu notre affaire pour se retirer
ici. Me voilà exilée au chaud. Je ne serai plus
au pays votre œil ni votre oreille. Vous me direz
que vous ne me l'aviez pas demandé. Mais vous
ne me l'avez jamais interdit, ne serait-ce qu'en
me renvoyant une lettre. N'était-ce pas une compli-
cité ?

*
**

Mais revenons à cette feuille étalée devant moi.
Elle est partagée en trois zones. En haut règne
la nuit des temps : habitée par ceux que je n'ai
jamais connus. Séparés d'eux par une ligne fixe
— le front de la mort au moment de ma naissance —, on trouve au-dessous dans l'ombre atté-
nuée du souvenir, les récents disparus : c'est une
région qui s'est beaucoup peuplée et qui semble
peser sur celle des vivants, pousser sur cette ligne
mobile, tracée au crayon (car de temps en temps
il faut la gommer, la redescendre), qui n'est rien
d'autre que le nouveau front de la mort, enve-
loppant les vieillards, poussant des pointes pour
aller cueillir en jeunesse un enfant chez Marcel,
une jeune femme chez moi.

Derrière nous, déjà, il n'y a plus que trois personnes : la grand-mère Pluvignec, qui agonise ; le protonotaire apostolique, octogénaire, retiré dans un couvent dont il assure vaguement l'aumônerie ; et ma mère, au carrefour des trois branches sorties de ses trois fils.

La branche aînée, celle de Ferdinand, dit Fred, qui fut *Chiffe*, ce que j'en sais par des amis, par de longs (et désolés) commentaires de Mme Lombert, inspire à la fois la pitié et l'éclat de rire. O mon père ! qui étiez si fier de vos *trois siècles de bourgeoisie indiscontinue*, comme de votre nom *honoré jusqu'au quai Conti et qui dans un sens vaut bien une particule*... diriez-vous aujourd'hui que *couleur ne suit pas* ? Après Fred qui traîna longtemps la savate, un peu partout, pour échouer on ne sait trop comment à la Réunion et en revenir des années plus tard avec une doudou, Amandine Gomez et un petit quarteron... Oui, après Fred, obscur gratte-papier dans une banque de Montlhéry et locataire d'une cahute branlante à Longpont, l'aîné, le « chef de nom et d'armes », qui s'appelle Jacques, comme feu son grand-père, sera entièrement passé au brou de noix.

A ma gauche on est au contraire allé chercher du sang bleu : Marcel, qui fut *Cropette*, puis polytechnicien, puis officier d'artillerie, a épousé Solange de Kervadec, la nièce du cardinal. Sa « pantoufle » rachetée, il est devenu ingénieur et enfin P.D.G. — au Pecq — d'un bain-trust spécialisé dans l'engineering (puisqu'il faut parler ainsi). Légataire universel de la baronne de Selle d'Auzelle, sa marraine, héritier d'un brelan d'autres tantes qui ont pieusement testé pour lui (en laissant toutefois 15 pour 100 aux bonnes œuvres, à titre de laissez-passer près de saint Pierre), c'est le typique bon époux, bon père, bon chrétien à bons revenus, encore arrondis par ceux de sa femme qui, pour compenser, dans la pure tradition de l'utérus héroïque, s'arrondit elle-même en moyenne une fois tous les deux ans. *Ce n'est plus une maison, c'est une garenne !* se serait écriée Madame Mère après l'arrivée d'un petit neuvième. Y a du neveu, y a de la nièce et là, je suis incomplet. Après Louis, Rose, Aimé, je ne sais plus : le reste, c'est de la foule (mais de la foule correcte, baptisée, moralisée, vouvoyant ses parents... Des Rezeau, quoi ! Le genre fait foi).

*
**

Entre les deux, mon groupe. Je tiens le milieu, mais par hasard : de quoi qu'il s'agisse, je n'ai jamais pu ni voulu me situer où que ce soit. Evadé de la *Société* (s majuscule : celle qui n'ose plus se déclarer *bonne*, mais qui continue à le penser), je ne me suis intégré à aucune autre. Je suis un déclassé qui, pour ces Brahmes que sont les grands bourgeois, a préféré les Intouchables ; mais ceux-ci, qui appellent de leurs vœux une société sans classe, me lorgnent comme un transfuge incapable de se laver du péché originel. Par bonheur nous sommes nombreux, depuis quelque temps : ce qui monte, ce qui descend, ça se rejoint dans un vaste fourre-tout... où, faute de classe, interviennent aussitôt des classements par le fric et par le job, par la baignoire et la bagnole, qui font le charme de l'époque... Passons. Oui, passons vite, car de la chance au privilège le chemin est court ; et servi sur les quatre points, même sans abus, on a bonne mine de se mirer dans sa bonne conscience en se disant gêné pour les copains !

Comme dans une glace, d'ailleurs, on a l'air fin de se souvenir du petit jeune homme, bien que là toute satisfaction s'en aille ! Le citoyen, je le connais trop, je le rase tous les jours. Solide encore, oui, je vous remercie. Encore plein de vie, sans être devenu facile à vivre : j'ai l'œil plein d'appétit, mais je garde un sourcil plus haut que l'autre. Intact, non, n'y prétendons pas. Les cheveux sont convenables grâce à un petit shampooing colorant par trimestre. Mais si la tête reste carrée avec de l'os plein la pommette, une mâchoire à couper net les noyaux de pêche et un excès de menton, la peau se détend sur le tout. Voilà l'âge, dit mûr, où l'on compte ses fruits.

Ceux de mon travail, ils sont ce qu'ils sont. J'en parle peu dans le privé. Je continue à penser, comme mon père, que l'importance ou la médiocrité de ce qu'on fait, de ce qu'on gagne, doivent s'envelopper à domicile de la même discrétion, pour mettre à l'abri de l'échec, comme du succès, les relations de parentèle, pour les situer sur un autre plan. Quand on fait le métier que je fais, quand on sait comme il est dur de surnager dans l'encre, on en mesure l'avantage ; et on se rend assez vite compte qu'il vaut mieux ne pas insister sur nos sources. Pour les familles, qui pensent carrière et jamais vocation, l'écriture, dans la fraternité des aveux, c'est un peu dégoûtant, comme le strip-tease. Il est prudent de leur faire un peu oublier qu'en effet, comme les dames engagées dans cette spécialité, mais qui toutefois ne déshabillent qu'elles-mêmes, nous faisons profession d'aller nus et de dévêtir avec nous nos proches, nos amis, tous plus ou moins surpris, par procuration, dans leur intimité.

« Quand je retrouve un trait de moi, disait déjà Monique, j'ai l'impression que tu as fait des trous dans la cloison de la salle de bain, pour m'offrir à des milliers de voyeurs. »

Invisible aujourd'hui, se plaindrait-elle d'être entourée de silence ? Son portrait n'est pas dans mon bureau, mais dans la chambre de Jeannet (diminutif né dans sa bouche pour distinguer le fils du père). Lui et moi, nous ne parlons jamais d'elle. Nous échangeons seulement certains regards quand d'aventure une allusion, échappant à Bertille, évoque la disparue. Nous n'allons même pas tous les ans sur sa tombe à Thiais. Mais rien ne fera qu'elle n'ait choisi une foule d'objets qui peuplent la maison. Rien ne m'obligera à me séparer de ce portefeuille, maintenant tout racorni, qui fut son dernier cadeau. Jeannet, qui avait six ans lors de l'accident, qui ne peut guère se souvenir de sa mère, Jeannet non plus ne se sépare jamais de cette mince chaîne de cou, qu'elle a portée et dont elle aussi mordillait la médaille, comme d'autres se mordillent les ongles.

Mais celle qui l'a élevé — non sans s'efforcer,

parfois —, c'est Bertille, qu'il appelle Maman comme Salomé m'appelle Papa. Le ton n'est guère différent de celui de Blandine ou d'Aubin ; et les étrangers regardent avec curiosité cette famille où les gènes semblent s'être répartis avec la plus extrême fantaisie. Près de Monsieur, déjà décrit, près de Madame (dix ans de moins que lui), née Caroux, au Perreux, de parents natifs de Bourges, banlieusarde typique, embecquée et ongulée de carmin, que pour ses origines j'appelle quelquefois *la Berrichonne*... Près de Monsieur, dis-je, d'aspect invariable, mais assez forain, assez enclin à changer de décor, près de Madame, fort sédentaire, épuisant en teintures son goût des métamorphoses, ils sont tous les quatre, filles et garçons, aussi différents que possible.

Jeannet, vingt-quatre ans, c'est un blond lourd de 1,85 m et de 80 kilos, à tignasse d'Absalon, aux yeux pervenche. Ni doux ni mou, pourtant. Intransigeant, au contraire. Désintéressé comme l'était sa mère. Indépendant, sans le paraître. Pas simple, en le paraissant. Présentement, après avoir été longuement sursitaire, sergent au C.R.A. : ce qui lui permet d'utiliser sur un ordinateur de l'armée son diplôme d'analyste. Champion d'Ile-de-France du cinq mille.

Salomé, plus brièvement *Smé* (pour son petit frère et favori), dix-huit ans, c'est au contraire une Méditerranéenne secouant des boucles noires. Elle a eu l'excellente idée de ressembler à Bertille au point qu'on peut quelquefois hésiter entre les photos de jeunesse de la mère et les photos actuelles de la fille. Pas très grande, mais talonnant haut. Menue, mais si potelée qu'elle rend le regard carnivore. Pleine de décision et régentant allégrement la fratrie quand elle a l'occasion de prendre le relais. Bachelière, mais refusant d'aller plus loin. Amoureuse de Gonzague, fils d'un médecin de Lagny et se moquant du reste, sauf de son violon.

Blandine, c'est un Rubens de seize ans, à ceci près qu'elle est rousse. Fondante, chaleureuse, sans cesser d'être vive et finaude. Moins douée que sa sœur pour l'empire domestique, mais populaire au lycée où elle est remarquable en tout, sauf en maths. Hobby : la photo, qui en fait l'historiographe du clan.

Aubin, enfin, c'est un Brasse-Bouillon de douze ans, n'ayant à se défendre de personne. Facétieux. Un peu clown. Un peu châtaigne aussi, dès qu'on le néglige : quand il vous regarde alors l'œil mi-clos, hérissé de cils, on dirait une bogue qui s'entrouvre. Est-il nécessaire d'ajouter que celui-là, avec sa culotte à fond de cuir, sa vivacité d'écureuil, sa drôle de moue carrée devant une assiette de céleris, il a sur moi des pouvoirs ? –

III

Au ras du quai libéré bouillonnait la Marne en décrue, sur laquelle nous venions encore de voir passer un coq bien vivant perché sur une bille de chêne. Tous les riverains piétinant dans la glu, reniflant la puanteur des égouts refoulés, essayaient de ratisser leurs gazons couverts de détritus. Ma femme lavait le sous-sol à coups de seaux d'eau javellisée et j'étais moi-même en train de nettoyer à la lance la mignonnette encrassée de la cour quand vers dix heures le téléphona sonna. Je fonçai, laissant mes bottes boueuses à la palière pour arriver dans le bureau sur mes chaussettes, en même temps que Bertille accourue sur ses bas. Ce n'était pas le journal, réclamant de la copie. C'était ma mère ou plutôt sa concierge, relayant une locataire aux oreilles incertaines et qui disait tout à trac d'une voix pointue :

« Je vous prie d'agréer mes condoléances, monsieur Jean. Votre grand-mère est morte. Mme Rezeau vous attend d'urgence, dans ma loge, 16, rue Vaneau, pour l'emmener à Rueil. »

A Rueil, bien sûr, dans la maison de la défunte,

née Varol (sous le Second Empire !), fille unique et tardive d'un gros, d'un rougeaud colonel de la garde, Eric Varol d'Aindan, dit le Dindon, fait prisonnier à Sedan avec le patron, et de Léonie, sa gouvernante, nullement épousée par nécessité, mais au lendemain d'un héritage qui la rendait digne de lui (Papa adorait raconter cette histoire sous le manteau). La villa de Rueil, où quittant la politique et l'appartement de la rue Poussin, les Pluvignec s'étaient retirés dès 1930, dans le seul souci de leur longévité, je la savais fort vaste et guignée par Marcel. Mais pourquoi ma mère n'était-elle pas déjà sur place ? N'avait-elle pas assisté la grand-mère dans ses derniers moments ? Finalement je ne savais pas tout ; je ne savais même pas grand-chose.

« Elle a un pied-à-terre à Paris ? fit Bertille, raccrochant l'écouteur.

— Possible... De toute façon, trottons ! »

Tous les enfants étaient dehors, y compris Salomé en train de passer son permis de conduire. Le temps d'enfiler chaussures et manteaux, de griffonner un mot, de laisser la clef à la voisine et nous courions jusqu'au garage où l'*I.D.* attendait la fin de l'inondation. Bertille, qui conduit presque toujours, me laissa le volant et pendant tout le trajet, au lieu d'asticoter le chauffeur, ne souffla mot. Moi, je pensais, l'observant du coin de l'œil : ça l'excitait l'autre jour de jouer les brus ; ça l'inquiète aujourd'hui. Le jour était gris, les restaurants pleins, la circulation moyenne. A midi, j'entrai dans la loge, rue Vaneau.

**

Madame Mère, qui croquait un sandwich à demi sorti d'un étui de papier gras, mit le tout dans la poche de son manteau et se leva, tutoyant la concierge, énorme commère qui me regardait avec insistance :

« Je te laisse, Mélanie. Si je ne reviens pas ce soir, je te téléphonerai. »

Dans la voiture, où elle s'était assise au fond, elle reprit son sandwich, pour y planter de l'or avec une humble voracité.

« Je parie que vous n'avez pas mangé », dit-elle entre deux bouchées.

Puis sans transition :

« Tu as reconnu Mélanie ? »

Un léger branle de tête lui assura que non.

« La fille de nos anciens fermiers de *La Verge-raie*, précisa-t-elle... C'est la sœur de Madeleine qui vient de mourir d'un cancer, à *Rouge-Sel*. Mélanie disposait d'une mansarde au septième. Depuis que sa fille est mariée, quand je viens à Paris, elle me la prête. C'est central. Je peux téléphoner de la loge. Je peux m'y faire cuire un œuf... Qu'est-ce que tu veux ? L'hôtel me reviendrait trop cher : je ne suis pas riche, je dois serrer. »

Madeleine, ma petite bicarde, renversée à quinze ans sous le cèdre aux éperviers, devenue à vingt-cinq ans une forte fermière dans une métairie voisine... Morte ? Non, je ne savais pas. Quant à Mélanie, apparemment c'était une Craonnaise encore pleine d'amitié pour le pays, de respect envers *Madame* et qui l'aidait par nostalgie. Au téléphone, ne m'avait-elle pas appelé moi-même *Monsieur Jean*, comme il y a trente ans, pieds nus dans ses sabots ? La complaisance servile existait donc encore ? Un œil sur ma moue hostile, ma mère cette fois n'y comprenait rien. Comment aurait-elle deviné qu'ils m'humiliaient, ces restes de privilège, alors qu'ils lui restaient flatteurs ? Croyant sans doute que j'incriminais sa gestion, elle me laissa franchir trois rues avant de risquer un commentaire :

« Ton père avait déjà des difficultés entre les deux guerres. Alors moi, maintenant, tu t'imagines ! Et tu penses comme j'ai envie de me laisser dépouiller au profit de Marcel sous prétexte que Fred et toi êtes aussi mes héritiers et que, passant par moi, la fortune des Pluvignec risque de vous échoir... »

Ben voyons ! N'était-ce pas la consigne ? Une chose est d'en profiter, une autre d'en faire les frais. Quelle bonne leçon pour Bertille qui ne m'avait pas toujours cru ! Mais il devenait décent d'être triste. On reprenait :

« Pauvre Maman ! Elle était trop vieille pour revenir sur ses préventions. Et d'ailleurs Marcel veillait... »

Puis je n'entendis plus que le bruit du moteur et, bientôt, le rétroviseur m'offrit un spectacle édifiant : Mme Rezeau, après s'être glissé une pastille de menthe sous une joue, venait de tirer son chapelet et l'égrenant d'un pouce ferme, remuant silencieusement les lèvres, rendant le bien pour le mal, priait pour la défunte.

*
**

Etoile, Maillot, la Défense, la Malmaison. Une

demi-heure plus tard, nous y étions. Malgré l'envahissement proche du gratte-grisaille bourré de petits employés jusqu'au trentième étage, malgré l'alléchant prix du mètre carré, le quartier résiste encore, s'accroche au XIXe siècle. La plupart des villas datent de cette époque discrète où les façades tournées vers leurs parcs ne devaient rien offrir à l'œil envieux des passants, tenus en respect par de hauts murs hérissés de tessons, doublés de rideaux de verdure. Dans l'épaisseur de celui devant lequel je venais de freiner, la porte à judas était ouverte, livrant passage à une jeune femme flanquée d'une grosse valise.

« Qu'est-ce que c'est ? Qu'est-ce qu'elle emporte ? » fit Madame Mère, vivement redressée.

Je m'enquis : c'était l'infirmière de garde, filant vers d'autres agonies. Mais Mme Rezeau franchissait déjà le seuil, jetait un regard, qui parut un instant s'adoucir, sur le boulingrin, les ombrages, les petites allées de sable fin où avaient dû la promener jadis les bottines haut lacées de Mlle Pluvignec et tout de suite, poussant vers la villa, se heurtait aux premières défenses. J'étais resté un peu en arrière sous l'écran d'aucubas, avec Bertille qui venait de souffler *Eh bien !* en lorgnant la lourde façade de style Victoria. J'entendis :

« Monsieur Marcel vous accompagne ? Mme Pluvignec m'a bien recommandé de... »

Et aussitôt, en guise de réponse, ce rugissement :

« Vous dites ? »

Chauffeur, mais aussi porte-respect, je compris à l'instant mon utilité. La mieux soutenue ne pouvait qu'intimider l'autre. Ce ne fut pas long. Avant lecture du testament et par droit naturel la fille de la maison était sans conteste chez elle et la demoiselle de compagnie, mandatée par un cadavre, dans un mauvais cas. Croisière providentielle, qui retardait l'hoir privilégié ! Je parus. Bertille parut. Le nombre était pour nous et ma mère sembla réconfortée, capable enfin d'affronter les dernières volontés de la sienne — seule personne au monde, à ma connaissance, qu'elle n'ait jamais pu mécaniser. Quant à la gouvernante, un œil lui tourna :

« Mais, madame, osa-t-elle encore souffler, j'ai des ordres... »

Contre les imbéciles, quel recours, une réputation ! Le diable, en ma personne, passa devant cette fille, rêche, sèche, rétrécie au cou et aux poignets. Puis la femme du diable, qui grognassait : « Ce n'est pas tout ça, mais j'ai faim. » Il suffisait dès lors d'expédier le cerbère à la lingerie, mais ma mère avait failli avoir peur :

« C'est moi, maintenant, mademoiselle, qui donne des ordres, cria-t-elle, et je commence par vous demander de quitter immédiatement les lieux. Vous n'avez plus rien à y faire. Le notaire vous paiera ce qui vous est dû. »

Comme la vieille fille s'écartait, outrée, tripotant sa jeannette, elle découvrit la bonne, Anna, en coiffe d'Auray, qui marchait sur son ombre. Mais il n'y eut point de second engagement : Anna, esclave Pluvignec en provenance de l'ancien fief du sénateur du Morbihan, optait pour la fille. Son sourire d'ailleurs en disait long sur l'état de ses relations avec la vaincue.

« La pauvre Madame est dans la chambre bleue, dit-elle. On doit la mettre en bière dans une heure. Je ne vous conduis pas, madame Paule : vous connaissez. »

*
**

Que s'ouvre à deux battants la porte vitrée du vestibule et que le deuil s'avance sur l'épais tapis d'escalier tenu par des tringles de cuivre ! On murmure devant moi : *Si ton frère te voyait, il en ferait une jaunisse.* Il est hors de doute que ma présence sera tenue pour faveur et non pour service. Mais voici le palier éclairé par la lumière douce de vitrines où s'amoncelle un bric-à-brac, très bourgeois 1900, de petits bronzes, de sulfures, de biscuits de Saxe ; et grande ouverte, voici la chambre bleue.

Autour du lit à colonnes et courtines, surabondent les restes d'un passé cossu, dont vraiment n'ont résisté que les choses dures : glace, bois, métal, tandis que s'élimaient moquette à fleurs et tentures à glands. Dans le lit même, il n'y a presque rien : quelque chose d'intermédiaire entre la réduction amazonienne et la pomme de reinette en fin de saison. On voit surtout les mains...

« Quoi ! dit l'orpheline. Elles lui ont laissé le chapelet des anges ! »

Dans les doigts de la morte, en effet, est entortillé un demi-rosaire d'ivoire à monture d'or, dont chaque grain est une minuscule tête d'angelot, tandis qu'au lieu de Christ le sculpteur, naïvement sadique, a cloué un enfant Jésus sur la croix. C'est une pièce rare et Mme Rezeau n'hésite pas.

D'entre les doigts, déjà raidis, elle retire l'objet, grain par grain, le glisse dans son sac d'où elle sort, pour échange, son propre chapelet, bon article d'usage, en noyaux d'olives rappelant aux âmes pieuses les affres du jardin des Oliviers, bénit au surplus — ce qui est douteux pour l'autre — et encore tout chaud de ses *ave*.

« Oh ! » fait Bertille dans mon dos.

Mme Rezeau, qui n'a pas entendu, saisit le bout de romarin marinant dans une soucoupe sur la table de nuit et, avec une gravité appliquée, fouette l'air de trois petits coups qui font tomber quelques gouttes d'eau sur le drap à rabat de dentelle. Elle se tourne vers moi, puis se ravise, songeant sans doute à l'état de mes relations avec ma grand-mère, à moins que ce ne soit à l'état de mes relations avec le ciel. Elle repose le romarin.

Puis soudain elle tire les courtines et, ayant ainsi isolé décemment la défunte, pique droit sur l'armoire. Elle l'ouvre, elle bouscule deux piles de linge et sous la troisième trouve ce qu'elle cherche : une enveloppe, portant la mention *ceci est mon testament* et qui n'est même pas cachetée. Elle l'éventre pourtant, fébrile. Elle brandit la pièce, bel olographe, assez court, tracé d'une belle main genre Couvent-des-Oiseaux, à l'encre bleue, sur papier timbré. Elle lit, elle se crispe, elle crie :

« Ah, les salauds ! »

Et crac, et crac, elle déchire en deux, elle déchire en quatre, elle déchire en huit le testament.

*

Je n'en espérais pas tant ! La voilà qui souffle de fureur, en piétinant les morceaux. Devant nous Folcoche vient de ressusciter. Mais cette fois je ne joue pas, je suis spectateur. C'est d'une autre planète que je vois, que j'entends s'étrangler l'héritière :

« Marcel, légataire universel, avec la maison et son contenu, par préciput ! Je n'ai droit qu'à ma réserve. Et qu'est-ce que vous dites du codicille ? *Ne cherchez pas mes bijoux : j'en ai disposé.*

— Il ne reste sûrement que des bricoles », fait une voix.

C'est Anna, remontée en douce, qui a l'air de beaucoup s'amuser, qui précise :

« Monsieur Marcel est passé quelques jours avant son voyage. Je l'ai vu descendre avec une grande boîte. J'étais dans le vestibule et, à ce moment, Mme Pluvignec l'a rappelé pour lui dire je ne sais quoi. Il est remonté en laissant la boîte sur une chaise... Des paquets, ce n'est pas un, c'est dix, c'est vingt que je l'ai vu emmener. Je me disais : tout de même il exagère, il sort tout, il profite de ce que Madame s'affaiblit de la tête... Alors j'ai jeté un coup d'œil : la boîte était pleine d'écrins. J'en ouvre un, je tombe sur un caillou, sans mentir, large comme mon ongle...

— Le solitaire de dix carats ! gémit Mme Rezeau.

— Dans un autre écrin, il y avait un collier, un bracelet, une broche de pierres bleues...

— La garniture de bal en saphir ! »

Je me retiens de pouffer. Pourtant suis-je tout à fait exorcisé ? Nourri d'argent gagné et non d'argent reçu, sachant bien que sauf la quincaillerie, la maison et les meubles (ce qui ferait quand même le bonheur de vingt ménages, ahanant pour payer les traites de leur deux-pièces), il ne reste pas grand-chose de l'énorme fortune ramassée dans les combines de la Belle Epoque par le banquier Pluvignec... je commence pourtant à me piquer, à trouver qu'après tout je fais figure de pigeon dans le débat et que s'il a neuf enfants, le frère, pour excuser son racket, les miens ont aussi quatre bouches.

« La gouvernante est partie tout droit chez le notaire pour l'avertir de ce qui se passe », dit encore la Bretonne.

Et regardant les bouts de papier épars :

« Vous savez, ils ont le double du testament, à l'étude. »

*
**

Mais nous n'arrêtons plus Madame Mère déchaînée. Elle commence à fouiller la commode, puis le chiffonnier. Elle trouve un médaillon oublié qu'elle empoche, un camée qu'elle empoche, un drageoir en or qu'elle empoche, en répétant :

« Puisqu'il s'est servi, nous serions bien bêtes de ne pas ramasser les miettes ! »

Aucune chance pour nous d'aller casser la croûte à la cuisine. Elle va nous traîner de pièce en pièce, abattant sa main croche un peu sur n'importe quoi, sans cesser de fulminer contre l'ingratitude, la filouterie du genre humain. Sa voix en est devenue rauque. Même si c'est du théâtre, elle insiste sur le fait qu'elle n'aura ni un souvenir ni un portrait de son père. C'est exactement ce qui m'est arrivé, grâce à elle ; mais s'en plaindre devant moi ne la fait pas battre d'un cil. Elle est toute à sa rage : moindre, je crois, d'être flouée que d'être jouée. Cette façon de s'emparer d'un bibelot qu'elle abandonne un peu plus loin, de tout remuer autour d'elle, montre bien que pour son âpreté rater l'avoir, c'est dur, mais que l'inadmissible est d'y perdre le pouvoir.

Le plus incroyable sera la scène finale. A deux heures le notaire va téléphoner. Me trouvant au bout du fil, il va se dire *étonné, mais heureux, en ces pénibles circonstances, de ma présence auprès de Mme Rezeau, si éprouvée*, et me priera poliment de faire savoir à sa cliente et amie, *si elle l'ignore*, que la maison échoit à son fils Marcel. A trois heures nous serons tous de retour dans la chambre pour assister à la mise en bière, puis à la descente et à l'installation du cercueil dans le vestibule, au pied d'une croix d'argent brillant dans la pénombre à la lueur de quatre flambeaux. A quatre heures, par grâce, petit thé, avec gâteaux secs, suivi d'une nouvelle prospection qui nous fait découvrir un placard rempli d'emprunt russe, valant son poids de papier malgré le déploiement sur six cents titres de six cents aigles impériales. Enfin vers cinq heures autre coup de fil : Marcel, appelant de Trinidad et me prenant pour un croque-mort, m'annonce sa rentrée en avion pour le lendemain et me prie de répéter au personnel qu'en son absence il interdit à quiconque de toucher à quoi que ce soit.

Du coup retrouvant toute sa hargne Madame Mère se précipite sur l'argenterie qu'elle jette en vrac dans une valise. Puis elle se frappe le front, s'écrie : « Les dentelles ! » et se glisse derrière le cercueil qui bloque à demi la porte du salon pour aller y saisir des Calais et des Irlandes qui sont, paraît-il, des merveilles.

Nous, dans le vestibule, on attend. On en a jusque-là. On voudrait bien rentrer. Bertille — édifiée — fait craquer ses ongles... Mais voici Mme Rezeau qui revient avec un ballot, fabriqué à la hâte dans un rideau et si gros qu'elle n'a plus la place de passer. Elle hausse le cou. Elle claque de la langue, agacée. Elle lance :

« Rangez donc la croix. Elle me gêne... »

Et comme, éberlués, nous ne bougeons ni l'un ni l'autre, elle hisse son ballot à bout de bras et d'une détente l'expédie à nos pieds, par-dessus le cercueil.

IV

DE l'aveu même de Bertille, le test n'était pas encourageant et ce n'est pas sans hésitations que nous avions gardé Madame Mère pour le week-end, l'enterrement ne devant avoir lieu que le lundi matin. Je n'appréciai pas le fait de la voir du même coup transporter son butin dans le coffre de l'*I.D.* J'appréciai encore moins qu'elle retirât du lot pour l'offrir à ma femme une ménagère complète. Je m'en aperçus au dîner en trouvant nos assiettes encadrées de couverts au chiffre des Varol. Le regard de ma mère, faraude, attendant l'action de grâces, faisait pendant à l'air penaud de la Berrichonne qui n'avait pas osé refuser. Je maniai un instant ma cuiller Louis XVI (bonne copie du milieu XIXe) comme s'il s'agissait d'y trouver l'estampille. A l'instant un flash de Blandine, qui ne cessait de photographier les retrouvailles, immortalisa mes scrupules. Mme Rezeau, assise à ma droite, un peu piquée, chanta :

« Ne crains rien : ce n'est pas du toc... Disons que c'est un peu tardivement mon cadeau de mariage.

— Je vous remercie, ma mère », fis-je péniblement.

Les couverts venaient d'être nettoyés et la soupe me parut avoir un goût prononcé de blanc d'Espagne.

*
**

Qu'elle ait fait mauvaise impression, à Rueil, elle en paraissait d'ailleurs consciente, Mme Rezeau. Elle se tenait à carreau. Pas effacée, non : même silencieuse, elle occupait trop de place. Pas effarée, non plus : malgré les transgressions de l'ancien code de savoir-vivre sous mon toit libéral. L'œil fonctionnait, perçant, jugeant l'époque, faisant des efforts pour ne pas voir ces dos ronds, ces coudes sur la table, ces assiettes soulevées ou saucées avec un mouillon de pain devant des parents neutres. L'oreille se tournait vers moi, vers Bertille, vers Salomé promue par faveur au rang d'adulte, en essayant de négliger des bavardages d'enfants non interrogés. Mais comment refouler la candeur d'Aubin :

« Hé, Mémère, vous revoulez du flan ? »

Sourire mince, mais consentement du chef : d'autant plus assuré que le flan était louable et qu'un large revenons-y tombait dans son assiette. Que dire de l'incongru, complice d'un bon menu, d'une indéniable entente et du chauffage central ? Elle se tassait, par moments, elle se laissait aller, arrondie, engourdie, bénigne et dardant comme un chat des prunelles amincies sur notre aimable cène.

Je restais fort réticent. Mais Bertille s'était amollie au spectacle d'une belle-mère touillant sa tisane d'églantier avec contrition et lui posant des tas de questions sur la marmaille. A minuit elle finit par l'absoudre, au terme d'un long conciliabule dans le lit conjugal :

« Laissons-lui une chance. »

Bertille admettait bien qu'il fallût prendre quelques précautions. Mais le sentiment de la revanche l'emportait sur celui d'un danger incertain et sans cesse revenait l'argument : n'avionsnous pas longuement négligé l'intérêt des enfants ? Pouvions-nous par orgueil rejeter l'occasion d'en refaire des Rezeau à part entière, pas plus cochons que les autres ? Leur redoutable grand-mère, l'était-elle encore tant que ça et ne devions-nous pas essayer de la noyer dans l'âge et dans la confiture ? Comme presque toutes les femmes Bertille a un côté boy-scout. Elle rêvait déjà de conversion... La belle tâche que de faire passer du démoniaque à l'angélique une malheureuse dont les négligences envers nous provenaient sûrement des négligences envers elle de sa propre mère, aggravées par des préjugés archaïques, une déception sentimentale, un mariage sans amour aboutissant à une sorte de névrose antifamiliale : quelque chose comme une variante de l'air du toréador : *Si je ne t'aime pas, si je ne t'aime pas, que tes enfants prennent garde à moi !*

**
*

Le plus curieux, c'est que sans rien reconnaître, sauf mon *impossible caractère*, procédant par lointaines allusions à ses malheurs, bénéficiant du fait qu'une part de vérité suffit à toute fable, l'intéressée elle-même allait donner le feu vert à cette explication. On s'aligne vite sur ce qui vous excuse ou vous permet de sauver la face. Dès le lendemain Madame Mère allait s'appliquer davantage encore à faire sa chattemite. Mais serait-ce vraiment de l'application ? Si sa façon de s'attaquer au pâté, puis d'aspirer les spaghetti avec un enthousiasme de poule qui étire un ver signalait un appétit frustré, tout ce jeu de rides croisées, de petits rires gloussés, de paupières battantes, n'avouait-il pas une autre espèce de faim ? Certes, malgré l'histoire ancienne j'étais loin de penser qu'à défaut de sa portée on pût un jour trouver du Romulus — ou de la Romula — aux allaites de la louve ! Mais qu'il y eût du regret dans l'air me paraissait possible.

Nous bénéficiâmes du reste pour meubler le dimanche de trois intermèdes où Mme Rezeau se montra débonnaire. Le premier fut la messe où elle ne s'indigna point d'aller seule. Le second, une invasion de jeunes, de onze à dix-huit heures, l'éprouva sûrement ; mais là non plus elle n'en laissa rien paraître. C'était le tour des enfants de recevoir et, comme tous les mois, nous envahirent Marc et Suzanne Machoux, Claire — la dernière (sauf erreur) de Gilles Maxlon — , Louise Forut et son neveu chevelu, André Forut, avec deux filles non identifiées, Carmen, amie de Blandine, Gonzague, le béguin de Salomé, Marie, celui de Jeannet et d'autres, arrivant, repartant en ordre dispersé, sonores, bien chez eux, grimpant dans les chambres, redescendant piller le Frigidaire, puis la discothèque, pour piétiner enfin le beau parquet de Bertille et, tapant dans leurs mains, sifflant, scandant de la tête et du croupion, sauter avec un tel entrain qu'il découvrait les cuisses de mes filles jusqu'à la racine des collants. Bien entendu Madame Mère avait dû battre en retraite dans la cuisine et y manger avec nous sur le pouce, en s'efforçant de ne pas s'étonner de notre placidité. Le spectacle de Salomé, se laissant embrasser à pleine bouche par Gonzague, au moment de la dispersion, lui desserra les dents :

« Ils sont fiancés ? demanda-t-elle.

— Vous savez, dit Bertille, ça ne veut plus dire grand-chose. »

Le cou de Madame Mère s'étira légèrement. Mais son pain noir était mangé. Les jeunes disparus, survint pour dîner et fêter en famille son soixante-cinquième anniversaire la grand-mère Caroux. L'entrevue des aïeules, toutes deux veuves — mais l'une d'un magistrat et l'autre d'un confiseur — aurait pu tourner à l'aigre. Elles s'étaient, de loin et sans se connaître, assez maltraitées : celle-ci se gaussant de la boutique, celle-là de la crotte de chat-fourré. Mais il nous fut offert un double numéro de charme, tempéré chez Mme Rezeau par un reste de hauteur et chez Mme Caroux par une méfiance guillerette :

« Franchement, madame, je ne vous voyais pas comme ça... »

Avec ses yeux cuits persillés de cils ras, son gros foie d'oie balancé sur des pieds plats, sa voix cacardée du fond de la gorge, Mme Caroux manquait d'allure et le savait. Mais elle savait aussi que dans l'échelle sociale elle avait grimpé depuis sa naissance ; et Mme Rezeau, descendu. Elle déplora longuement, avec ma mère, les lois sur les fermages, la disparition des redevances, du gibier, des bonnes, de la loi, de la morale en robe longue et de l'autorité à moustaches : toutes choses qui ne l'avaient guère inquiétée, mais exigeaient le chorus pour l'installer à égalité dans le dialogue. Elle y ajouta l'augmentation des patentes, l'amenuisement des marges bénéficiaires et l'insolence des enfants, telle, voyez-vous, qu'elle connaissait des parents qui en cas de kidnapping se feraient plutôt payer par les ravisseurs pour les reprendre.

« Je ne parle pas pour ceux-ci, madame : ils sont convenables... »

On discuta aussi politique : Mme Rezeau, tenant au rôle de Cassandre, dit que, mon Dieu, la machine, qui n'était plus la bonne machine, comme l'assurait Louis XV, durerait bien autant qu'elle et peut-être même (geste vers Bertille) autant que celle-ci, mais sûrement pas (geste vers Salomé) autant que celle-là, qui finirait sous le règne de la faucille.

« Eh oui, que voulez-vous, il faudra bien un jour restaurer l'ordre.

— Vous m'effrayez, Madame ! »

Récente, tenant encore à survivre, la petite bourgeoisie ne suivait plus la grande qui, du reste, avait l'œil ambigu : elle provoquait un peu, Mme Rezeau ; elle tâtait le terrain, cherchait ma réaction. Moi, j'écoutais, poli. La sottise bourgeoise a des côtés drôles, ne serait-ce qu'en s'exposant elle-même au ridicule. Mais comme les odeurs de cuisine elle réclame de la ventilation. J'allais me lever pour m'aérer un peu quand ces dames, indignées par une affiche assez leste placardée près du pont de Gournay, en vinrent à déplorer la grande sexploitation... en regardant les filles. Sans raison apparente Mme Rezeau enchaîna :

« Au fait, qui diable a donné à ces petites de si curieux prénoms ? Pourquoi Salomé, qui fit couper la tête de Jean Baptiste ? Pourquoi Blandine, cette martyre étripée par une vache lyonnaise ?

— C'est moi qui ai voulu, dit Blandine.

— Tu te fiches de moi ! dit Mme Rezeau.

— Mais non, grand-mère, dit Salomé, moi aussi j'ai changé de prénom. Pourquoi serait-on obligé d'en porter un qu'on n'a pas choisi ? »

Je crus que ma mère allait fulminer contre l'audace d'une gamine défiant son état civil, mais elle ne lui demanda même pas quel était son véritable nom.

« Elle a du caractère, cette enfant, murmura-t-elle.

— Comme toi », dit Salomé.

Personne, sauf moi, ne s'aperçut qu'il se passait quelque chose. Les paupières fripées de Mme Rezeau, tombées un instant sur des yeux vert bouteille, se relevaient lentement sur des émeraudes. Entraînée par l'habitude, Salomé venait, comme sa grand-mère Caroux, de la tutoyer.

V

Il y aura deux faire-part. Le nôtre n'exclut personne : *Madame Veuve Paule Rezeau, Monsieur et Madame Ferdinand Rezeau et leurs enfants, Monsieur et Madame Jean Rezeau et leurs enfants, Monsieur et Madame Marcel Rezeau et leurs enfants ont la douleur de...* J'ai d'ailleurs eu du mal à y faire figurer les *couleurs* comme les appelle ma mère. Mais nous avons été prévenus par un coup de fil d'Anna que Marcel, retour des Caraïbes, ignorant notre texte, en a fait imprimer un autre où figurent seulement Madame Veuve et lui-même : *Le Figaro* le reproduit dans son *Carnet du jour* à la rubrique des deuils. Les mêmes gens ont donc reçu deux variantes de prose nécrologique ; l'enterrement promet d'être animé.

Il sera même cocasse. Quand nous arrivons, avec quelques minutes de retard, près de la porte encadrée de noir, le corbillard automobile est déjà chargé, les couronnes accrochées. Marcel, aussi raide dans son costume gris à cravate et brassard noirs que dans un uniforme, aussi ferme de visage qu'à vingt ans (il a l'air d'avoir été grimé en quadragénaire), se tient immédiatement derrière. Solange que, jeune fille, j'ai rencontrée trois ou quatre fois et que je dois faire un effort pour reconnaître, tant elle est desséchée, bavarde à voix basse avec la demoiselle de compagnie. Amidonnés de tristesse réglementaire, ils ont tous les trois l'air inquiet, la tête rentrée dans les épaules, comme s'ils s'attendaient à un affreux scandale. C'est probablement la raison pour laquelle, craignant la pollution — ou craignant des questions — Marcel n'a pas emmené d'enfants. S'est-il également abstenu de rameuter les voisins ? Il n'y a pratiquement pas dix personnes qui s'apprêtent à suivre le convoi.

Mais nous allons arranger ça. De cinq voitures nous descendons à vingt. Tous les miens, au complet, y compris Jeannet qui a pu obtenir une permission. Tous les Caroux, soucieux d'affirmer une parenté méconnue et que je n'ai point découragés : la grand-mère, ses deux filles et ses deux gendres, son fils et sa bru, sans oublier quelques gamins. Le couple Forut, le couple Maxlon, Gonzague. Enfin Mélanie et son époux, tôlier chez Renault, pour honorer le cortège... Pauvre Marcel ! Ses paupières en berne se relèvent, effa-rées, et comme ma mère, dolente, traînant du crêpe, appuyée sur moi, s'approche de lui, il souffle :

« Grand-mère ne vous approuverait pas !

— Vivante, sûrement pas ! murmure Mme Rezeau. Mais morte, elle doit maintenant savoir à quoi s'en tenir. »

Marcel m'observe avec ce regard qui lui est

propre et qui fonctionne de haut en bas. Il n'y a pas de doute, la fraternité va comme elle peut : *Caïn*, caha. Jeannet le salue militairement : ce qui déclenche chez son oncle un réflexe du menton, aussitôt pointé sur le sous-off. Mais l'ordonnateur s'avance, simplifiant bien les choses : politesses et présentations sont devenues hors de propos.

« S'il vous plaît, messieurs ! » dit-il, avec un geste onctueux.

Marcel, comme s'il y allait de son prestige, fait aussitôt deux pas en avant. Il est le grand légataire, il enterre *sa* grand-mère. Ça ne souffre pas discussion : c'est lui qui doit conduire le deuil. Malheureusement, en l'absence de Fred, l'aîné, c'est moi et je n'aime pas assez les lentilles pour avoir vendu mon droit. Il n'y a point de cordons : l'aînesse, donc, se marque à droite. Je déborde le P.D.G. qui, consterné de se retrouver à gauche, ralentit, cherche à perdre un peu de terrain pour me déborder à son tour. Hélas ! Jeannet surgit de l'arrière pour s'installer à mon côté ; je me déporte discrètement et le Cropette, gagnant la droite, s'y retrouve dans le caniveau où les mémères de la région font si souvent s'efforcer leurs caniches. Finalement Aubin s'aligne sur son frère et le mien se résigne : il glisse au second rang, seul, hérissé de feinte indifférence et de cheveux taillés en brosse. En tournant la tête une seconde je pourrai m'apercevoir que du côté des femmes Solange aussi a renoncé : elle traîne en queue, ostensiblement détachée.

Mais l'épreuve sera courte, ma sœur ! Ce piétinement recueilli derrière le fourgon, qui semble rouler dans un film au ralenti, ne dure que sur trois cents mètres. Voici l'église, tendue de grandes litres qui ruissellent de larmes d'argent. Soufflant dans les plus graves de ses plus gros tuyaux, l'orgue fait trépider l'eau dormante des bénitiers, l'air confiné de la nef où dans l'odeur de stéarine brûlée, qui plaît à Dieu, pousse une belle forêt de luminaire. *Il n'y a pas foule, mais il y a du monde*, disait mon père, en parlant des assistances de qualité. C'est le cas. Le maire, l'avoué, l'avocat et le notaire des Pluvignec, le directeur du Crédit Lyonnais, le conseiller général sont là : pas tellement pour enterrer grand-mère, mais plutôt la veuve du sénateur, son autre moitié en somme, plus résistante que la première. Les enveloppent une cinquantaine d'anonymes, où figurent les pleureuses sèches habituelles : vieilles dames qui voient partir leurs pareilles au paradis des rentières, assuré par leurs prières et par les messes de fondation inscrites au registre obituaire. J'en surprends une qui, à ma vue, pousse une autre du coude.

Gagnons notre banc. Ne nous moquons plus. De la nonagénaire enfouie au capiton du cercueil qu'on débarde, qu'on pousse sous le drap noir du catafalque, je tiens le quart de mes gènes. Ma grand-mère Rezeau ne m'en a pas transmis davantage et pourtant sa mort, quand j'avais une dizaine d'années, fut pour moi une catastrophe. Celle-ci ne m'ôte rien et je n'ai pas lieu de m'en vanter. L'anormal reste l'anormal et il l'est d'autant plus que ces Pluvignec, dont je n'aurai reçu ni tendresse ni biens, m'auront légué leur physique comme leur caractère. Ils survivront longtemps sur mes pieds... Vous m'entendez, grand-mère ? Où que vous soyez, ne vous y trompez pas : de votre race têtue, insolente, increvable, un moment gâchée par l'excès de portefeuille qu'elle eut sur le cœur, la continuité passe par moi, par Aubin qui me murmure dans l'oreille :

« Dis, la tante Solange, c'est celle qui est grasse comme une bicyclette ? »

Puis aussitôt :

« Elle l'a sec, quand même, Babouchka. »

Je le fais taire, mais il a raison. Babouchka, surnommée ainsi de la veille, parce que selon Aubin elle devait habiter une Sibérie, la grand-mère, pour nous battre si froid... Babouchka *l'a sec*, en effet. Dans les deux sens : l'argot et le français, qui cette fois se complètent. Pas une larme, mais une tristesse de pierre qui lui enfonce la tête entre les épaules. Ceux qui l'ont précédée ne l'aimaient guère et c'est le vide maintenant au-dessus d'elle qui devient la plus proche cliente pour l'acte de décès. Ceux qui la suivent ne lui offrent rien de mieux : nulle chaleur, nulle consolation. La messe des morts est commencée. Mais pour elle en quoi les morts sont-ils différents des vivants ? Sa bouche s'ouvre lentement, comme si elle manquait d'air. Je la vois poser la main sur le poignet de Salomé.

Elle va rester ainsi, prostrée, jusqu'à l'absoute. Mais il lui faut bien se relever, repartir dans le même arroi jusqu'au cimetière où soudain le cirque recommence...

Après les derniers coups de goupillon sur la fosse béante, sur le cercueil descendu avec des bruits de caisse cognée et lapidé de petites pierres au rappel des cordes, Marcel et Solange, qui se sont concertés une minute dans l'ombre d'un cyprès, prennent une décision surprenante. Au lieu de s'aligner avec nous — et forcément *après* nous — pour les condoléances, ils se plantent de l'autre côté de l'allée : le dos un peu courbé, le visage empreint d'un triste et engageant sourire, l'oreille au vent, la joue prête aux accolades des fidèles amis. La gouvernante se précipite :

« Elle ne méritait pas ça ! » sanglote-t-elle, accueillie par des bras ouverts qui lui tapotent le dos de mains gantées.

Console-toi, ma fille ! Mme Pluvignec ne nous aura point vus ; elle n'aura même pas su de son vivant que ce monde avait cessé d'appartenir à ceux qui, grâce à une pieuse fortune, entendaient prendre aussi une option sur l'autre. Elle aura tout eu : la terre, puis le ciel. Elle ne méritait pas ça, en effet... Cependant la gouvernante nous ignore et s'en va, droite comme un i et le chapeau dessus comme un accent circonflexe : non sans jeter tout de même un petit coup d'œil sur ce qui se passe dans son dos. Hélas ! c'est le notaire qui est derrière elle, rouge, déchiré par un affreux cas de conscience. Si je suis négligeable, ma mère, sa cliente, ne l'est pas. Elle peut confier ses intérêts au notaire de Soledot qui, prévoyant, s'empressera au surplus de la faire tester en bonnes mains. Alors, le pauvre homme, il se coupe en deux. Il avance du pied gauche vers Madame Mère, s'incline en débitant sa petite affaire, puis se retourne aussitôt, avance du pied droit vers Solange qui reçoit le même hommage. Rebondissant aussitôt, le voilà devant moi, très convenable, mais déjà reparti en face pour assurer Marcel de toute sa sympathie. Dieu merci, ils n'étaient que deux à droite, ça lui évitera le torticolis... Le maître peut trotter, en donnant de légers coups de buste au reste de ma file.

Mais comme celle-ci, plus importante, impressionne l'assistance, la solution trouvée par le notaire n'est pas unanimement adoptée. Arnaud et Baptiste, le maire, le conseiller général négligent complètement Solange et Marcel qui, instinctivement, se rapprochent pour rendre l'oubli incongru. Ils finissent par se piquer dans le sol à un mètre de nous et y demeurent, imperturbables, tandis que passe le courant de condoléances alternatives. Le regard de Marcel devant moi fait le mur. Expressif d'ailleurs, facile à déchiffrer : *Absent depuis vingt-quatre ans, tu n'as plus la nationalité Rezeau. Tu n'existes plus. Que fiches-tu là ?* Je suis presque d'accord avec lui. Je me réhabitue mal. Enfin voici Anna, la vieille bonne. Marcel lui accorde deux doigts, deux mots, puis enchaîne :

« A propos, le notaire mettra les scellés sur la maison à deux heures. Soyez prête à partir. »

C'est un rendu. Mais j'ai déjà riposté :

« Si vous ne savez pas où aller, Anna, vous pouvez venir chez nous, au moins provisoirement.

— De toute façon, j'arrêtais, dit Anna. Je m'en retourne à Auray chez mes neveux.

— Viens donc ! » fait Solange qui tire sur le bras de son époux en talonnant le gravier.

Se contenant mieux, sachant qu'après scellés les inventaires deviennent douloureux si l'expert d'en face prise trop haut, Marcel hésite entre l'invective, le dédain, la politesse. Très vite il sourit, il a trouvé, il aura le dernier mot :

« La cérémonie est terminée, dit-il. Je vous remercie. »

Mais il a trop présumé de son propre sérieux. A la porte du cimetière il se courbe un peu comme pour étouffer un éternuement. Si discret qu'il ait été, nous avons tous entendu et dans un sens c'est rassurant : il n'a pas pu s'empêcher de rire.

VI

MME REZEAU devant assister à la pose des scellés, je laissai la voiture à Bertille, chargée de la ramener. Mais cela ne suffit point :

« Tu restes avec nous, Salomé ? » demanda Babouchka.

Salomé, qui allait repartir avec Gonzague, n'osa pas refuser. Moi, je rentrai avec les autres enfants dans la vieille Renault grise de Baptiste Forut qui habite près du pont dans une des quatre tours récemment construites au bord du canal. J'avais du travail en retard, les cadets des devoirs et Jeannet voulait faire un tour au *Sporting*.

Et maintenant, après trois heures de corrections passées à griffonner des signes de renvoi ou des deleatur, j'entendais tinter des tasses. Ils étaient rentrés. Ils jacassaient comme une bande de sansonnets, dominés par un craillement de corneille.

« Tu descends pour le goûter ? » cria Blandine.

Arrivé sur mes chaussons je m'arrêtai un instant devant la porte vitrée. Bien entendu, sans se déplacer d'un pouce, ma mère se faisait servir et sa conviction tranquille d'obéir ainsi à la nature des choses semblait partagée... *Grand-mère une nonnette ? Grand-mère, un peu de sucre ? Ma mère, le chocolat n'est pas trop chaud ?* Ça papillonnait autour d'elle et Babouchka, à vrai dire fort mal peignée et probablement pas mieux lavée, mais toute mondaine, le petit doigt en l'air, s'en jetait de petits coups derrière les dents sans cesser de pérorer :

« Ça, sûr ! Je le brade, ce notaire. Je vais prendre maître Dibon, le successeur de maître Saint-Germain à Soledot. Je le verrai demain. Vous serez gentille de me conduire au train de huit heures, ce soir. »

J'ouvris. Tournant à peine la tête, elle continua :

« Me proposer de déclarer la propriété au même prix qu'à la mort de Papa ! Pour éviter des frais de mutation ! C'est de l'escroquerie... Deux hectares à Rueil, au prix actuel du mètre carré, vous pensez ! Placé où c'est, tous les promoteurs vont se jeter dessus. Et Solange qui minaude : Grand-mère nous l'a fait jurer, nous conserverons la maison. Je vous parie qu'avant deux ans tout est vendu. »

Elle était là, au milieu des *miens,* y ramenant ces histoires de gros sous qui, avec les grands principes et les petits accommodements, ont toujours occupé les *siens.* De nouveau la peur me saisit, mêlée à une sorte de refus d'émigré, d'exécration pour la tribu natale. Mais en même temps je m'écoutais : *Nous, on se crève pour payer les traites de la maison. Nous, avec le tiers de ce terrain, qui aurait dû normalement nous revenir...* Merde ! C'était contagieux. Mon goûter à moi, quand j'y pense, c'est du camembert bien fait avec un verre de vin rouge (du bourgogne, tout de même). Il m'attendait sur le guéridon et devant le guéridon une chaise de paille... Nous n'étions pas sur la paille. Je m'assis dessus. Mme Rezeau glosait toujours :

« Il a la propriété, ça, je n'y peux rien. Mais si le parc est estimé à son prix, je ne vois pas comment le reste assurerait ma réserve. Pour garder Rueil et spéculer sur les terrains, il va falloir qu'il revende *La Belle Angerie*... Tiens, tu es là, toi, tu as fini de gribouiller ?

— Tu as fait des pages ? » dit Bertille, en écho.

Gribouiller, faire mes pages, c'étaient là de saines formules, m'épargnant toute exaltation. Mais si *faire mes pages* renvoyait à de studieux mérites, voire à deux locutions latines des feuilles roses du Petit Larousse, *Labor omnia vincit improbus* de Virgile et *Nulla dies sine linea* de Pline, gribouiller contenait un jugement : probablement rétroactif, le seul en tout cas que ma mère émettrait jamais, laissant au silence le soin d'ajouter qu'un gagne-pain est un gagne-pain et qu'en tel cas il faut bien s'incliner devant l'adage : *Abusus non tollit usum*.

« Marcel a du reste très bien compris, dit encore Mme Rezeau. Il transigera. Il sait que je ne me laisserai pas spolier. »

Le camembert était à point : Bertille n'a pas sa pareille pour les choisir. J'observais mon petit monde : Blandine ennuyée, Aubin rigolard, Salomé attentive et Jeannet franchement hostile. Ce qui devait arriver arriva :

« Vous avez besoin de tant d'argent que ça ? »

fit Jeannet, une mèche blonde tombée sur l'œil azur.

La stupéfaction laissa ma mère un instant bouche bée :

« Demande à ton père ce qu'il en faut pour vivre, répliqua-t-elle sèchement. Et du reste, cet argent, c'est aussi le vôtre ! »

Meilleure chanson ! *C'est mon fric* n'émeut personne. *C'est l'argent de mes enfants*, voilà qui fait victime et vous attire la sympathie des foules (oublieuses du préalable : ils l'auront après moi).

« Jeannet est un pur, dit Salomé, grillageant de cils un œil noir. Mais il mange comme quatre. »

Bertille claqua de la langue, deux fois : signal connu, généralement respecté, pour faire cesser devant les tiers une discussion préjudiciable au bon renom des *Ercés* (les R.C., c'est-à-dire les Rezeau-Caroux, d'après les initiales brodées au point de croix sur les serviettes). Madame Mère savourait l'instant, en découvrant la première faille du clan : le peu de sympathie entre les deux aînés. Jeannet se leva, les dents serrées.

« C'est tout toi, ce garçon ! dit Mme Rezeau soufflant cette sentence de mon côté, mais assez bas pour être entendue de la rue.

— Vous me flattez », dit Jeannet à la porte.

Bertille me regarda sévèrement. Mon fils m'appartient toujours à cent pour cent quand ça ne va pas et je deviens responsable de ses sorties. Bertille pourtant avait tort de s'inquiéter. Pour Cassandre un sujet de glose est presque un sujet de satisfaction :

« Tu vois comme c'est commode d'élever des enfants ! A toi de jouer, mon garçon, et bien du plaisir ! Car des carnes comme toi, jadis, c'était l'exception et maintenant c'est la règle. »

Elle en devenait compatissante :

« Ça ne doit pas toujours être facile pour vous, ma pauvre Bertille !

— Je fais ce que je peux », dit l'intéressée, trop vite.

Le froncement de mes sourcils rendit ma femme confuse et ma mère rayonnante :

« Jeannet sera plus dangereux que toi, reprit-elle. Tu m'as fait payer cher l'injure de m'avoir été soumis. Mais ton fils, ce ne sera pas un révolté, ce sera un militant. C'est leur façon, aujourd'hui, d'entrer dans les ordres. »

La colère, le sentiment d'avoir été bravée la rendaient — comme jadis — franche et directe. Excitée par mon silence, excitée par sa propre sortie contre Jeannet, elle se lâcha tout à fait :

« Je sais ce que tu penses, va ! Au fond, tu es du même avis que ton corniaud. Tu te dis que je suis intéressée... Et alors ? Oui, je suis intéressée. Dans la vie je n'ai profité de rien ni de personne. Même quand je commandais ton père, c'était au nom de ses principes et de ses prétentions, soutenues avec ma dot. Depuis sa mort, c'est Marcel qui m'a exploitée... J'en ai assez. Maintenant je suis une vieille dame indigne qui veut profiter de son reste.

— Je vous redonne un peu de chocolat, ma mère ? fit Bertille, pressée d'effacer le coup.

— Volontiers ! »

Blandine, secourable, tendait déjà l'assiette de gâteaux. Mais au moment où le bec verseur touchait la tasse, patatras ! La chocolatière échappa soudain à Bertille, pour aller se fracasser sur le parquet entre les deux pieds, chaussés de souliers noirs cirés un an plus tôt, de Mme Rezeau :

« Ça y est, dit Bertille. Voilà que ça me reprend. »

*
**

Elle se frotte la paume droite, zébrée à la base, à travers les rascettes, par une longue cicatrice violette. Vexée, ne réfléchissant pas plus loin, elle tente se justifier auprès de la belle-mère qui patauge dans une flaque brune :

« Excusez-moi, c'est comme ça depuis l'accident. De temps en temps, sans prévenir, mon pouce lâche. »

Elle s'arrête, effarée, mais trop tard. D'ailleurs, si ma mère n'avait pas remarqué sa gêne, elle serait édifiée par le ballet de prunelles qui l'entoure. Ce qui vient d'échapper à Bertille, nous n'en parlons jamais.

« Quel accident ? » demande Mme Rezeau d'une voix douce.

Devant Salomé, Blandine, Aubin, il n'est pas question de mentir : ce serait souligner l'importance de la chose. Mieux vaut dire la vérité, sans autre précision ; et mieux vaut que ce soit moi qui la dise :

« Bertille s'est méchamment cassé le poignet. »

Jeannet vient de rentrer. Il a dû se dire qu'il me mettait en difficulté, qu'il valait mieux peser quatre-vingts kilos sur une chaise en face de sa grand-mère. Il a entendu, il est tout figé. S'il n'en a qu'un vague souvenir, il sait cruellement qu'il

64

y était ; et Salomé n'est pas moins grave bien qu'elle ignore qu'en somme elle y était aussi. Quant à Bertille, au lieu de se précipiter sur une serpillière, pour interrompre la scène, elle reste les bras ballants. Ma mère s'est levée, marche allégrement dans le chocolat en écrasant les débris de porcelaine qui craquent, comme des os. Elle prend la main de Bertille et hoche la tête :

« Eh bien, vous avez eu de la chance de la garder ! »

Pour elle plus de doute : au lieu d'épaissir le mystère, notre silence l'éclaircit. Elle ne saisit sûrement pas le rapport entre ceci et cela, mais nous pouvons lui faire confiance : si ce maillon cède, d'autres suivront. La discrétion, le respect des plaies secrètes, ce n'est pas son genre. Son gros index pointe... Pour savoir elle va risquer le paquet. Elle murmure, sans regarder personne et sur le ton de quelqu'un qui n'y attache aucune importance :

« Vous étiez dans la voiture où la première femme de mon fils a été tuée ? Vous la connaissiez ? »

Jeannet serre les poings dans ses poches. Mais puisqu'il n'est plus possible de se taire, Bertille retrouve son sang-froid :

« C'était ma cousine », dit-elle.

Cette fois elle retrouve ses jambes pour aller chercher la serpillière. Les choses n'iront pas plus loin, mais la soirée sera gâchée par une lancinante impression d'abcès non débridé. Bertille et moi allons faire un effort méritoire — et très visible — pour meubler la conversation. Mais soutenus tous deux par l'idée que Madame Mère prend le train du soir et nous fiant à l'horaire indiqué, nous ne serons pris d'un doute que vers cinq heures ; nous appellerons trop tard le service de renseignements de Montparnasse. Le train prévu est supprimé. Il y en a bien un autre, vers onze heures, qui arrive en pleine nuit ; mais tout est loué par les délégués au Congrès national de floriculture. Madame Mère aurait toutes les chances de voyager debout.

« Il faut pourtant que je sois demain matin chez Dibon. Il faut faire vite ! » répète au moins trois fois l'intéressée.

Pour en arriver à cette conclusion qui ne paraît pas la désoler :

« Ecoute, si tu peux te rendre libre deux jours, le plus simple serait que tu m'y conduises. Tu coucherais demain à *La Belle Angerie* et tu serais de retour mercredi. »

Comment refuser ? Je veux dire : comment refuser l'appât lorsqu'on a brusquement envie d'y mordre ? Décidément je ne cesserai pas de m'étonner. Voilà que les ifs aux petites baies rouges, la grande prairie dont le fossé central est sûrement plein de grenouilles, les girouettes qui font rôtir au soleil des brochettes de moineaux vivants, l'eau plate de l'étang ocellé de nénuphars, voilà que tout cela m'apparaît innocent. En passant, en passant bien sûr, en me débarrassant de la dame des lieux, j'aurai plaisir à les revoir.

« C'est dommage pour Jeannet qui repart au service et pour Bertille qui a ses lycéens, reprend

Madame Mère. Ils viendront une autre fois. Mais nous pouvons emmener Salomé. A tout à l'heure. Je monte me reposer un peu. Je redescendrai pour le dîner. »

*
**

Bertille me regarde d'une certaine façon. Salomé aussi, en se polissant les ongles de la main droite sur la tranche de la main gauche. Blandine appuie son doigt mouillé sur une maille filée de son bas. Le pas lourd de la mère sonne enfin au plafond et Jeannet se lève, marche de long en large :

« Je ne te reconnais plus, Papa, dit-il. Ta mère tranche, elle décide et tu te laisses faire. Nous avons été ridicules, au cimetière. On va te regarder, là-bas, comme une bête curieuse. De toute façon ça m'étonnerait qu'elle te veuille du bien, la vieille...

— Jeannet ! crie Bertille.

— ...et si j'avais été là quand elle est arrivée, continue Jeannet, je l'aurais refoulée dans le bateau, en vitesse ! »

Salomé s'est levée à son tour, si brusquement que ses seins sautent dans son corsage. Elle proteste d'une lèvre fraîchement remouillée par un bout de langue :

« La refouler, sans notre avis ! De quel droit ? »

L'argument est fort à la maison. Jeannet corrige le tir :

« Je ne suis pas seul à penser que c'est le diable qui revient ! Elle ne pouvait plus faire de mal à personne, elle s'ennuyait, elle est venue jouer au pardon des offenses... Tu parles ! Il n'y a qu'à la voir faire avec l'oncle Marcel : elle a seulement changé de tête de Turc.

— Ma foi, l'oncle, il ne l'a pas volé, c'est bien son tour, dit Blandine. Moi, je ne suis pas fâchée de la connaître, la grand-mère. Ce n'est sûrement pas une sainte, mais je constate que c'est elle qui est venue nous chercher.

— Ça me gênerait plutôt, dit Salomé. Etait-ce à elle ou à nous de faire les premiers pas ?

— En tout cas, l'enterrement, c'était marrant ! dit Aubin.

— Qu'un enterrement puisse être marrant, dans une famille, lui jette Salomé, ça ne t'effraie pas ? Tu te vois te marrer, à l'enterrement de Papa ? »

Effrayés, ils lorgnent tous un père à qui ces regards tiennent chaud. Mais Salomé ne m'a-t-elle pas choisi comme exemple, plutôt que sa mère, pour ne pas se scandaliser elle-même en imaginant le plus affreux ?

VII

MALGRÉ un pneu crevé en plein Mans que
Salomé, très adulte sur le chapitre des coups de
main à donner, m'aida à changer, tandis que
Madame Mère nous accablait de conseils en
regrettant le temps des bons vieux crics englués
de graisse noire qui rendaient soudain plébéiennes
les belles mains blanches de M. le Juge... Malgré
l'invite à déambuler, pour les petites courses
de la veuve dudit, sur les trottoirs des rues de
Segré les plus commerçantes, donc les plus fré-
quentées, pleines de stupéfaites qui oscillaient du
menton et de stupéfaits qui saluaient en deux
temps, je veux dire décollaient un peu le chapeau pour Madame Mère et l'œil fixé sur moi le
renfonçaient sèchement... Malgré l'entrevue avec
maître Dibon où nous fûmes accueillis par une
débauche de capiton qui épaississait la porte, les
murs, les fauteuils et le notaire lui-même, bou-
diné de partout, gonflé de silence et trouvant
moyen, un œil sur ma mère, un œil sur la poitrine
de Salomé, de m'observer quand même sans cesser
de se gratter un genou et de réfléchir à l'évolu-

tion imprévue des familles... Malgré un certain enlaidissement du Bocage aux haies en partie cassées par les bulldozers, aux herbages cernant de toutes parts les dernières futaies, aux hangars métalliques salopant le paysage de leurs tôles ondulées, mais affichant, de mare en mare, de vicinale en chemin creux, le triomphe des fermes sur les châteaux... Malgré les remarques de la châtelaine, présente à mon bord, devant de rares portails fraîchement repeints en blanc, ouvrant sur des allées ratissées, sur des files de sapins cubant leurs deux mètres de bois d'œuvre et laissant découvrir de beaux grands toits d'ardoise agrafée, des façades Louis XVI sans une égratignure :

« Evidemment ! Avec le marché noir que les de Glamotte ont fait pendant la guerre... »

Ou encore :

« Evidemment ! Ce sont des Américains qui ont racheté aux Gontron, lessivés... »

Malgré l'absence, aux approches du manoir, de toute fermière reconnaissable et poussant comme jadis sa vache au fossé, en branlant du chignon... Bref, malgré le coup de vieux que donne le changement à ceux qui cherchent à se retrouver dans ce qui reste, ce voyage ne s'était pas trop mal passé.

« Les Barbelivien, dans le temps, tenaient cinq bretonnes, dit ma mère au dernier tournant. Les Jobeau tiennent huit normandes et ils font du tabac. Tu verras, la grange a été transformée en séchoir. »

Victoire fermière, encore, à quoi tout le reste avait été sacrifié ! Le site était méconnaissable.

Le parc avait disparu, à l'exception de quelques platanes au bois invendable. Plus de barrières, mais des clôtures paysannes, où un morceau de rail succédait à un piquet de châtaignier, à un poteau de ciment fêlé et vaguement consolidé par trois ou quatre spires de fil de fer mordu de rouille. L'océan de vert à bouses s'arrêtait au ras de la maison et il n'y sinuait plus que de vagues passages, pelés par des trottinements. Quand je stoppai, sur cette herbe, ce fut le long d'une carcasse qui avait été la grande serre et dont il ne restait aucune vitre hormis quelques débris coincés dans les angles du châssis, entrelacé avec de foisonnants rejets de glycine. Morceaux d'ardoise, morceaux de tuf jonchaient le pied des murs, donnant une idée de l'état de ceux-ci, tout crevassés, et de celui des toits, rongés de mousse et de parmélies, parcourus d'ondulations suspectes incriminant des solives probablement aussi pourries que le lattis. Aux persiennes dépenaillées manquaient la moitié des lames et, au-dessus, les œils-de-bœuf cernés de briques écaillées n'étaient plus que des trous, béants, où s'engouffraient directement les moineaux.

« Que veux-tu que j'y fasse ? dit ma mère, affectant de s'adresser à Salomé. Ton oncle Marcel ne fait pas un sou de réparations. »

Puis elle se mit à crier, les mains en porte-voix, dans la direction de l'Ommée :

« Fé... lix ! Mar... the ! »

J'aperçus alors les tenanciers qui râtelaient avec de grands râteaux de bois de la feuillée pour litière. L'homme, sans se déranger, se contenta de lever un bras. La femme, une boulotte empaquetée dans sa blouse, s'en vint sans hâte.

« Elle, c'est Marthe Argier, de *La Bertonnière*, expliquait ma mère.

— Madame a fait bon voyage ? Madame veut sa clef ? » fit Marthe à dix mètres.

Malgré sa prudence et sa réserve, son petit œil de porcelet, ses lèvres puissamment avancées exprimaient un grand appétit de nouvelles.

« Vrai de vrai, c'est monsieur Jean ! reprit-elle. J'étais petiote à son départ, mais je le remets bien. Je le disais tantôt à Félix : Depuis le temps que ça glapit, le verra-t-on jamais, le renard ? Et l'avenante demoiselle, c'est donc qui... ? J'ai point trop de temps. Venez-vous-en, madame, que je vous rende votre affaire. »

La familiarité du ton, une certaine négligence de forme en disaient long sur la transformation des rapports entre l'étable et le salon. Mais il devait y avoir autre chose :

« Je laisse toujours les clefs à Marthe quand je pars, dit Mme Rezeau. Attendez-moi une seconde. »

*
**

La seconde dura un quart d'heure. J'étais bien étonné d'être là et plus encore de ne pas m'y sentir dépaysé, mais au contraire *revenu* en même temps que vexé d'appartenir à ces ruines, de tirer mon origine d'un périmé, d'un décati où me fascinait pourtant ma jeunesse. Souvenirs, confitures qui laissent remonter leur sucre ! Lentement je contournai le pavillon de droite pour déboucher dans la cour intérieure où, des massifs de jadis, ne subsistait qu'un gynerium à grands plumets, au milieu d'un désert glaiseux, semé de fientes et parcouru par dix races de poules. Je pus apercevoir de loin la Jobeau qui sortait de chez elle, un sac sur le dos et rentrait en face, suivie de ma mère portant précieusement une de ces grandes boîtes cubiques de fer-blanc destinées à tenir au sec leurs dix couches de gâteaux. Je savais que les deux femmes allaient dès lors déverrouiller les portes : celle du bas de l'escalier, celle du palier, celle de l'antichambre pour parvenir enfin au saint des saints : la chambre de Madame. Salomé grelottait, regardait sans y croire ces enfilades de bâtiments délabrés, ces tourelles embrochant une brume grise en train de descendre sur les pacages :

« Comment vit-elle ? fit cette enfant compatissante. Elle est ruinée, elle n'a plus rien, ça se voit. »

Les talons de Marthe Jobeau martelaient l'escalier. Il valait mieux répondre bas :

« Si tu parles de revenus, mon chou, tu n'as pas tout à fait tort, bien que ta grand-mère touche quelques sous de la ferme, plus la moitié de la pension de retraite de ton grand-père, plus quelques petites rentes. Mais tu as vu passer le sac et la boîte à gâteaux qui, par peur du feu, doivent être confiés à la fermière à chaque absence. Imagine là-dedans quelques millions en titres et en bijoux de famille. »

Et puis au fond pourquoi accepter le mystère ? La fermière ressortait. Je me frottai les mains en jetant :

« Bon, le magot est en place ? On peut monter, madame Marthe ? »

Un réflexe de fidélité, d'honnêteté dans le secret, crispa un instant le visage de la Jobeau. Puis son petit œil se fit amical, sans doute à cause du « madame Marthe ». Elle se mit à rire :

« C'est fou, monsieur Jean. Vous voyez que ça brûle chez moi ? J'en tremble. Je lui ai dit vingt fois : y a des banques. Mais à la banque, Marthe, qu'elle me répond, si je meurs, ce sera partagé entre tous. Je veux pouvoir donner à qui me plaît. Et puis voilà le vrai : elle le tripote, elle le caresse, son papier ; elle les taille, un par un, ses petits coupons... Ça l'occupe. Qu'est-ce qu'il lui reste, sauf les causettes après la messe le dimanche et le soir avec moi ? Sa seule amie qu'elle allait voir les jours de marché à Segré, Mme Lombert...

— Mme Lombert ! répétai-je, tout bête de découvrir si tard une explication si simple.

— Oui, elle est partie. M. Marcel ne vient plus. Il s'est piqué contre Madame : elle coupe les arbres, elle vend les meubles... Quant aux enfants que voulez-vous qu'ils fassent ici ? »

Elle s'arrêta une seconde, hésita, se relança :

« Une fois, il y a longtemps de ça, Madame avait obtenu Rose, l'aînée, pour quinze jours. La pauvre petite ! Elle se mourait d'ennui. Les rogatons à manger, les rengaines à entendre : *Voyons, tiens-toi droite. On dit : oui grand-mère, on dit : merci grand-mère...* Au bout de cinq jours la gamine lui a chipé un billet et s'est ensauvée. Même mes gosses, j'aime pas qu'ils traînent du côté du château. Des fois elle en voudrait, elle tourne autour, comme nos hommes autour des mécaniques pour voir ce que ça a dans le ventre. Mais vite ça l'achale, elle se met à pester, à crier après. Une fois elle m'en avait attrapé un et vas-y que je te pince le gras du bras, en tournant. Je ne dis pas, le gamin l'avait traitée de vieille bique. Mais c'était à moi de le talocher.

— Alors, on jabote ? lança soudain la grosse voix de ma mère, penchée à sa fenêtre.

— Je dis tout ! » cria Marthe, avant d'ajouter : « Félix m'attend, je file. »

Mais elle ne bougea pas d'un mètre et reprit, dans mon oreille :

« Et pourtant rester seule, elle ne s'y fait pas. Voilà bien dix ans qu'elle parle d'aller vous voir. Elle se cherchait une raison... Alors c'est vrai que M. Marcel empoche l'héritage ? »

Je me contentai d'incliner la tête, en haussant une épaule. Marthe n'en sourit point : c'est légèreté coupable pour une paysanne que de ne pas disputer son dû. Mais elle fit, sentencieuse :

« Pleurer son bien, c'est moins sûr que de le suer. »

Et aussitôt, pratique :

« Vous avez amené de quoi manger ? Parce que vous savez, Madame, si vous l'invitez, elle mange tout son soûl. Mais chez elle trois patates à l'eau, ça fait le compte... Et vous avez une bombe, pour les puces ? »

De nouveau je me contentai d'incliner la tête : je connaissais la maison. J'y entrai d'un pas ferme.

*
**

La Belle Angerie, dans ma jeunesse, je l'avais connue fatiguée ; le délabrement ne pouvait que s'être accentué. *Ça devient un labyrinthe de cavernes*, écrivait Mme Lombert. *Votre mère n'ouvre plus que sa chambre.* Dans l'ombre du vestibule où le filtre cassé des persiennes laissait tout de même passer assez de lumière pour se diriger, nous avancions sur des carreaux descellés, des chiffons tombés à terre et jamais ramassés, des feuilles mortes sans doute soufflées par-dessous la porte. Il n'y avait presque plus de meubles dans la pièce dont les papiers se décollaient par lambeaux, entre les cadres si englués de chiures de mouche que leurs gravures en étaient invisibles.

« Sinistre ! » souffla Salomé, serrée contre moi.

Je poussai d'un coup de pied la porte de la salle à manger, à demi éclairée, comme le salon d'enfilade, par les vitrages donnant sur la serre. La belle cheminée aux émaux, dessinée par le trisaïeul peintre, était intacte. Mais dans une indéfinissable odeur fongueuse les verdures d'Aubusson pendaient en loques et les peintures des plafonds, les boiseries, l'immense table centrale à pieds torses, l'armoire Renaissance, la desserte Louis XIV — la vraie — et son pendant — la fausse, copiée après un partage —, tout était blanchâtre, recouvert d'une fine couche de moisissure. Je traversai le grand salon, le petit salon, sur des lames de parquet fléchissantes : partout manquaient des meubles, partout régnait la même humidité en train de gâter le reste.

« Ça sent trop mauvais ! dit Salomé comme

nous arrivions dans le bureau. J'en ai assez, j'ouvre.

— Si tu peux ! Les fenêtres coincent et c'est plus difficile encore de les refermer », dit Mme Rezeau.

Elle était descendue par l'autre escalier ; elle était là, assise dans un angle sur un coffre à bois. Elle nous attendait, immobile comme une chouette dans l'obscurité familière.

« D'ailleurs à partir d'ici, il y a l'électricité. Je l'ai fait mettre dans cinq pièces. »

Et sur un déclic la lumière fut : économe, pâlotte, irradiant d'une ampoule de quinze watts sur trente mètres carrés qui n'en apparurent que plus déserts : la pièce était toujours entourée de ses rayonnages, mais il n'y avait plus un seul livre dessus.

« J'ai dû vendre la bibliothèque, dit Mme Rezeau. Vers et souris étaient en train de la dévorer. Et puis moi, tu sais, les livres, maintenant, avec une cataracte qui commence à me gêner sérieusement... Je vous emmène dans vos chambres. »

En montant j'aperçus un pan de brique, à gauche du palier : pour simplifier, Mme Rezeau avait fait murer les pièces du bout. Elle m'offrit la chambre Empire et à Salomé celle de Monseigneur, dont la petite fit aussitôt claquer les volets. Une paire de draps, fins comme des râpes, attendait sur chaque lit, avec une taie de la même blancheur vague, assurée par les rinçages à l'eau d'Ommée.

« Je n'ai pas votre confort, ici, vous le savez, fit remarquer l'hôtesse. Tu trouveras de l'eau dans les brocs, ma petite fille, et des bûches dans les paniers. A sept heures, je sonnerai la cloche...

— Ne vous occupez de rien, fit Salomé. Je préparerai le dîner.

— Cette enfant est un ange », dit Mme Rezeau.

Elle disparut, aspirée par l'interminable corridor conduisant le long des mansardes à l'autre partie habitable de la maison, qu'elle s'était réservée. Je m'y engageai après elle, sur dix mètres, pour voir ce qu'était devenue mon ancienne tanière, mais je n'y trouvai que deux tas de pommes de terre sur quoi couraient de longs germes violets. A côté, dans l'ex-sacristie, embaumait un étalage de reinettes grises, mélangées de calvilles. Mais l'oratoire de la tourelle était fermé. Je revins dans la chambre Empire où Salomé, à grand renfort de papier journal et de petit bois, m'allumait du feu :

« Mais enfin, dit-elle, qu'est-ce qu'elle défend ici, ta mère ? Dans un studio bien chauffé, en ville, elle serait cent fois mieux que dans ce château minable ?

— Ton grand-père aurait répondu : Nous étions là sous Louis XVI. La raison paraît mince, mais pour certains elle est épaisse comme un mur de fondation. La moitié du canton est encore possédée par des gens de cette race.

— Ça prend, dit Salomé, bourrant un dernier *Courrier de l'Ouest* dans le poêle.

— Bon ! C'est la première phase. Maintenant on va laisser sortir les mouches.

— Quoi ? » s'exclama Salomé, horrifiée.

Je la pris dans mes bras :

« Citadine ! Tu ne sais pas que les mouches à l'automne quittent les champs pour se glisser dans les maisons mal défendues, où il fait bon hiverner derrière les meubles ? Si tu chauffes, la chaleur les réveille. Alors phase deux : tu rentres, tu flytoxes, tu ressors pour laisser agir. Après le dîner, phase trois : tu balaies, en faisant bien attention à ne pas trop écraser de mouches sous tes pieds. J'ai vu en ramasser un seau. Mais au moins l'invité a-t-il une chance de dormir tranquille. »

*
* *

Combien de fois avions-nous « préparé » de la sorte les chambres d'amis, en hiver, quand par hasard survenait le protonotaire ou la baronne ? Une demi-heure plus tard le vieux scénario recommençait : au sein des chambres tièdes où dans un bruissement infernal tourbillonnaient des milliers de mouches (de la *Musca domestica* mélangée à de grosses bleues et même à quelques taons), j'épuisai la moitié d'une bombe. Je n'oubliai pas les parquets d'où sautaient d'inquiétants points noirs. Puis je redescendis secourir Salomé, stupéfaite d'une indigence de moyens commune à toutes les ménagères du coin :

« Comment peut-on vivre sans eau sur l'évier ? Tout est sale. Il n'y a pas un ustensile dont j'ose me servir. Sors-moi la valise-camping. »

Ce qui fut fait. A deux mètres de placards bourrés de porcelaines aussi précieuses que crasseuses, nous dînâmes dans de l'aluminium, sur un coin de table hâtivement nettoyé. La nuit était tombée. Après avoir rôdé autour de nous, sa petite lampe Pigeon à la main, ma mère avait été prise de longues quintes de toux, elle était remontée se coucher sans manger, en demandant à Salomé de passer lui dire bonsoir. Dès huit heures nous étions remontés pour balayer, secouer les dessus de lit, essuyer les meubles couverts de mouches mortes ou vibrant encore d'une aile. Quand nous entrâmes chez ma mère, elle ronflait, bouche ouverte, sous le tremblement de la veilleuse et l'œil sévère de Papa qui, toque en tête, médailles battant la simarre, contemplait du haut de son cadre le caravansérail enfumé où lui survivait son épouse. J'aperçus le crucifix d'ébène amputé d'un bras et un bénitier tout sec, au-dessus de la table de nuit, sur quoi luisait le trousseau de clefs. Nous repartîmes sans bruit. Salomé se coucha et s'endormit très vite. Un peu plus tard, entendant de nouvelles quintes, je traversai les corridors en pyjama.

« Est-ce toi ? » souffla ma mère.

Je m'approchai, précédé par le rond de ma lampe électrique.

« Que Salomé ne s'inquiète pas ! C'est un peu d'emphysème, reprit-elle. Mais dis-moi... »

Elle s'était assise dans son lit, elle me regardait d'un drôle d'air, elle répétait :

« Dis-moi... C'est bien un 17 décembre que tu as épousé Bertille ? J'ai retrouvé la date tout à l'heure dans une lettre de l'époque. »

Je n'avais qu'un oui à répondre. Elle continuait dans la pénombre, en se triturant des mèches :

« C'est curieux, je n'avais jamais fait le rapprochement. Je croyais qu'il y avait deux ans d'écart, mais c'est onze mois plus tôt qu'a eu lieu l'accident. Tu t'es remarié très vite.

— Il y avait Jeannet ! » fis-je d'une voix un peu trop posée.

Je repartis, songeant : C'est bien fait ! Il ne fallait pas venir ! J'allai m'enfouir dans des draps humides où je fus incapable de trouver le sommeil ni d'empêcher quelques mouches plus résistantes et qui agonisaient en vol, au hasard de la nuit, de me tomber finalement sur la figure.

VIII

Ce qui m'aura le plus effrayé dans ma famille, c'est le ridicule. Se dire, dans la seconde moitié du XXᵉ siècle, qu'on sort de ce mélange de hobereaux ultramontains, de soutanes de couleur, de bedonnants à panonceaux dorés et aux estimes fondées sur des estimations, qu'on est le propre petit-fils d'un député conservateur dont l'étiquette lors des scrutins s'abrégeait si dignement dans les journaux (Ferdinand Rezeau, *con.*, 37 489 voix, *élu*), que somme toute on est né à la traîne, dans une sorte d'enclave du siècle précédent... C'est décourageant.

D'où ma fuite et mes hésitations à revenir sur les lieux, même après tant d'années. Pourtant je devrais me rassurer : ils sont morts et enterrés, eux et leurs esclaves. La chapelle des comtes de Soledot est dans un état pitoyable ; celles des autres familles qui possédèrent, à quatre, toutes les terres de la paroisse, sont abandonnées. Jeannie et Simon, les Argier, Perrault le jardinier garde-chasse, ils dorment tous dans le troisième carré : leurs concessions, déjà anciennes, sont parsemées de perles échappées à leurs couronnes rouillées. Il me plaît que non loin de la tombe prétentieuse de maître Saint-Germain, la tombe de Madeleine, toute fraîche, ne soit qu'un bloc de chrysanthèmes. Il me plaît que celle de mon père, d'abord enterré à Segré (notre chapelle était pleine), puis ramené à Soledot par Marcel, n'offre à l'œil qu'une dalle de marbre (du marbre reconstitué d'ailleurs) avec cette seule inscription :

FAMILLE REZEAU

Pas une fleur dessus. Avant de m'en aller, je ramasse un petit galet rond pour le poser sur l'i de « famille ». *Il n'y a que le dur qui dure*, disaient les paysans quand ils taillaient eux-mêmes leurs auges de granit. Si vous êtes encore quelque part, Papa, voyez : un de vos fils est passé.

Je redescends par le chemin du barrage. Deux ou trois têtes se hissent un instant par-dessus la haie sur mon passage. Puis le coup de fouet claquant l'air matinal et les jurons ordinaires m'apprennent que l'attelage est reparti. Des tracteurs pétaradent, çà et là, mais il y a encore des chevaux pour labourer les petits champs d'un *journal* et laisser des tas de crottin chaud fumer le long des ornières. Les nuages sont bas : ils glissent, ils vont de Segré à Vern et, penchés dans le même sens, frémissent les peupliers érussés haut à la serpe, mais dont les dernières branches sont chargées de lunes de gui, Noëls inaccessibles où des merles s'affairent à de visqueux festins de baies blanches. Et soudain la cloche sonne...

La cloche ! J'en ai entendu beaucoup d'autres,

mais le timbre de celle-ci, je le reconnaîtrais entre mille. Je croyais avoir le temps de faire mon tour avant que les femmes se réveillent. J'ai oublié que l'ordre ancien avait un horaire plus hâtif, plus impératif que le nôtre : Mme Rezeau, pourtant désœuvrée, respecte à six heures et demie, onze heures et demie, six heures et demie, des habitudes solaires. Sautant le talus, je coupe aussitôt par la grande prairie. Le pâtis est dru pour la saison, sans mousse, sans laîche, et les normandes qui, le mufle dessus, broutent en s'envoyant de temps en temps des coups de langue dans les naseaux, promènent des pis roses et des culottes sans crottillons. Bon tenancier, ce Jobeau, sur trop petite tenure. Il m'a vu depuis longtemps, mais solidement agrippé aux mancherons de son motoculteur rouge, il continue de butter des choux dans le potager. Voilà l'important et j'en suis aussi sûr que lui : le pouvoir est passé du bailleur au preneur. La terre, comme les femmes, n'est pas à celui qui la possède, mais à celui qui entre dedans.

Second coup de cloche, prolongé. J'arrive dans la cuisine qui sent le lait brûlé. Je trouve Salomé pendue à la corde et riant aux éclats.

« Vas-y, dit ma mère, qui moud du café, vas-y ! Tout Soledot va se demander qui est là. »

Hirsute, pieds nus dans des savates grasses, enveloppée dans une vieille robe de chambre fanée, rapetassée, elle jubile, elle est tout épanouie dans ses hardes et ses rides. Le penchant qu'elle a pour Salomé s'affirme. Pour la première fois je me le demande : aurait-elle voulu avoir une fille ?

« Tu étais au cimetière, j'imagine, reprend-elle. Nous, nous sommes allées au lait chez Marthe. »

Elle rit, en regardant sa petite-fille.

« En revenant, dit Salomé, j'ai renversé le pot. Nous sommes allées chercher un autre litre... »

Elle rit, en regardant sa grand-mère.

« ...qui est passé par-dessus bord, pendant que nous regardions des photos d'il y a trente ans. »

Elles rient, branchées l'une sur l'autre. Mme Rezeau, dont l'avarice devrait souffrir, achève gaiement :

« Marthe vient d'écrémer. Elle n'a plus de lait. Mais son gamin va conduire Salomé à *La Bertonnière*... Toi, je t'ai sonné pour savoir quel était ton programme.

— Comme prévu : on déjeune et on repart. Il faut que je sois à deux heures au plus tard à Paris.

— Va vite, ma petite chatte. »

Dans la bouche de Mme Rezeau trouver cette mignardise ! Elle-même en est si étonnée que le bout de sa langue se promène sur ses dents. Sa sollicitude explose ; elle crie encore à Salomé qui trotte vers la ferme :

« Pendant que tu y es, dis à Marthe de préparer une panerée de pommes. »

Mais combien vont me coûter les pommes ? A sa façon de regarder s'éloigner Salomé, à son sourire qui fond peu à peu dans la gravité, j'ai déjà deviné que ma mère a compris. Elle s'est remise à tourner la manivelle de son vieux moulin à café et pour dominer le bruit elle crie :

« Excuse-moi d'y revenir. J'ai bien le droit de savoir. Il me manquait une date : celle de la naissance de Salomé. Elle vient de me la donner.

L'accident est survenu en janvier, la fille naît au mois de mai, tu épouses sa mère en décembre... De qui est Salomé ? »

**
*

Un accident, ça se vit, ça se revit en quelques secondes, mais en quelques secondes étrangement étirées, qui sont d'un autre temps que celui des pendules, dans l'épreuve comme dans le souvenir. Gabriel — le frère de Baptiste — vient de me passer le volant par gentillesse. L'essence est encore rare ; j'ai peu conduit depuis la guerre. La *Traction-avant* file à près de cent sur la route de Malesherbes entre deux rangées d'arbres plantées sur des banquettes transformées en brosse par le gel. Lui, il est à ma droite, qui va une fois de plus mériter son nom de place du mort. Dans son dos il y a ma femme, Monique. Derrière moi la sienne, Bertille, enceinte de cinq mois. Jeannet dort, coincé entre les deux cousines. Et soudain la voiture perd toute adhérence, se met à glisser...

« Ne freine pas ! » crie Gabriel, *trop tard*.

Une conduite rurale éclatée a nappé la route de glace. La voiture bondit vers le bas-côté, pique sur un platane, qu'elle atteint de biais. Il n'y aura pas un cri. Le choc lui-même s'est comme décomposé, transformé en un long écrasement de tôles sur tout le flanc droit, tandis que se déchaîne une pluie battante de verre Sécurit et que chante, sur une seule note, aiguë, un objet métallique en train de traverser les airs : le fixe-au-toit qu'on retrouvera intact, à quarante mètres.

C'est tout. Je suis veuf. Bertille aussi. De son

bras valide elle tient Jeannet qu'elle a protégé en plongeant dessus. Elle répète, terrorisée :

« Nous sommes seuls. »

Je l'entends, je la vois dans le rétroviseur, comme je vois devant moi le goudron mettre au paysage un long ruban de deuil. Mais le thorax en partie défoncé, je ne peux pas parler, je peux à peine respirer. On va casser le toit au-dessus de nous pour nous extraire, nous emmener dans ce froid qui durant si longtemps ne me quittera plus. L'ambulance précédera le fourgon où seront — parce que j'ai freiné, peut-être, parce que j'ai freiné — glissées deux civières recouvertes d'un plaid ; et ce sera comme un troc insensé, un échange de partenaires entre les morts et les vivants. Nous ne pourrons pas rester seuls. Il y a un enfant de six ans ; il y a un enfant à naître ; et ce qui manque à chacun lui sera rendu par l'autre... *De qui est Salomé ?* Du destin.

*
**

C'est que je viens d'expliquer, tant bien que mal, à cette vieille dame qui branle du chef depuis dix minutes d'un air pénétré. Autant elle a pu mettre d'acharnement à savoir, autant elle semble accepter calmement cette révélation. Filiation utérine ? Le fait n'est pas nouveau dans la famille. Ma mère détient maintenant un secret dangereux, mais qui la met de plain-pied avec Bertille. Quant à Salomé, aucun doute, elle n'en sort pas amoindrie, mais adoptée.

« C'est bien ce que tu as fait là, répète Mme Rezeau, c'est bien. Je ne vois pas pourquoi tu me le cachais avec tant de soin. »

Si pour la première fois je m'entends approuver, je crains que ce ne soit à tort. Qu'est-ce qu'elle croit ? Je ne me suis pas senti responsable, je ne me suis pas pour autant cru obligé d'épouser Bertille, je n'ai pas fait mon devoir. Nous nous sommes, l'un et l'autre, réfugiés l'un dans l'autre.

« La petite sait ? demande ma mère qui, enfin, me regarde en face.

— Forcément ! Elle est la seule à s'appeler Forut. »

Ma mère y a mis le temps, mais c'est aussi la première fois qu'elle s'occupe d'un de mes problèmes sans malignité apparente. Elle murmure :

« Je voulais dire : sait-elle comment son père est mort ?

— Oui, mais sans détails. »

Le geste vague qui balaie l'air et accompagne ma réponse, en dit plus long. Le « détail », c'est ma responsabilité, d'ailleurs discutable. Que Salomé l'ignore, je ne sais si c'est un bien, si c'est un mal. Elle n'a pas de raisons d'y penser. Nous n'en avons pas de gâcher sa joie de vivre, ni l'affection qu'elle porte à celui qui l'a élevée comme sa fille (avec d'autant plus d'aisance que, sauf Baptiste, il ne reste pas de Forut, comme pour Jeannet il ne reste pas d'Arbin).

Dans dix minutes elle sera là, Salomé, s'affairant d'un pied sur l'autre, avec l'autorité doucette qui lui soumet chacun et ma mère, l'œil sur elle, en oubliera son chocolat fumant. Je l'ai toujours connue vorace : d'argent, de pouvoir, de considération. Mais c'est une avidité bien nouvelle qu'expriment ce frémissement d'une lèvre violette, ce regard de convoitise jeté sur la fraîche vivacité d'un genou, la courbe tendre d'une épaule. Au moment du départ en lui faisant promettre de revenir, elle coulera au poignet de Salomé un petit bracelet de jeune fille ; puis elle me jettera à moi, cette proposition ficelle et candide :

« D'ailleurs, si tu voulais, je pourrais te louer le pavillon. En le modernisant, vous auriez ici une maison de vacances. »

IX

Ouf ! J'étais rentré et pas fâché de l'être, après cette quinzaine de retour au passé. On s'arrange de ses défauts ; moins de ses contradictions, de ses nostalgies. Or, je tiens pour certain qu'il y a trois races d'hommes : ceux qui sont définis par ce qu'ils ont, ceux qui sont définis par ce qu'ils sont, ceux qui sont définis par ce qu'ils font. N'ayant rien, n'étant rien, ne tenant qu'au troisième verbe, lorgnant tous inspirés, novateurs ou dogmatiques d'un œil clair d'artisan, je n'ai jamais cherché dans la blancheur du papier ou des draps qu'à m'inventer de l'ouvrage et de la famille : ceci même dans cela, non sans reprises, non sans dégâts. Pour boucher le trou, pour nier le manque. Pour cousiner avec la norme. Mais tel ensemble ne tient que dans l'obstination à refuser ce qui l'a produit. Je craignais pour mon intégrité. C'est même la première chose que j'avouai à Bertille, en rentrant :

« Je ne vois pas pourquoi, dit-elle en remontant ma cravate. Il y a longtemps que tu n'es plus ce que tu crois être. »

Je l'avais retrouvée, comme toujours, en action : pianotant dans mon bureau sur l'Underwood. Bertille ne vit ni dans le feu, ni dans le jeu, qui font rage à vingt ans. Elle a du goût pour les ententes, pour les commodités : satisfactions *étales*, presque émoussées, qui semblent aller de soi et qui réclament pourtant de sa part une attention soutenue. C'est la fée des machines : à laver, à repasser, à tricoter, à coudre, à mixer, à mouliner, à souffler, à battre, comme à écrire ou à photocopier : elle sait tout des boutons, des recharges, des durées de fonctionnement, des endroits où donner le coup de burette. Toujours coiffée, laquée, elle est à la fois ménagère, lingère, cuisinière, éducatrice, dactylo, secrétaire, documentaliste, comptable : à domicile, donc sans frais ni perte de temps, comme d'ailleurs sans salaire. Elle sait aussi par bonheur se faire aider du mari, des garçons et des filles, dressés — presque sans grogne — à la gratuité communautaire. Au sortir du malheur, elle a rapidement organisé le vivable, réglé son équilibre, sur quoi s'est ajusté le mien. Avec de la santé, elle a de l'indulgence, de la gentillesse, du sérieux, souvent de l'humour. Ajoutons de la jeunesse : elle n'a pas pris un gramme ni un cheveu blanc ; elle garde des seins pointus à vous percer les paumes. Elle fait très bien l'amour : mais en soufflant *je jouis* où s'attendrait *je t'aime*. Elle est glorieusement quotidienne : comme l'eau, dont les robinets ont oublié ce qu'elle doit au miracle des sources.

J'apprécie. Par l'aversion de ma mère, par la mort de Monique je me serai trouvé deux fois coupé des grandes attaches et — si j'excepte les paternelles — désormais je me satisfais des contrats. Je suis devenu, moi aussi, quotidien : comme le courant sur quoi mon plafonnier se branche. Dans le vrai comme dans l'imaginaire, mon aventure est d'abord génitrice : d'enfants, de personnages, avec tous les dangers que cela comporte à une époque où, les uns contestant, les autres contestés, ceux-ci comme ceux-là risquent de me flouer pour la troisième fois. Mais qu'importe ? S'ils sont de nous, les êtres ne sont pas faits pour nous. Pour avoir existé, il suffit que je graine.

La vie reprit comme auparavant. Une semaine plus tard nous n'avions reçu aucune nouvelle de *La Belle Angerie*, nous n'en avions d'ailleurs pas envoyé non plus. Mais le mauvais œil semblait avoir opéré dans la maison. Jeannet, dans son dernier mois de service, s'était fait arracher ses galons et mettre au gnouf après une altercation avec son capitaine. Blandine mijotait dans sa fièvre, au lit, avec une bonne grippe, compliquée d'une sinusite frontale si tenace qu'il fallut, pour la traiter, lui faire poser des tuyaux dans le nez. Le vent avait tourné ; il gelait sec et, en cassant la glace du petit bassin pour dégager les poissons rouges, Aubin trouva moyen de se fouler une cheville. Seule, Salomé, active à seconder sa mère, à soigner frère et sœur — du moins quand elle était là — restait en bon état. Mais elle restait de moins en moins à la maison. Son ami Gonzague apparaissait sans cesse à la grille, avec sa *Triumph*. La plupart du temps il n'entrait pas. Il se contentait de klaxonner à petits coups. Il lui arrivait même de siffler. Je n'avais rien à dire contre ce garçon, très beau, très à la mode — trop à mon goût —, disposant apparemment de beaucoup d'argent — trop à mon gré —, fils d'un des meilleurs praticiens de la région et lui-même étudiant en médecine. Sa désinvolture, son indifférence à l'égard des parents de la fille n'avaient rien de particulier, rien de rare pour l'époque. Je n'aurais pas su dire ce qui me gênait en lui, plus précisément. Mais la grâce de Salomé, de plus en plus fondante, charnue, enveloppée de soie froissée et de parfum, devenait celle d'une femme. Son violon n'avait plus le même son, ne jouait plus les mêmes airs. Sans cesse dehors, elle s'en expliquait peu ou pas du tout. Glissant à ma fenêtre quand battait le portillon, je la regardais partir, je la regardais rentrer, les jambes vives sous la jupe serrée et, en fin de compte, c'était d'elle que je m'inquiétais le plus.

X

CINQ marmots et demi lui servant de ceinture, Mme Sauteral (junior) avance, toute ronde, en majesté ; elle rétrécit le trottoir. Elle force à descendre Mme Choxe dont on dit que le lit vaut la table et qui traîne ce qu'elle préfère gonfler : son cabas. Comme tout le monde se connaît sur le quai, ces dames se saluent, en se lorgnant à hauteur de nombril ; puis chacune s'en va, contente de soi, de son petit ventre, l'une pour ce qu'elle en sort, l'autre pour ce qu'elle y rentre. Et moi qui fais comme tous les matins la navette, le long du quai, du pont à la passerelle de fer, aller et retour (trois fois, pour la ligne), je ne saurais aujourd'hui décider de leurs mérites. Il y a des jours où l'on se demande pourquoi les choses sont si tranchées, pourquoi ceux qui s'occupent des autres en reçoivent si peu, pourquoi Mme Choxe serait assez sotte pour envier les vertus de Mme Sauteral. Il y a des jours où, de la famille, on en a jusque-là. Il y a des jours où l'on sait que c'est une drogue, l'affection : ça vous tient, ça vous coûte, ça ne vous comble jamais et pourtant, dès que ça manque, vous voilà tortillé.

Je descendais gentiment tout à l'heure pour le petit déjeuner. Point d'Aubin, déjà parti à son école, en clochant du pied. Point de Salomé, qui a brusquement décidé de s'inscrire à un cours d'infirmière (pour seconder Gonzague, futur médecin, c'est probable). Bertille passait l'aspirateur dans les chambres. Il n'y avait là que Blandine, à qui ses tuyaux dans le nez donnaient un petit air morse et une voix de caneton. Mais tout de suite, tombée à terre près de la chaise de Salomé, la chose m'a sauté aux yeux : cette plaque dont l'avers de plastique transparent faisait sandwich avec un revers de papier d'étain et laissait voir, dans vingt et une logettes, des pilules roses portant chacune l'indication d'un jour de la semaine. Elles avaient donc changé de couleur ? A ma connaissance celles de Bertille, jusqu'ici, étaient bleues et, pas plus que les emménagogues, ne traînaient dans la salle. J'ai allongé la main en murmurant, pour moi seul :

« Tiens ! Elle les a oubliées.

— Je ne crois pas, a nasillé Blandine. J'ai vu Salomé en prendre une tout à l'heure. Ses pilules ont dû tomber de son sac.

— Alors, ça ! »

Blandine m'a vu partir en claquant la porte. Vous avez bonne mine quand soudain, la preuve que votre aînée a un amant, c'est votre cadette qui vous la donne avec sa bénédiction de pucelle avertie, trouvant normal que sa sœur se protège ! On s'en doutait, remarquez. On n'est pas myope. On n'est pas non plus puritain. On aurait du mal : ce qui était bon pour moi avec Madeleine, avec Emma, avec Paule et quelques autres, quand nous étions jeunes, n'a pas cessé de l'être pour ceux qui le sont aujourd'hui. Depuis toujours la bête verticale ne songe qu'à se coucher. Des mises à plat le nombre ne varie guère, j'imagine, et je ne sache pas que la terre en ait jamais tourné ni plus ni moins vite... Tout de même, le nouveau style me choque ! Voilà un des sujets où j'ai lieu de vérifier combien restent incomplètes les liquidations de transfuges tels que moi, partisans de réformes dont ils supportent mal les conséquences et soucieux d'examens qui leur arrachent la peau. Ne parlons même pas de cette pharmacopée, en principe non délivrée aux mineures sans le consentement des familles et qui, par voie orale, sauve la passion de ses suites, comme l'aspirine de la migraine. Parlons de ce naturel qui pour moi banalise la nature ! Nous, de l'amour nous estimions les gênes et les dangers. Certes, déjà, nous l'avions sécularisé ; nous étions descendus du sentiment du sacré à celui du merveilleux. Mais si le reste ne fut jamais que décor, je me fais mal au triomphe de la fonction.

« Ton courrier est sur ton bureau », crie Bertille par la fenêtre.

Mes jambes m'ont ramené à la grille. Le gravier crisse sous mes talons comme dans ma tête. Quoi encore ? Je n'aime pas beaucoup Gonzague, c'est vrai. Je n'ai pas de motifs pour ça, c'est vrai. J'entends d'ici Arnaud Maxlon, père assez maltraité sur le chapitre, qui s'est fait une raison, qui se venge à travers des boutades :

« Bah ! Il est moins important maintenant de

voir' défoncer sa gosse que sa voiture. Si tu t'inquiètes, on te trouve inquiétant : Œdipe rôde et le cochon, c'est toi. »

Je suis au perron, je suis à la porte. Salomé, était-ce Bertille intacte, telle qu'elle fut pour Gabriel et non pour moi ? Tout bien pesé, ce n'est pas si scandaleux. Cela prouverait au moins que la greffe berrichonne a réussi au point de transformer le sujet. Quel qu'il soit, un père, pour une fille, c'est défini par son rôle, par son âge qui de toute façon lui interdisent de rester un homme. Mais rien ne fera que, pour le père, la fille ne soit ensemble, comme la langue l'a voulu, le féminin de fils et le féminin de garçon. Surtout dans certains cas... De nos indignations, qu'elles sont troubles, les sources ! Saint Sigmund, ayez pitié de nous !

« Pourquoi ris-tu ? » dit Bertille qui vient à moi sur le palier, une lettre à la main.

Lui expliquer me paraît délicat. Je songeais à Salomé, dans la même situation, mais fille de mon père à *La Belle Angerie*. O rage ! O désespoir, torgnoles, imprécations ! Fulgurant doigt pointé vers la grande porte, à franchir dans la honte sans or ni balluchon ! C'est bien notre chance, à nous, élevés au temps des interdits, c'est aussi la raison de nos faibles réticences que d'avoir été les derniers-nés de la société de rigueur et en même temps les premiers permissifs ! Mais délogeant l'honneur de son triangle noir, où l'hygiène le remplace, ne sommes-nous pas allés un peu loin, un peu vite, dans le souci de la compréhension ?

« Il y a une carte de Jeannet, dit Bertille. Il

sera libéré le 21. J'ai reçu aussi un mot de ta mère. Lis : ce qu'elle propose est inattendu. »

Je prends la lettre, je la lis sur place, assis sur une marche de l'escalier qui monte à l'ancien grenier, découpé en quatre chambres d'enfants. De la nouveauté passons à l'autrefois qui, lui aussi, fait mon siège par le truchement de Bertille qu'on pressent favorable :

« *Comme je le prévoyais, ma fille, Marcel cherche acquéreur pour* La Belle Angerie. *Or, vous savez que l'ensemble avait été vendu du vivant de mon mari en viager, aux Guyare de Kervadec qui en ont fait la dot de Solange. L'usufruit dont je suis bénéficiaire ne porte que sur le château et la fermette annexe. Il est donc très facile de liquider* La Vergeraie *et* La Bertonnière, *excellentes métairies qui sont au surplus en fin de bail. Il l'est moins de brader* La Belle Angerie, *occupée, mal en point et défendue par les cris de la famille. On m'a déjà discrètement proposé de racheter la nue-propriété, à un prix raisonnable.*

« *Mais pourquoi moi ? Pourquoi pas votre mari ? Réfléchissez-y. J'ai une idée pour faciliter la transaction. Je serai à Paris le 23 décembre pour l'inventaire.* »

Enveloppe bulle, issue d'un économique paquet de vingt-cinq acheté au Prisunic de Segré. Papier à en-tête (biffé) de mon père : Mme Rezeau ne doit pas écrire souvent pour n'avoir pas, depuis le temps, épuisé le stock. Bertille s'assied à côté de moi sur la marche et par exception me laisse enfoncer les doigts dans ses cheveux sans protester.

« Tu as été choqué, murmure-t-elle, par les

pilules de Salomé. Moi aussi. Elle est libre. Mais selon nos accords elle nous devait des explications. Comme il ne faut surtout pas la contrer, en ce moment, j'hésite à demander une réunion du conseil. »

Sa tête a fini par tomber sur mon épaule et de la bouche entrouverte, humide, s'échappe l'odeur fraîche du dentifrice enrobant une question :

« Et qu'est-ce que je vais répondre à ta mère ? »

Les derniers mots sont passés de bouche en bouche. Elle n'a sous le tablier que son soutien-gorge. Elle grogne un peu dans le baiser, en virant de l'œil parce que Blandine n'est pas loin. Réfléchissons. Tout ce qui a été fait à *La Belle Angerie* a toujours été le fait du prince et les intéressés jamais n'ont eu voix au chapitre... Excellente occasion ! Je lâche Bertille :

« Explique-lui ce que c'est, notre conseil, et convoque-la, à tout hasard, en ajoutant que tu mets sa proposition à l'ordre du jour. On pourrait en profiter pour poser une « question affectueuse » à Salomé. »

XI

Un de mes pires souvenirs d'enfance, c'est celui du jour où par M. Rezeau, au nom de Mme Rezeau, trônant au centre de la grande table à pieds torses, la loi nous fut donnée : arbitraire, indiscutable, exigeant de nous, dans le silence et la crainte, une soumission totale, voire une pieuse gratitude envers le droit divin. De dix à quinze ans la scène m'a fait rêver, rageur, à une république de gosses, retirée sur l'Aventin pour y traiter sur pied d'égalité avec la Rome des adultes. Passé de l'autre côté (bien malgré moi : le diktat de l'âge reste le seul incontestable), j'éprouve la plus vive répugnance à disposer de jeunes êtres. Même s'ils ne sont pas encore doués d'un discernement suffisant, ils le sont de réactions, liées au sentiment de l'autonomie physique : qui respire pour son compte étouffe vite dans l'air d'autrui.

D'où, chez moi, l'institution du conseil. Naïveté ? Je ne crois pas. Il ne suffit pas que la vie de famille soit quotidiennement discutable, par tous, compte non tenu des différences de taille (la parole *tombe* d'une bouche d'homme dans une oreille d'enfant et cette seule gravité fausse leurs rapports). Il faut de temps à autre, dans les cas importants, un décorum, une solennité à bon pouvoir de date, donnant à chacun l'occasion d'en appeler au droit de parole, comme de s'exercer à la citoyenneté, c'est-à-dire au débat, suivi de vote, puis d'obéissance à la loi du nombre. Pas de transformations de la maison, pas d'achat de meubles, pas de location de vacances sans l'avis de tous. Pas de gestion non plus : on ne se figure pas ce qu'ils sont moins exigeants, les gosses, qui ont établi avec vous votre déclaration de revenus. Quant aux punitions, elles gagnent toujours à être discutées et si possible consenties : j'ai vu Jeannet se voter quinze jours de privation de sortie pour un très mauvais carnet de notes, alors que j'en demandais huit. Il est vrai qu'il venait d'avoir douze ans : après cinq ans de voix consultative, il votait pour la première fois.

*
**

Voilà donc Bertille au centre de la table, entre Aubin et Jeannet, tous deux en survêtement rouge à bande blanche. Moi, en face, entre Blandine et Salomé, ma rousse et ma noire, l'une en robe de tricot vert pâle, l'autre en pantalon et chemisier de satin noir, toutes deux n'ayant de commun que leur maquillage. La grand-mère Caroux, grippée, n'occupait pas son bout de table. Mais Mme Rezeau occupait le sien... Elle était venue !

Remontée pour l'inventaire, elle m'avait téléphoné de chez Mélanie pour me demander d'aller la chercher. Elle nous observait sans rire, exploratrice curieuse des mœurs de la tribu :

« Ça marche mieux que l'autorité, vraiment, votre système ? avait-elle dit en s'asseyant. Si vous êtes mis en minorité, vous, parents, vous appliquez la décision ? »

Et de tiquer, tout de même, quand, après avoir ouvert le livre de famille et noté les présents, Blandine, « secrétaire de séance », s'était mise à lire :

« Et d'abord une question affectueuse : *Estimant qu'une fille de dix-huit ans est seule juge de se donner à l'essai, Maman demande à Salomé, qui a fait confiance à Gonzague, pourquoi elle n'en a pas prévenu ses parents ?* »

Le visage un peu crispé, mais empreint d'indulgence, Mme Rezeau écoutait Salomé, bien plus à l'aise qu'elle, répondre tranquillement :

« Je pensais vous l'avoir fait suffisamment comprendre et pour le reste je voulais vous éviter le détail.

— Mais, dit faiblement Mme Rezeau, ce n'est pas le silence qui est le plus... »

Elle n'acheva pas. Frères et sœur déclenchaient un véritable tir de barrage :

« L'amour, disait Blandine, ce n'est pas une maladie dont la déclaration soit obligatoire.

— Je ne comprends pas, disait Jeannet — pour une fois dans le camp de Salomé. Vous ne me demandez pas le nom de mes amies. Vous préférez même ne pas le savoir. Pourquoi une attitude envers la fille et une autre envers le garçon ?

103

— Vous ne croyez pas, rétorquait Bertille, que ce qui risque d'allonger la famille la regarde un peu ? »

Il y eut un certain flottement, puis la voix de Jeannet laissa tomber :

« Alors si tu nous fais encore un petit frère, préviens-nous par lettre recommandée. On pourrait ne pas être d'accord. »

Et aussitôt, exploitant l'effet :

« Tu vois, ça n'a pas de sens. »

Madame Mère ne bougeait plus. Elle était loin, loin, réfugiée dans je ne sais quelle époque. La main en cornet derrière l'oreille, elle feignait de mal entendre. Les Chinois aussi, elle les avait connus incroyables : *Cette année-là les mandarins détrônèrent Tchou qui avait condamné vingt des leurs, en bonne justice, mais les avait fait empaler sur du bois et non sur de l'ivoire.* Cependant mon regard croisait celui de Bertille qui me disait oui, d'un battement de paupières. Oui, n'insistons pas. Nous sommes de la génération de transition, qui se croyait dégagée des tabous, mais ne saurait comme certains membres de la nouvelle considérer l'amour, ci-devant dénommé fornication, comme l'expression même de l'innocence et de la liberté.

« Et toi, Papa, qu'en penses-tu ? disait Blandine.

— Je pense, fis-je doucement, que Salomé a voulu nous ménager. On ne ménage pas ceux qui vous aiment : ils se croient aussitôt mis sur la touche.

— Tu es un affreux ! dit Salomé, la larme à l'œil.

— Bon, dit Bertille, venons-en à la proposition de votre grand-mère. Faut-il racheter *La Belle Angerie* ?

*
**

Ma mère s'était soudain redressée. *Ce n'est sûrement plus la même personne*, m'avait téléphoné Paule : cela se confirmait de plus en plus. Malgré des préjugés massifs elle continuait à n'avoir d'yeux que pour la pécheresse. Habituée à manier l'allusion, elle acceptait un colloque où un gamin pouvait brutalement lui dire son fait. Jeannet déjà attaquait ferme :

« Il faudrait d'abord savoir ce que ça signifie, ce rachat, dit-il. Nous sommes des Rezeau *débourgeoisés* qui n'ont aucune envie de réintégrer la caste. D'accord ? »

Point d'objection. Madame Mère jouait avec son double rang de perles, avec cet *air double* difficile à interpréter.

« Or *La Belle Angerie*, reprit Jeannet, reste le symbole de ce que nous refusons ; et puis le tas de pierres est trop gros. Vous connaissez mes idées là-dessus. On peut tolérer la propriété dans la limite du territoire nécessaire à tout animal : pour nous, une maison dans un jardin. Mais si le lot augmente, il contredit la nature, il devient...

— Pouce ! fit Aubin. Nous savons par cœur.

— Voilà de bons sentiments, Jeannet ! dit Mme Rezeau, goguenarde. Ton père n'a pas de fortune, mais ne paraît pas dénué de ressources. Il a eu quelques difficultés, durant un temps, mais tout de même en fait de vache enragée, tu n'en as mangé que le filet... Précisons que le tas de pierres ne vaut pas la moitié du prix d'une villa au bord de la mer.

— Excusez-nous, ma mère, dit Bertille. Nous sommes très directs, ici. Je vais l'être aussi et poser deux questions : Avons-nous envie de racheter cette propriété ? En avons-nous les moyens ?

— En avons-nous le droit ? ajoutai-je.

— Comment ça, le droit ? » dit ma mère.

Il fallait bien la rappeler au souvenir de ses propres truquages :

« Excusez-moi, mais nous étions, nous sommes toujours trois frères. Un seul a hérité, qui vend. On peut considérer la chose comme une réparation, et, dans ce cas, Fred a son mot à dire.

— Jeannet a de qui tenir, reprit ma mère, mais dans un sens ta position se défend. Fred te donnera sa bénédiction ou, plutôt, il te la vendra.

— Nous n'avons pas fini de payer la maison de Gournay, dit Salomé. Comment nous en mettre une autre sur les bras ? »

Déplaçant sa chaise à petite coups, Madame Mère s'était rapprochée d'elle :

« Tu portes mon bracelet, c'est gentil, fit-elle. Je te dirai quelque chose tout à l'heure entre quatre z'yeux... Comment payer ? C'est simple. Je peux faire à ton père une avance d'hoirie dont il n'aurait à me compter que les intérêts, le capital

106

se trouvant automatiquement remboursé à ma mort. Après tout ce serait pour moi un placement comme un autre.

— Passons sur les intérêts et même sur l'entretien, dit Jeannet. Mais une maison sans eau, sans sanitaire et sans chauffage, nous ne l'habiterons que modernisée, au moins en partie. Et voilà une dépense trop lourde pour nous...

— L'objection est sérieuse, cette fois, dit Mme Rezeau. J'y ai pensé. Je rajoute la somme au prêt. »

Générosité dans l'astuce ! La phobie de ma mère fut toujours de voir diminuer ses revenus. Elle n'avait ni amélioré ni même réparé *La Belle Angerie* pour ne pas sécher un certain capital. En me le prêtant, elle pourrait jouir de la réfection sans perdre un sou de rente. Quel mélange dans sa tête ! Il fallait sauver le chef-lieu des Rezeau : Marcel renonçant, Fred nul, il n'y avait que moi de possible. Il fallait éviter à tout prix un acheteur étranger, qui serait le maître, qui ne tolérerait ni coupes de bois, ni trafics avec les antiquaires. Il fallait peut-être aussi effacer le coup, se délivrer d'une légende lourde à porter. Enfin il fallait attirer du monde : elle ne supportait plus la solitude, elle ne supportait plus son châtiment. Son regard tendu l'avouait assez : sans entamer ses finances, cette offre — déguisant une demande — entamait au moins son orgueil.

« Y a du poisson dans la rivière ? » fit soudain la voix pointue d'Aubin.

Excellent petit, qui ouvrait une brèche dans le silence de nos réflexions !

« Ça, dit Mme Rezeau, il y en a. Il pue la vase,

mais ton père m'en raflait des nasses pleines : brochets, anguilles ou dards.

— Dard ? » répéta Aubin, très intéressé, mais ne parlant pas craonnais.

Je traduisis :

« Vandoise, si tu préfères. C'est surtout à la sauterelle, posée devant leur nez, en surface, que tu les attrapes bien.

— Tu restes avec nous pour le réveillon, grand-mère ? dit Salomé.

— J'avais prévu de faire la fille en m'offrant une table au *Mulet Rouge*, dit Mme Rezeau. Mais si vous m'invitez...

— Bien entendu, dit Bertille. Que décidons-nous ? »

Mme Rezeau fit mine de se lever, retomba, se souleva de nouveau en s'appuyant sur l'épaule de sa petite-fille et finalement se rassit, soupirante et comme désarmée. A quel point il était difficile de savoir si elle était sincère ou retorse ou les deux à la fois, je pus encore le constater :

« Je préférais ignorer qui a dit oui et qui a dit non, fit-elle. Votez-vous à main levée ou à bulletins secrets ?

— Je regrette, dit Bertille, nous votons à bulletins signés, c'est plus franc. Quant au vote à main levée nous nous sommes aperçus que les grands bras avaient trop d'ascendant sur les indécis... Tu veux ajouter quelque chose, chéri ?

— Oui, je voulais dire qu'il y a en réalité deux questions. La première est celle qui semble être seule posée : rachetons-nous *La Belle Angerie* malgré les charges que cela suppose et l'interprétation qui peut en être donnée ? La seconde se

déduit de la première et se résume en sept mots :
Annulez-vous vingt-quatre ans de rupture ? Dire
non à ceci n'entraîne pas qu'on ait envie de dire
non à cela. Je m'abstiendrai.

— Tu serais plutôt contre, avoue ! dit Jeannet.

— Il serait plutôt pour, dit Mme Rezeau. C'est
sa façon à lui de se donner bonne conscience
en faisant semblant d'obéir à la démocratie
familiale. »

XII

Pas de surprise. Un non, de Jeannet. Quatre oui :
de Bertille (*un homme a deux jambes, une famille
a deux ascendances*, me dira-t-elle ensuite), de
Salomé et de Blandine (suivant une mère décidée
plutôt qu'un père divisé), d'Aubin (par sympathie
pour les dards de l'Ommée). Un bulletin blanc :
le mien. Mme Rezeau n'a pas voulu participer
au vote :

« Moi, je prends seule mes décisions. »

Le résultat à peine consigné sur le livre de
famille, elle a filé, Mme Rezeau, avec Salomé,
entraînant cette frileuse sur la promenade Ballu
en dépit d'un froid piquant. Tandis que Jeannet,
pas content, tournait autour de moi en grognant :
De toute façon La Belle Angerie, *je n'y mettrai
jamais les pieds*, je les ai vues discuter toutes
deux en faisant la navette, bras dessus, bras
dessous. Inutile d'entendre pour comprendre et
Salomé me l'a confirmé une heure plus tard.
Madame Mère insistait :

« Est-ce que vraiment, ma petite fille, il n'y
aurait pas moyen d'obtenir un petit quelque chose
d'officiel ? »

Elle était prête à s'engager bien plus loin que je n'aurais pu le croire :

« Surtout dis bien à ce garçon que tu n'es pas sans rien. Au besoin je ferai le nécessaire. »

Et reculant devant la franchise tranquille de la petite qui répondait : *Mais enfin, grand-mère, ne sois pas vieux jeu : Gonzague ne peut pas se marier avant plusieurs années ; on n'en parle même pas ; on s'aime, ça suffit...* elle a fini par battre en retraite :

« Après tout, après tout... »

Elle a fini par se retrouver toute lâche et, se ressouvenant peut-être d'une lointaine aventure, s'est montrée, pour cette enfant-là, presque détachée de son passé, de ses principes :

« Après tout, je veux bien, moi, profiter de mon reste. Profite de ton commencement. Tout est si court... »

*
**

Tout est si court, en effet : elle en a fait l'expérience ; moi aussi ; Salomé la fera bientôt. Mais nous sommes en sursis dans les guirlandes et les odeurs de dinde aux marrons. J'en connais une qui va être prise au dépourvu quand, à minuit, Bertille nous laissera entrer dans la salle et enlèvera le drap qui recouvre les étrennes, rangées par petits tas individuels sur la desserte.

Nous offrons tout le 25 décembre. Mais le Père Noël, ce bon papa Gâteau mâtiné de Père Eternel, qui a gérontocratiquement succédé au petit Jésus, nous l'avons, pour mensonge inutile, refusé : comme le sapin qui sèche dans chaque foyer durant quinze jours et y pleure ses aiguilles sur le parquet au nom de ses trois millions de jeunes frères, enfants de la forêt massacrés chaque année pour les nôtres. Bertille centralise les cadeaux, offerts par chacun à chacun : ne vous offriraient-ils qu'un crayon, les donataires se sentent plus à l'aise et se réjouissent davantage quand ils sont aussi donateurs.

Or, ma mère, qui le soir de Noël nous offrait une orange, qui est venue les mains vides, elle a son tas : cinq paquets enveloppés de papier-fête, ficelés en croix avec des choux de bolduc. Elle n'en a jamais tant vu : ses parents, comme mon père, étaient plutôt serrés. Parmi ses rides, elle fait des mines de petite fille gâtée. Elle défait patiemment les nœuds, du bout des ongles. Elle déplie les papiers sans les déchirer. Elle pousse des cris de souris en découvrant une boîte de bonbons à la menthe (Aubin), une liseuse (achetée en association par les filles), une ironique boîte de savonnettes (Jeannet), un moulin à café électrique destiné à remplacer son archaïque engin (Bertille) et enfin, à titre de provocation ou de symbole, un petit olivier d'argent à six branches garnies de nos six médaillons : le tout hâtivement réuni en fin d'après-midi quand nous avons su qu'elle restait.

« Merci, répète-t-elle, merci, mes enfants. »

Elle est ravie. Elle n'est pas moins vexée. Elle perd la face. Elle va et vient dans la salle décorée par Jeannet, dont c'était le tour de trouver un thème et qui, avec des boules de verre de différentes grosseurs, a bricolé un système planétaire autour du lustre, astre central noyé dans des protubérances lumineuses de plastique rose. Elle s'arrête sous un spoutnik qui croise du côté de Jupiter, le long d'un double fil... Mais soudain nous voilà dans la nuit. Jeannet vient d'éteindre et le spoutnik, en clignotant, se met à filer vers la corniche. Il revient, il repart. On admire. On s'en lasse. On rallume. Madame Mère n'a pas changé de place, mais elle a tout à fait changé d'allure. Elle s'avance, impériale, vers sa bru :

« Vous m'excuserez, Bertille, je n'avais rien prévu. D'ailleurs mon fils m'a fait à cet égard une réputation justifiée : je suis très avare. »

Ses deux mains sont passées derrière son cou et s'occupent. Léger déclic : elle vient de décrocher son double fil de perles blanches, grises, noires, roses, en mélange : bijou curieux, bijou sérieux, le seul qui reste de la grand-mère Rezeau :

« Vieille peau gâte l'orient, reprend-elle. Ça fera mieux sur vous, ma fille. »

Et voilà au cou de Bertille, médusée, deux cents *fines* tirées du profond des mers chaudes où le requin parfois vient croquer du plongeur. Mme Rezeau respire. Mme Rezeau triomphe. Elle le regrettera jusqu'à sa mort, son collier. Mais elle a fait figure ; elle va pouvoir manger, boire et dans la chambre d'ami, ensuite, ronfler comme un sapeur, tandis qu'au creux du lit nous commenterons la journée, Bertille et moi, et que discrètement, dans un petit vent aigre qui porte au loin des rumeurs de guinguette, Jeannet en pull roulé sous sa veste de cuir, Salomé emmitouflée dans le manteau de chat qu'elle vient de trouver dans son lot, en ordre dispersé, fileront vers leurs amours.

XIII

Il m'a semblé entendre vers quatre heures des pas sur le gravier, puis un grincement de porte dans le fond du jardin où nous remisions la remorque-camping. Dans la naïveté de mon demi-sommeil j'ai même pensé : la bouteille de butane du radiateur est vide : ils vont geler. En fait Salomé, bien reconnaissable au piquetage de ses talons aiguille, est rentrée à six heures et Jeannet, dont les quatre-vingts kilos font vibrer la rampe, à sept. Quand ils sont descendus déjeuner tous les deux, semoncés par le second coup de clochette, vers midi et demi, ils bâillaient à qui mieux mieux sur des dents blanches et, les yeux gonflés, la bouille fripée, s'allongeaient de toutes parts en longs étirements de chats satisfaits.

« Vous êtes frais ! dit Blandine.

— Je ne ferais peut-être pas un cinq mille, dit Jeannet. Mais ça ne va pas m'empêcher de remonter à Lagny avec Gonzague, tout à l'heure.

— J'en suis ! s'écrie Aubin.

— Et moi ? réclame Blandine.

— Non, dit Jeannet, avec le courant qu'il y a encore, je ne nous vois pas souquer pour cinq. On prend le canot. »

Il est vrai que Gonzague, à qui son père ne refuse rien, a aussi un biplace à moteur hors-bord : depuis quelques jours il est même amarré à notre ponton, à côté de notre vulgaire barque plate repeinte en vert grenouille par les enfants qui ont hérité de mon amitié pour l'eau douce. Salomé lance à son frère un regard éloquent : si je veux, c'est toi que Gonzague laissera sur le sable. Mais elle dit :

« Grand-mère Rezeau n'est pas là ?

— Non, dit Bertille, elle est partie très tôt ce matin. A Longpont, chez votre oncle Fred. Il paraît qu'il est très difficile à joindre en dehors des dimanches et des jours de fête. Puisque votre père l'exige, elle veut avoir tout de suite son accord. Lui non plus, elle ne l'a pas vu depuis vingt-quatre ans. Mais ça n'a pas l'air de l'inquiéter : elle a son adresse, celle de son bureau ; elle sait tout de lui comme de nous.

— Savoir, faute de pouvoir, c'est toujours ça, dit Jeannet. Qu'est-ce qu'elle a dû nous faire espionner !

— Bon, on mange ! » dit Bertille qui semble agacée par cet acharnement.

Mais à peine sommes-nous en place que le téléphone sonne. D'ordinaire, je laisse Bertille ou l'un quelconque des enfants filtrer les communications. Bien inspiré, je passe dans le bureau et je décroche.

« Allô ! Vous êtes bien M. Rezeau ? Pas le fils... Le père ? »

Je m'affirme tel, déjà soucieux : la voix est inconnue, l'exorde singulier.

« Je ne saurais vous donner ni mon nom ni mon adresse. Tout ce que je peux vous dire, c'est que Gonzague a des ennuis. Heureusement j'avais votre numéro... »

La voix maintenant détache les syllabes :

« Ne-gar-dez-rien-à-lui. »

Sur ce l'inconnu a coupé. La tonalité est revenue. Ne nous emballons pas : nous avons peut-être affaire à un mauvais plaisant. Je réfléchis en regardant par la fenêtre. Il fait très froid dehors, sous un dôme bleu. L'herbe est givrée. Le bassin reprend, bien que Jeannet ait pris le relais d'Aubin pour donner de l'air aux poissons rouges. Le soleil bas fait flamber la glace concassée, vrai charbon blanc du gel. Quelle sorte d'ennuis peut avoir un étudiant en médecine ? On pense tout de suite aux services qu'il peut rendre à des amies en difficulté. Mais il n'est qu'en troisième année, il manque sûrement d'expérience et on ne m'aurait pas conseillé si vivement de ne rien garder ici qui lui appartienne. Bien qu'il soit fils unique d'un médecin dont le cabinet marche bien, Gonzague en étale trop. Vingt fois les enfants, dont l'argent de poche est limité, m'ont avoué que ça les gênait de le voir payer pour tout le monde. Comment fait-il pour se permettre de telles dépenses, ses costumes, sa *Triumph*, son canot ? *Ne gardez rien.* Est-ce que, justement, le canot... ?

Je compulse rapidement l'annuaire, je trouve le numéro, j'appelle Lagny. Mais comme je m'en doutais, c'est un répondeur automatique qui intervient : *Le docteur Flormontin est absent jusqu'au 26 décembre. En cas d'urgence adressez-vous au médecin de garde, le docteur Alacoquet à Noisy. Si vous voulez laisser un message, vous avez trente secondes. Parlez...* Mieux vaut me taire : ce n'est pas le moment de figurer sur la bande magnétique que demain le docteur Flormontin peut ne pas être le seul à consulter.

« Eh bien, on t'attend. Qu'est-ce qui se passe ? dit Bertille apparue dans l'entrebâillement de la porte.

— Commencez sans moi. Je reviens, j'en ai pour cinq minutes.

— Un jour de Noël... » proteste Bertille.

Je vois dans son dos s'approcher Aubin. Comme si je voulais me gratter, je me touche l'aile du nez, du bout de l'index. C'est le vieux signal de détresse qui, entre frères, à *La Belle Angerie*, signifiait : *Attention, fais gaffe !* Il a seulement été inversé de sens. Pour nous, parents, il signifie maintenant : *Pas un mot aux enfants.*

J'ai pris mes jumelles, j'ai mon plan, je vais faire le tour par le port et de l'autre rive surveiller le coin. Quel est le danger ? Et n'y a-t-il pas plus grand danger — pour nous — à devenir complice de je ne sais quoi en essayant — pour d'autres — de le parer ? De nouveau j'éprouve cette fureur sourde bien connue de tous les pères de famille : ce sont les tiers, neuf fois sur dix, qui nous entraînent dans leurs aventures et, à cet égard, l'imprudence des enfants, si peu soucieux de leurs actes comme de leurs relations, multiplie les chances noires.

Je suis passé le long du ponton presque sans tourner la tête. Il est encadré par deux pêcheurs qui, par ce temps, ont vraiment de la constance, mais qui peuvent être tout autre chose. Ils peuvent même appartenir à des camps opposés. L'excitation me vient, effaçant la rancune. J'imagine que l'un surveille le canot qui, moteur encapuchonné, se dandine près de ma barque. J'imagine que l'autre surveille le premier, prêt à lui sauter dessus s'il donne des preuves de son intérêt. Moi, en somme, je supervise le tout.

La réalité est plus simple et je pourrai m'en convaincre dès qu'ayant franchi le pont je serai arrivé en face, où la rive se relève d'un mètre et, couverte d'arbres et de buissons, est aussi farcie de petits ports privés qui sont autant d'observatoires bien camouflés. Les jumelles entrent en fonction. L'étrange plaisir que de voir ainsi sans être vu, de sauter de loin au visage des gens ! Je l'ai fait cent fois en vacances, mais au détriment de personnages de cartes postales, de baigneuses sortant de l'eau, de couples superposés dans l'herbe, bref d'anonymes dont la neutralité vacancière fait oublier que l'homme est un chasseur. Aucun doute, nos gars sont de mèche et ils ne trempent du fil que par occasion. Tous deux ont entre vingt et vingt-cinq ans : ce sont probablement des étudiants, pas très endurcis dans ce trafic si j'en juge à la trouille qu'ils affichent. Ils n'osent se rapprocher franchement ; ils le font en progressant tout doucement par la tranche du pied. Je grelotte, mais je n'aurai pas trop à attendre. Eux aussi ont froid : par moments ils battent la semelle ou soufflent sur leurs mains.

Et voilà ! Tandis que celui de gauche se retourne en faisant semblant de changer son esche, celui de droite plante sa ligne de biais sur une petite fourche de bois et se glisse sur la plate-forme. Sortant une cisaille de dessous sa peau de mouton, il coupe la chaîne au ras de l'anneau d'amarrage et saute dans le bateau qui commence à dériver près du bord. Il n'a évidemment pas la clef de contact et, posté à l'avant, se contente de profiter du courant en utilisant la pagaie de secours pour se maintenir droit. L'acolyte, de son côté, file sans ramasser les cannes. Quand le canot aspiré par une arche a disparu en aval, il saute sur un vélomoteur et s'en va. La réalité des « ennuis » de Gonzague n'est pas douteuse et leur nature se précise. De toute manière le garçon est un minable : il a remisé chez nous sans vergogne et il n'y a pas besoin d'être grand clerc pour deviner que son engin doit être truqué ou traîner un container étanche collé au fond comme un rémora. Eh quoi ! des histoires de ce genre ça n'arrive qu'aux autres ; ça ne tombe pas sur le père d'enfants librement élevés, certes, mais bien suivis et qui ont chaud chez eux. La fureur me prend tandis que je reviens en hâte. Elle m'inspire des pensées dignes : *Le salaud ! Et en plus, il m'a baisé ma fille ! Pour rien...* Je marche. J'éclate du rire pénible des gens qui déraillent et s'aperçoivent soudain qu'il est urgent de se foutre d'eux-mêmes. *Beau réflexe de papa porté sur le papier ! Si le gars avait bagué la fille, ce serait plus grave.*

120

En repassant le pont j'aperçois le canot qui continue à descendre vers Neuilly-sur-Marne. Bon vent ! Qu'ils se soient méfiés de moi ou qu'ils agissent sur d'autres directives, ces types m'économisent un problème. Il m'en reste un, suffisamment pénible : celui de Salomé.

« Hep ! crie-t-on derrière moi. Hep ! Attends-moi. »

*
**

Madame Mère vient de descendre du 113 C, place de l'Eglise, et trotte en me faisant de grands signes du bras. C'est bien le moment ! J'espérais avoir le temps de mettre Bertille au courant, d'interroger Salomé, d'examiner la situation avant son retour. Il devient presque impossible de ne pas la mettre dans le coup. La révélation, complétant celle d'hier, risque de lui donner une riche opinion de nous. Mais surtout, bavarde comme elle est, elle est fichue de s'en confier à sa fermière qui se fera un plaisir de commenter les choses dans tout le pays.

« Je suis donc allée voir nos couleurs, dit Madame Mère, me rejoignant avant le café-glacier à l'angle de la promenade Ballu. C'est au diable ! Autobus, métro, autobus, je n'en sortais pas. »

Elle s'est arrêtée pour rétablir un souffle court.

« Vous auriez dû prendre un taxi, dis-je.

— Un taxi... Comme tu y vas ! reprend ma mère, réprobatrice. Enfin le principal est que Fred soit d'accord. Contre un petit bakchich, bien entendu, que nous rajouterons au principal. »

Elle glisse, elle continue :

« Il n'était pas autrement étonné que je vienne le voir, mais je t'avoue que je m'en serais bien dispensée. Fred était entre deux vins. Il n'a pas cinquante ans, il en paraît soixante, il est gros, chauve, complètement avachi. La doudou n'est pas mal : elle zézaie poliment, elle a l'air courageuse, elle serait même assez jolie. Mais je ne sais pas comment elle a fait : le gosse est crépu, lippu, bien plus noir qu'elle. Je ne dis rien de la baraque... J'en ai vu des centaines, du même genre, quand ton père était juge à la Guadeloupe. C'est un carbet, sans les margouillats. »

Ce n'est pas la première fois que je surprends dans la bouche de ma mère ce ton voluptueux quand elle parle de la déchéance des siens. On dirait qu'elle s'y donne raison, qu'elle savoure ce châtiment privé, corollaire d'une condamnation générale. Que tout aille mal, n'est-ce point la preuve que tout allait mieux, dans l'ordre d'antan ?

« Mais qu'est-ce que tu fais dehors ? Vous n'êtes pas encore à table ? Ma foi, ça m'arrange, j'étais confuse à l'idée de forcer ta femme à me remettre un couvert.

— Elle en remettra deux. Je n'ai pas eu le temps de manger non plus. »

Puisqu'elle aime nos malheurs, servons-la chaud. Continuons :

« Personne n'est encore au courant de rien à la maison. Il arrive une sale histoire à Salomé.

— A Salomé ! Comment ça ? s'exclame-t-elle, agrippant mon bras.

— Entrons dans le café. Il fait trop froid pour

en parler dehors et avant de rentrer, j'aimerais avoir votre sentiment. »

Je pousse la porte. Je l'installe à la terrasse vitrée, face à la Marne, devant un gin-tonic auquel elle ne touchera pas. Je lui raconte tout.

*
**

Et ce dont je l'instruis devient peu de chose auprès de ce qu'elle m'apprend, elle, sans le vouloir.

Je me disais : elle a un faible pour Salomé comme elle en a eu un pour Marcel. Mais comme pour lui ça ne vas pas loin ; ça reste à fleur de peau ; ça se mélange au souci de se ménager, sinon une complicité, du moins une complaisance.

Je me disais : ce qui l'attire aussi chez Salomé, c'est ce qu'elle a fini par me faire avouer à son sujet ; c'est une situation qui réjouit en elle ce refus secret, ce mépris d'une famille que sa dictature a par ailleurs exténuée. Je suis loin du compte. Je me suis lourdement trompé. Mme Rezeau essaie en vain de grincer :

« C'est bien ton tour d'avoir des ennuis avec tes enfants ! »

Mais elle est devenue toute grise et soudain elle suffoque, elle bégaie :

« La pau...vre chérie ! Voilà une... enfant... gâchée. »

Elle se remet assez vite et me prend à partie :

« Tu ne pouvais pas faire attention à ses fréquentations ? »

Puis comme je parle d'interroger Salomé, elle se rebiffe, elle n'hésite pas à se contredire :

« Elle ne sait sûrement rien. Epargne-lui un choc. Après tout tu supposes, mais tu n'as pas la preuve que Gonzague soit bouclé, ni même coupable. Qu'est-ce que tu gagnerais à brusquer les choses ? Préviens Bertille, ça suffit. Pour le reste faisons le gros dos, attendons. »

Se taire, se terrer, rien n'est plus contraire à son tempérament. Elle s'est redressée, mais quoi qu'elle fasse, il lui reste, avec des yeux noyés, un léger tremblement du menton et je suis là contre elle, bien plus agité par cette découverte que par l'autre. Il faut bien se rendre à l'évidence : ma mère est devenue fanatique de Salomé. Comme ça, brusquement. Comme on attrape la malaria. Le monstre froid de mon enfance avait donc du sang chaud pour nourrir enfin cette fièvre ! Mais pourquoi maintenant, pourquoi si tard, pourquoi pas jadis, pour nous, ses véritables enfants ?

XIV

DANS cette maison que j'ai voulue de verre il n'est pas facile, même pour un jour, de se réfugier dans le mystère. Le fait de rentrer avec ma mère m'avait fourni sur l'instant un alibi : sans m'expliquer, je laissai croire que j'étais allé la chercher. Malheureusement, tandis que nous chipotions dans nos assiettes, les enfants ne décollaient pas du vivoir, attendant Gonzague et m'empêchant ainsi de parler à Bertille dont les regards affichaient de l'inquiétude. S'ils se doutaient de quelque chose, au moins pouvaient-ils penser qu'il s'agissait d'ennuis extérieurs à la maison, l'idée que je puisse avoir à leur sujet un secret commun avec leur grand-mère ne les effleurant pas. Mais à trois heures Jeannet, étonné, prit l'*I.D.* pour aller voir si par hasard Gonzague n'était pas en panne quelque part avec sa *Triumph*. Il revint presque aussitôt :

« Ça, c'est fort ! dit-il. Le canot à moteur n'est plus là. Gonzague est venu le chercher.

— Sans passer ici ! fit Salomé.

— Ses parents lui ont peut-être demandé de

promener des invités de la dernière heure, dit Bertille sans me quitter des yeux.

— Il serait venu s'excuser », dit Salomé.

Nous avions beau, ma mère et moi, afficher un calme désarmant et parler d'autre chose avec application, je me sentais assiégé. Salomé, appelant Lagny, tomba comme moi sur le répondeur. Tous les enfants s'étaient groupés autour d'elle. Je ne pus empêcher Jeannet de se pencher sur l'appareil et de confier à la bande magnétique une énergique protestation :

« Et alors, Gonzague, qu'est-ce que tu fiches ? On danse d'un pied sur l'autre en t'attendant.

— Lâcheur ! cria Blandine, de la même façon.

— Téléphone-moi, chéri, aussitôt que tu es rentré », dit enfin Salomé.

Je respirai : aucun d'eux ne s'était nommé. Consolation naïve, du reste : si nécessaire, un bon inspecteur n'aurait aucune peine à remonter jusqu'à ma fille.

« Qu'est-ce qu'il y a ? » me souffla Bertille, profitant de l'intermède.

L'arrêt brusque d'une *Fiat*, devant la maison, me dispensa de répondre. Sortant de la voiture de sa mère, Marie Bioni — l'amie de Jeannet — traversait le jardin en courant, escaladait le perron en deux enjambées, poussait la porte :

« Tu parles d'un scandale ! » dit-elle, tandis que Jeannet, l'enlevant par-dessous les bras, la hissait à bonne hauteur pour l'embrasser.

**

Avec son mètre cinquante et ce bout de visage

noyé dans une mer de cheveux, elle est appétissante, Marie. Ce grand gaillard de Jeannet a du goût pour les miniatures, mais celle-ci, après une dizaine d'autres, tient le coup depuis deux ans. Inspecteur de l'enregistrement à Lagny, célèbre dans le coin pour la férocité de ses relèvements, toujours assaisonnée du même refrain : « Ce n'est pas ma faute si l'Etat est un grand maltôtier », son redoutable père file assez doux devant sa fille pour tolérer, malgré des principes corses, ce qu'il qualifie de « liaison préalable ». Mais, que ce ne soit pas la première, Marie ne l'a jamais caché. Elle a même pour parler de ses flirts précédents une aisance dans l'aveu typique de sa génération (dans l'aveu, non, puisque pour elle il n'y a pas faute... Disons : dans la franchise). J'ai beau y être désormais habitué, elle me coupe encore le souffle, par moments : surtout quand je vois sourire Jeannet, point jaloux, plutôt flatté de détenir une fille libre, ni sotte ni coûteuse (je veux dire sachant comme un garçon dépenser l'argent de papa) et totalement dénuée du vieux talent féminin pour les phrases et les embarras.

Pour l'instant la jeune personne, remise sur ses pieds, s'inquiétait en regardant Salomé :

« Vraiment, tu ne sais pas ? Gonzague...

— Quoi, Gonzague ? » dit Salomé d'une voix tout de suite altérée.

Elles peuvent bien, nos filles, commencer par où finissaient leurs grand-mères ! Que les sens allument les sentiments ou l'inverse, le résultat est le même : chacune se tourmente aussi vite.

« Qui se serait douté ? reprit Marie, accrochée au veston de Jeannet. Gonzague a été cueilli ce matin à onze heures chez lui. La bonne avait congé et ses parents sont partis en week-end dans leur fermette du Loiret. J'ai vu les flics sauter le mur. »

Il faut dire que Marie habite dans la même rue : c'est précisément chez elle que mon équipe a connu Gonzague.

« Vas-y, dis tout ! fit Salomé, très raide.

— Ils ont fouillé toute la maison, continua Marie. D'après ce qu'on dit ils en voulaient surtout à un type qui a été plus vif qu'eux et que des voisins ont vu filer par le fond du jardin. Gonzague, lui, dormait. Les flics l'ont emmené, menottes aux poignets.

— Mais enfin pourquoi ? » gémit Salomé.

Le ton me rassura : elle n'était au courant de rien. Chacun écoutait, figé, stupéfait : sauf ma mère et Bertille qui, insensiblement, se rapprochaient de la petite, se glissaient derrière elle.

« C'est une histoire d'*herbe*, dit Marie. Papa a des amis au commissariat, il a pu se renseigner. Le cerveau serait le fuyard et Gonzague un comparse. La police surveillait depuis trois mois une filière d'étudiants qui ravitaille les hippies et les universités. En fait elle a raté son coup : elle n'a saisi que cinq paquets de fausses Gauloises dans un tiroir de commode. Elle pensait trouver beaucoup mieux. »

Pardi ! L'entrepôt, c'était le canot. A cette heure, sûrement délesté, il devait être au sec quelque part dans un garage à bateaux. Mais chut ! Il fallait taire ce détail susceptible d'être répété, de nous valoir d'indésirables visites. Quand on est censé tout ignorer, quand ce qu'on sait n'a plus d'utilité, où est le mal ? Qui oserait vous faire grief de votre silence ? Ce n'est pas demain la veille du jour où j'admettrai que les devoirs d'un père passent après ceux du citoyen. Je ne voulais pas voir un flic pointer le nez dans le linge de Salomé.

« Il ne m'a rien dit... rien dit ! répétait-elle entre ses dents.

— Encore heureux qu'il ne t'ait pas mouillée ! dit Blandine.

— J'aurais mieux aimé !

— C'était ça, son fric ! dit Jeannet, sévère. Je m'en veux. Nous en avons tous profité.

— Voilà un garçon dont j'espère ne plus entendre parler, dit Bertille.

— Tout le monde en fait des gorges chaudes, reprit Marie. La médecine, pour Gonzague, maintenant, paraît fichue. La situation même du docteur Flormontin va en prendre un coup. Vous voyez sa tête, quand il va rentrer !

— Vous ne voyez pas celle de Salomé ? lança Madame Mère, hargneuse. Laissez-la souffler. »

A vrai dire elle se tenait bien, Salomé. Trop bien. Comme une statue. Elle était seulement passée de la chair au marbre. Seul son front restait vivant et tout plissé, venait buter sur la barre noire des sourcils. Personne n'osait bouger et ce fut elle qui s'y décida la première. Elle sourit une seconde à sa grand-mère, puis flageolant un peu sur ses hauts talons se dirigea vers la porte :

« Excusez-moi, dit-elle. J'ai besoin d'être seule. »

**
*

Nous l'entendîmes accorder son violon, puis renoncer en refermant la boîte. Deux heures plus tard elle était encore bouclée dans sa chambre et personne n'avait réussi à l'en faire sortir, quand Madame Mère eut l'idée de lui glisser un billet sous la porte. Salomé ouvrit presque aussitôt et ce qu'elles se dirent durant deux autres heures, ni l'une ni l'autre, ensuite, n'en devaient souffler mot. La smala, compréhensive, avait filé chez les Maxlon, et Bertille restée seule avec moi truffait le silence de phrases inachevées :

« Je le retiens, Gonzague ! Mais je ne suis pas du tout sûre que Salomé... »

Ou bien :

« Il fallait que ça lui arrive, à elle... »

Ou encore :

« Nous ne la connaissons pas, ta mère, et la voilà qui maintenant... »

A sept heures et demie elle passa dans la cuisine, me laissant téléphoner à Paule, qui ne répondit pas, puis à Baptiste, également absent. Je venais de m'installer devant le poste de télé, quand Mme Rezeau et Salomé Forut redescendirent, la première appuyée sur la seconde. Elles s'assirent à côté de moi sans mot dire, jusqu'à la fin du Journal parlé. Puis Salomé, toujours absente, mécanique, se leva pour aider sa mère à mettre le couvert.

« Nous avons beaucoup bavardé, dit Mme Rezeau. Cette enfant a besoin de changer d'air. Il y a longtemps que j'ai envie de faire un tour aux îles Canaries. Si vous êtes d'accord, je lui offre le voyage. »

Pour s'absenter en pleine succession, pour ris-

130

quer une telle dépense, fallait-il qu'elle eût envie d'exploiter l'occasion ! Je regardai ma femme qui me parut réticente. Mais ce fut moi qui murmurai :

« Elle peut être convoquée comme témoin.

— Raison de plus », dit Mme Rezeau.

Soudain Salomé fut contre moi. De la petite fille heureuse de la veille, il ne restait que les boucles noires et cette courbe fraîche de la joue au-dessus de quoi tout le visage s'était durci :

« Laisse-moi partir quelque temps, souffla-t-elle. Je ne pourrai pas me supporter ici en ce moment. »

Tandis qu'elle appuyait ses lèvres sur ma tempe, je surpris le coup d'œil féroce jailli d'entre les cils serrés de Mme Rezeau. Puis Salomé se releva pour s'installer auprès d'elle et je ne vis plus qu'une paupière tendre d'oiseau de proie sur son nid.

XV

CE pouvoir d'imposer aux autres sa décision, cette promptitude à la mettre en œuvre, voilà qu'effaçant vingt-cinq années de retraite ils lui revenaient pour des raisons diamétralement opposées. Le lendemain, dès neuf heures, après avoir longuement scruté mes cartes, repéré ce qu'il fallait voir, Mme Rezeau téléphonait à une agence de voyages spécialisée dans les « dates tirelires » et les prix de basse saison. Pressant le mouvement, elle reprenait l'appareil pour retenir deux places, par chance disponibles dans un avion du jour. Elle continuait par un coup de fil à maître Dibon pour l'avertir qu'elle serait absente au moins un mois :

« J'aimerais, ajouta-t-elle, que vous n'attendiez pas mon retour pour établir, sinon l'acte, du moins le compromis de vente de *La Belle Angerie*. Ne laissez pas traîner cette affaire, assurez-vous des signatures de mes fils. J'avais préparé le projet d'accord ; je vous l'envoie dans l'heure. »

Puis elle continua par un télégramme à Marthe Jobeau et une visite éclair à ma banque d'où elle me fit retirer une somme d'argent qu'elle me remboursa en me griffonnant un chèque sur la sienne (non sans faire des réflexions sur le coût du voyage, sa moue sollicitant une aide... qu'elle refusa, peut-être en espérant que j'insisterais). Revenue au trot et profitant de l'absence des cadets partis au lycée, comme de celle de Jeannet qui venait de reprendre son poste sur l'ordinateur de la Compagnie d'assurances où il travaillait avant son service, elle bousculait Bertille, encore indécise. Elle me bousculait, moi, pas plus chaud que ma femme pour la laisser emmener Salomé, mais soucieux d'accéder au désir de ma fille et, par ailleurs, fasciné par le spectacle d'une ardente adoption dont je me piquais de voir jusqu'où elle pourrait aller. Elle bousculait la petite elle-même qui nous aurait bien accordé un délai ; elle bourrait, elle bouclait sa valise en soufflant :

« Ne fais pas comme j'ai fait. Ne moisis pas dans ta chambre et dans ta déconvenue. »

Bref, à seize heures, poussant Salomé devant elle, Mme Rezeau tendait à la préposée avec un large sourire deux cartes d'embarquement.

« Au fait, c'est mon baptême de l'air », dit-elle, guillerette, en nous faisant un victorieux petit signe de la main par-dessus la balustrade.

Nous l'avions, Bertille et moi, accompagnée sans joie. Dix minutes plus tard, grimpés sur la terrasse et respirant à pleins poumons la puissante odeur de kérosène qui devient aujourd'hui le parfum des ailleurs, nous vîmes la Caravelle, crachant deux filets gris, se cabrer sur la piste et monter vivement dans un ciel rose jambon bordé à l'horizon d'une épaisse couenne de nuages.

XVI

QUATRE jours sans nouvelles. La négligence était-elle imputable aux postes espagnoles ? Je l'avais déjà remarqué, lorsque nous l'avions envoyé perfectionner son anglais en Ecosse, puis l'année suivante en Irlande : l'absence de Salomé rend la maison plus vide que celle de Blandine ou de Jeannet ; elle est, comme celle d'Aubin, responsable d'un certain silence où les murs semblent s'éloigner les uns des autres, comme les parquets allonger leurs lattes d'ordinaire raccourcies par la vivacité de ses pas. Je n'aime pas y réfléchir, mais il faut bien s'avouer que les affections, comme les reines-marguerites, ça se repique. Il y a des êtres à qui les circonstances semblaient donner moins de titres, qu'on a un temps ménagés par scrupule et dont l'existence même, peu à peu, se met à combler la vôtre. Pour le mieux savoir, je n'étais pas le seul à l'éprouver. Comme j'étais rivé à mon bureau, Blandine l'était à ses cahiers. Bertille s'affairait, nerveuse. Retour d'école, Aubin rôdait dans le jardin, seulet, ou venait entrouvrir ma porte :

« Rien de Smé ? »

Le cinquième jour — un jeudi — il grimpa bruyamment l'escalier en brandissant deux cartes postales identiques où en deux exemplaires montait, chapeauté de blanc, dans un bleu aussi nu que soutenu, le *Pic de Teide*, réclame numéro un de Tenerife. Bien, me dis-je : on nous écrit séparément. Mais Mme Rezeau ne s'occupait que de Salomé : *Plus on regarde, moins on s'écoute. Je lui en donne le plus possible à voir. J'essaie de l'empêcher de se recroqueviller derrière ses lunettes de soleil*. Quant à Salomé elle ne s'occupait pas moins de Mme Rezeau : *Dix heures de tourisme par jour. Grand-mère a envahi les Canaries et peut, partout, profiter de tout : sangria, excursions, fruits de mer ou trempettes. Elle veut absolument demain prendre le coucou de Ten Bel...* Salomé ajoutait, il est vrai : *J'espère vous manquer autant que les Ercés me manquent*. Mais rien de plus. Une lettre entraîne aux confidences. Les cartes postales, que peut lire le facteur, protègent ceux qui n'ont pas envie d'en faire.

Pour ne pas nous décevoir tout de même, elles défilèrent dès lors au rythme d'une par jour : toutes soigneusement timbrées de vignettes différentes pour donner à Aubin l'occasion de les décoller à la vapeur sur le bec de la bouilloire ; toutes barbouillées de couleurs chaudes et la plupart d'entre elles célébrant le haut béton surgi parmi les fleurs, les sables fins, les aloès et les grandes feuilles toujours effrangées des bananiers. Ces dames ricochaient d'une île à l'autre : de Tenerife à Gomera, de Hierro à la Grande Canarie... Cependant que nous-mêmes, dans le même temps, sans bouger, nous ricochions du blanc au noir, de souci en satisfaction.

Ce fut d'abord un flic en civil qui survint : rondouillard, poli, prodigue en petites révérences de tête comme en questions bonasses. Il enquêtait, *rien de grave, messieurs-dames,* sur une petite affaire de marijuana. Le nommé Gonzague Flormontin, *ami de vos enfants, n'est-ce pas ? et particulièrement de Mlle Salomé, charmante jeune fille, d'après tout le monde...* le nommé Gonzague leur avait-il parfois distribué des cigarettes ? Avions-nous senti une odeur particulière ? Avions-nous remarqué un trafic ?

Dieu merci, Bertille éclata de rire et l'inspecteur voulut bien se contenter, avec une tasse de café, de mon immense étonnement.

Huit jours plus tard, à la tombée de la nuit, sonnait à notre porte le docteur Flormontin. Lissant d'une main sa rose calvitie, il commença par nous prier d'excuser son fils, *empêché,* de n'avoir pas donné de ses nouvelles depuis dix jours. Je lui répondis que j'en avais eu, comme tout le monde, par la rumeur publique et il se répandit aussitôt en dolents commentaires : le pauvre petit ! Il avait été bien abusé par de mauvais amis. Nous, qui le connaissions, n'en doutions sûrement pas. Il n'y eut point d'écho : ce qui nous valut brusquement, de la part de ce praticien aux diagnostics froids, un plaidoyer nasillard, à demi bégayé, plus sympathique que convaincant. A fils unique père unique : celui-ci n'admettrait jamais l'indignité de celui-là. Mais il eut le tort, en partant, de me demander négligemment si nous savions ce qu'était devenu le bateau :

« Je sais seulement, dis-je, à quoi il servait et que les amis de Gonzague l'ont fait disparaître à temps. »

Le bonhomme s'arrêta pile :

« Mais alors, dit-il, effrayé, c'est plus sérieux que je ne pensais. N'en parlez pas, surtout. »

D'un coup d'épaule dans le vide il se redressa et, saluant du chef, s'enfourna dans sa voiture sans avoir soufflé mot de Salomé. Ma froideur l'avait sûrement empêché de nous dévoiler le véritable but de sa visite.

*
**

Mais je m'en doutais et une première lettre en provenance du XIVᵉ arrondissement me le confirma bientôt. De deux choses l'une : ou le prisonnier rendait sa liberté à ma fille ou il essayait de s'accrocher. Pas question de m'en assurer : comme la ligne jaune sur la route est un mur, une enveloppe doit être réputée sacrée ; et ceci vaut non seulement pour mes ombrageux adolescents, mais pour Aubin dont le courrier est une des occasions majeures de se considérer comme une personne, définie comme telle à *son* adresse par l'attention d'un tiers, le boulot d'un facteur, la réserve des siens. Ayant détesté une autorité abusive, je n'en supporte aucune, y compris la mienne que j'aime remplacer par des décisions collectives, tout au plus « orientées ». Ma discrétion est de même origine : j'ai trop ragé, au temps des épluchages de M. Rezeau qui, lunettes braquées sur le bout de son grand nez de presbyte, examinait soupçonneusement tout, au départ comme à l'arrivée, et passait la lettre à Madame pour révision complémentaire.

Bertille ni aucun des enfants, consultés, ne crut devoir faire exception à la règle. Une seconde lettre, d'ailleurs, nous édifia : quand on insiste, c'est qu'on s'accroche. Le poulet rejoignit l'autre, posé bien en évidence sur le sous-main du petit secrétaire de Salomé, dans sa chambre, dite « aux vaches » (le papier reproduit à l'infini les peintures rupestres de Lascaux) dont rien ne se touche en son absence, mais où — comme ses frères et sœur — elle s'est toujours abstenue de nous offenser en fermant le moindre tiroir à clef.

Mais déjà nous passions d'un gendre improbable à une bru possible. Comme dit fortement Mme Caroux, *les tout-petits, on ne s'occupe que de leur derrière. Puis on travaille des années à leur faire une tête, jusqu'à ce que, chez les tout-grands, on se retrouve assoté de l'ancien problème.* Un second père, celui de Marie, se présenta un samedi et, courtoisement courroucé, nous apprit que sa fille depuis une quinzaine montrait une fâcheuse propension à utiliser la voie orale en aller et retour à l'heure du déjeuner :

« Je viens vous demander vos intentions, dit-il, en me scrutant d'un regard habitué à déchiffrer le visage des fraudeurs.

— Vous voulez dire : celles de Jeannet ! dit Bertille pour lui rappeler que, même en ce cas, la mode n'est plus aux arrangements de famille.

— J'aime beaucoup Marie, ajoutais-je aussitôt. Mais si vous m'en croyez, laissons faire ces jeunes gens. La pire maladresse serait de leur imposer ce que sans doute ils désirent. Toute la vie, à la moindre dispute, ils se jetteraient cet argument à la tête. »

Il ne nous restait plus qu'à prendre l'apéritif ensemble : le rôle de père noble est désormais très limité. Moi, je pensais, amusé : voilà donc comment, sans s'être consultés, la Corse et l'Anjou se mélangent. Pas plus qu'un donneur de sang, nous ne pouvons prévoir ce qui sera fait du nôtre, ni quel étranger, à peine connu la veille, deviendra l'autre grand-père... Eh oui, grand-père ! J'y pensais aussi, moins amusé. Une autre génération me repoussait vers le troisième âge. Quand le futur beau-père s'en fut, à demi rassuré, je m'aperçus dans la glace du vestibule et me trouvai fripé.

*

M. Bioni avait d'ailleurs grand tort de s'alarmer. Aussi sourcilleux envers lui-même qu'à l'égard d'autrui — et ceci, quand il m'horripile, fait passer cela —, un garçon comme Jeannet n'élude par ses responsabilités : il se précipiterait plutôt dessus, *satisfait de satisfaire* (comme disait un de ses profs, agacé). Le soir même, en rentrant de son travail, Jeannet entrait dans mon bureau où Bertille et moi collationnions un article tapé en quatre exemplaires et à sa façon nous annonçait la couleur :

« Dis, Papa, j'ai bien le numéro 9 depuis Jean Rezeau, l'huissier royal pieusement décédé en 1760 d'une colique de miserere ?... Il faudra prévoir une rallonge : Marie a mis le 10 en train. »

Fort détendu, il quêtait notre approbation.

« Bon, fis-je, quand te maries-tu ?

— Dans le mois si possible et sans cérémonie. »

De la décision, de la simplicité, bravo ! Pour l'émotion, je connaissais l'oiseau, né d'un autre de même plumage : il n'en montrerait pas. Mais dans ces cas-là, moi, je me tais ; Jeannet, lui, se lance dans le commentaire :

« Tu sais ce que je pense : ça ne devrait pas être nécessaire. Mais puisque ça l'est, allons-y et rentrons à fond dans la statistique. Nous voilà dans les 40 p. 100 de courageux qui ont fait d'avance leur premier enfant. Mais je vais t'avouer : c'est par hasard et puisqu'il existera, ça m'embête un peu qu'il n'ait pas été fait exprès.

— Il serait encore très facile de l'éliminer, dit Bertille. Donc le garder, c'est le faire exprès. »

Nous nous tûmes parce que Aubin — pour me faire signer son carnet — frappait quatre coups à la porte (Jeannet n'en frappe qu'un, Salomé deux, Blandine trois. Bertille gratte). Mais avant de sortir, mon fils-père nous embrassa tous, s'attardant même à me tapoter l'épaule. Il avait, lui, été fait exprès et si ce privilège depuis la mort de sa mère pouvait passer pour illusoire, j'en restais le vivant témoin. Une heure plus tard, seul à mon bureau, j'y réfléchissais encore. Petit, Jeannet était sûrement plus proche de moi. Je l'aimais bien, mon garçon ! Mais une chose est d'aimer, une autre d'être à toute seconde ferveur et frémissement. Peut-être Jeannet était-il devenu trop différent de moi. Peut-être avait-il un peu pâti de la grâce dévolue aux filles de qui un père apprend enfin ce que leur sexe peut offrir de douceur.

Quand la clochette du dîner tinta, je relisais la dernière carte, timbrée d'Arrecife, à Lanzarote. *Nous rentrons mardi matin, hélas !* assurait-elle. Mais cela était écrit en cunéiforme maternel et le paraphe noir de Mme Rezeau couvrait largement la menue signature bleue de Salomé qui, de la même encre, avait biffé le *hélas*. J'imaginai la petite aussi lasse que moi d'un périple aux étapes si courtes que nous n'avions pas pu une seule fois la toucher. J'en avais été, ainsi que Bertille, assez dépité ; et je ne l'étais pas moins de la date de son retour. Je ne pourrais pas, au risque de passer pour négligent, aller la chercher à Orly. J'avais accepté le rendez-vous de maître Dibon, le notaire, convoquant pour le même jour les trois frères Rezeau à Soledot. Comment décommander tout ce monde ? Même pour Salomé.

XVII

DÉBUT février, les pneus gaufrent toujours parfaitement la glaise des allées. Il n'y a pas d'autres empreintes que les miennes : nul n'est donc arrivé plus tôt. Je suis d'ailleurs en avance et c'est pourquoi je passe par *La Belle Angerie*. Une bruine tenace avive le vieux rose des briques à demi rongées, pousse au bleu marine les ardoises fêlées qui doivent goutter sur les greniers comme gouttent partout au pied des murs les chéneaux crevés. Au loin l'hiver du bocage noie les fossés et lessive patiemment, entre mille haies, l'infini damier des herbages sur quoi croassent des corbeaux imperméables, noirs comme des parapluies. La Jobeau est sortie de chez elle avant mon coup de frein. La tête à l'abri sous une capuche de toile cirée, les pieds au sec dans des demi-bottes de caoutchouc, elle laisse bravement se mouiller le reste qui sent la vache et le caillé :

« Vous voilà donc dans les papiers, dit-elle, et tout à l'heure patron sous vos talons. »

Petit rire :

« Patron... Enfin je m'entends : après Madame. »

Je descends, je lui tends la main où elle met la sienne, avec hésitation, après l'avoir essuyée sur son tablier.

« Venez causer une minute au feu », reprend-elle.

Assis bas sur une chauffeuse bancale, les mains en avant, devant l'âtre qui fut celui de Bertine et où brûle encore ce noueux bois de culée qui appartient à l'abatteur et que Jobeau, ahanant, a dû passer des heures à fendre, je n'ai plus qu'à écouter Marthe. Pour ne pas perdre de temps, elle démoule de petits fromages de pays, puis se met à rincer les faisselles :

« Pour revirer, Madame, elle a reviré ! J'en ai entendu sur vous tant et tant ! Et entre nous, vous-même, vous l'avez si bien arrangée... »

La lavette brasse de l'aluminium dans la bassine pour assurer la transition. Marthe change de voix :

« Faut dire que Monsieur Marcel, en voulant tout, vous a aidé. Et puis aussi votre demoiselle... C'est pas croyable ! Je l'avais jamais vue, Madame, s'échauffer pour rien ni pour personne. Salomé-ci, Salomé-ça, elle ne parle plus que d'elle. La voilà comme ensorcelée.

— Elle vous l'a dit ?

— Elle me dit tout, fait Marthe. Vous savez, Madame, elle ne sait rien faire et maintenant qu'elle est seule, sans bonne, c'est une pitié ! Je l'ai vue faire cuire une escalope dans une casserolée d'eau, à gros bouillons. Et ne parlons pas de son linge... Mouillé, c'est lavé : elle vous fait sécher ça, tout gris, au-dessus de son poêle qui fume. Elle est en panne pour un bouton. Alors elle vient, on s'aide, on se raconte... »

Marthe saisit un torchon, se met à essuyer ses moules et campée dans ce franc-parler à quoi l'ont encouragée notre déconfiture et des années de confidences, elle me sert mon paquet :

« Excusez le coup de langue, mais le monde, à Soledot, regretterait plutôt M. Marcel. Un homme si comme il faut ! Qui pratique. Qui donne à l'école libre et aux œuvres... »

Accumuler les privilèges et se donner ensuite celui de la bienfaisance, je connais le programme : il a été celui des miens depuis deux siècles et, tout décrassés qu'ils soient de leur déférence, tout férus qu'ils se veuillent de leurs droits, les paysans du coin en sont encore ébaubis. Notons ce trait que mon père eût couvert d'éloges : Marcel n'a jamais fait ravaler la façade dont le crépi se détache par plaques ; il a préféré entretenir un reste de prestige. Cependant Marthe s'immobilise et tend l'oreille :

« Le car monte la côte », dit-elle.

Je n'entends rien, mais la finesse d'ouïe paysanne lui permet vite de préciser :

« Il ralentit. C'est M. Rezeau. »

Ne sursautons pas : elle a raison. Selon l'usage elle appelle Fred, aîné de feu son père, par le nom de famille. Elle l'a fait toutefois avec une certaine moue. Si le car s'arrête au bout de l'allée, qui peut en descendre ? Aucun voisin : elle le saurait. Car elle sait tout et, notamment, que le pauvre monsieur n'a pas de voiture.

*
**

145

Lui aussi, il aurait dû aller directement à Soledot. Mais puisqu'il passait devant après tant d'années, il n'a pas résisté au désir de jeter un coup d'œil sur la vieille maison mère, quitte à remonter ensuite le dernier kilomètre à pied sous la pluie. Je suis sorti sur le pas de la porte pour le voir arriver. Mais ce bonhomme dont le ventre écarte les pans flottants d'une vieille gabardine et qui abrite son crâne luisant sous un journal à demi déployé, est-ce vraiment Fred ? Il patauge lourdement, il traînasse en regardant à droite et à gauche comme s'il comptait les derniers arbres. Je ne le reconnaîtrai vraiment qu'à vingt pas : grâce à son nez tordu à gauche et à son menton en galoche qui pointe entre deux orbes de graisse. Pourquoi me souvenir à cet instant que j'ai seulement dix-huit mois de moins ? J'en suis glacé et sa première remarque ne me consolera pas :

« Tu te tiens, mon salaud ! »

La suite le ressuscite un peu :

« Tu as vu ? Elle nous a tout coupé, même le grand rouvre planté par le fondateur. Horrible à penser ! Si ça se trouve, ce chêne Louis XV parquette maintenant le living d'un B.O.F... Tu me suis ? Je veux voir le reste.

— Madame m'interdit d'ouvrir la maison en son absence, dit Marthe. Mais vous pouvez rôder dans le parc. Je vous prête un pépin. »

Il s'agit d'un engin de couleur puce qui a les dimensions d'une coupole et sous quoi, stoïquement assise sur un tabouret de traite devant son panier d'œufs et ses canards aux pattes liées, Marthe peut braver la giboulée en attendant le chaland une fois par semaine sur la place du marché. Nous y tiendrons aisément deux pour faire, mélancoliquement, le tour d'une sorte de désert où les fardiers ont creusé de profondes ornières et que parsèment ces légers renflements de terrain, enserrés de racines, au centre de quoi, quasi funéraire, résiste la dalle de bois laissée au ras de la terre par la scie à moteur. Les circonférences régulières commémorent des résineux, les ovalisées des feuillus. Leurs ronds concentriques donnent l'âge des défunts et je me penche de-ci, de-là, pour reconnaître le cormier géant, le frêne record et, à l'odeur qui persiste, le cèdre argenté, le séquoia à bourre rouge qui, tous deux, faisaient leurs six mètres de tour. J'avais déjà entrevu ce massacre, où l'avarice a sans doute eu moins de part que la mauvaise joie de faire tomber des arbres aussi généalogiquement représentatifs pour une famille terrienne que l'ont été leurs planteurs.

« La salope ! » gronde Fred, avec une sorte d'allègre rage.

Fred, qui supporte mal de retrouver les choses dans un état trop différent de celui de ses souvenirs, a réinventé le ton d'une époque où nous gravions nos V.F. sur l'écorce des disparus. Ni lui ni moi pourtant depuis cinq lustres ne sommes venus traîner les pieds sous leurs ombrages. Ni lui ni moi ne sommes innocents. La mère a sacrifié les arbres des Rezeau, j'ai sacrifié leurs idées, Fred leurs ambitions, Marcel leur terre, comme si chacun de nous concourait à une vaste entreprise de destruction où son seul rôle lui parût excusable. Par ailleurs quelle étrange continuité dans le discontinu ! Semblable à Mme Rezeau, Fred a l'air de m'avoir quitté la veille. Le temps lui a fait perdre ses cheveux comme il a fait perdre à *La Belle Angerie* ses futaies. Mais Chiffe, bientôt quinquagénaire, a la même voix, pour dire :

« Tiens ! Voilà Cropette. »

*
* *

Le P.D.G. à son tour nous rejoint. Il nous a vus de loin descendant vers l'étang. Pour ne pas se mouiller il n'est pas sorti de voiture et sa Mercedes roule lentement sur l'ancien chemin de ronde qui ne se distingue plus du pré que par une légère dépression dans le niveau de l'herbe. Des brindilles craquent sous ses roues. Arrivé à notre hauteur il ouvre la portière et vient sans façons se réfugier sous le grand pépin de Marthe.

« Je pensais bien vous trouver là », dit-il.

Oui, c'est Cropette : en vacances de sa femme et de ses enfants, de ses soucis et de ses charges, comme nous-mêmes le sommes des nôtres. Il ne peut pas dépouiller sa peau de grand patron aux airs dégagés en qui s'américanise le sérieux bourgeois. Il garde à la boutonnière l'insigne discret de cette confrérie qui recrute parmi les chefs d'entreprise et avec la bénédiction de N.N.S.S. les évêques — aujourd'hui plus communément dénommés les pères — modifie l'allure, sinon l'exercice, de l'autorité bien-pensante. La prunelle lui a tourné un instant en voyant ce qu'est devenu Fred. Mais miracle ! il est presque simple et cordial. Sans doute est-ce son intérêt aujourd'hui de se baisser, de faire l'aimable. Sans doute se force-t-il un peu pour s'interdire de jouer les importants. Mais comment ne serait-il pas saisi par la rareté d'un fait qui ne s'est pas reproduit depuis 1933 : notre présence simultanée à *La Belle Angerie* ? Pour quelques minutes voilà sa raideur cassée. Il est sans question, sans reproche, sans calcul. Il a tout oublié comme nous. Aîné, cadet, benjamin n'ont pas d'âge ; les années, les situations, les apparences, les intérêts perdent leur sens, leurs poids. Les trois frères sont au bord de l'étang, sous la soie puce où les gouttes tambourinent. Ils viennent d'apercevoir le bateau. Leur vieux bateau. Il a besoin d'être écopé, l'eau affleure le caillebotis. Mais le fond a été repassé au coaltar, le bordé repeint, les tolets graissés :

« C'est Jobeau qui s'en sert pour aller à la pêche », dit Marcel.

Il y a du regret dans l'air : pour la fraîcheur de nos muscles, pour ces remontées folles tentées à grands coups de perche vers les étranglements d'amont où la rivière en crue nous plaquait parfois de travers sur des berges hérissées d'épine noire. Et voilà que le grand pépin tombe... Fred a sauté ; il a, sous le banc où s'allongent les gaffes, saisi l'écope et pesant sur un bord, retrouvant le tour de bras, la cadence, il expédie de longues giclées sales. Ce sera vite fait. Quand l'écope ne racle plus que de la boue, Marcel saute à son tour, va se poster à l'avant, tandis que, comme jadis, méprisant mon pantalon, je m'empare d'un aviron et ressuscitant ma spécia-

lité, je me mets à godiller, pointant droit sur la
passerelle d'où Folcoche, un jour, sauta dans
le bouillon. Personne ne parle. Qu'aurions-nous
à dire, nous qui n'avons de commun qu'une
évocation ? Le bateau glisse sur le marouillis
qu'est devenue la pièce d'eau, jamais curée,
rétrécie au midi par la grande roselière, asile
chéri des cols-verts, qui a doublé de surface, et
de l'autre côté par l'écroulement de la berge,
effritée, poussée en avant, depuis que les bêtes
y vont boire, par des générations de pieds four-
chus. Il pleut toujours. Trempés, mais rebaptisés,
nous traversons ; nous nous engageons, tête
baissée, sous la passerelle, pour rejoindre l'Ommée. Un léger roulis se déclenche qui inspire
Fred. Il lance :

« Charivari ! »

Ainsi, entre deux tramails, pour effrayer le
poisson et l'envoyer aux filets se faire prendre
par les ouïes, chahutions-nous le bief. Nous
voilà, quinze fois pères à nous trois, mais pleine-
ment dans l'enfance, debout et les jambes écar-
tées, qui appuyons, hilares, avec un bel ensemble
sur la gauche, puis sur la droite. Sous l'effort
l'eau se creuse ; l'onde de choc bondit vers les
deux rives, les claque, brasse les chevelus des
vernes et des saules, revient sur nous, recoupe
les ondes suivantes que le bateau, roulant toujours
plus bas, expédie sans cesse dans une confusion
de vagues courtes et d'éclaboussements sonores.
Le bordé va toucher l'eau, nous sommes prêts
d'embarquer : c'est le jeu. Accroupis un peu
plus, pour tenir l'équilibre, ces messieurs qui
n'ont pas comme jadis les pieds nus et sur les

fesses une méchante culotte de toile, appuient encore... Les tolets touchent la bouillie noire qui remonte du fond et un superbe paquet de vase diluée, nauséabonde, enrichie de débris de feuilles pourries, embarque, choisissant pour point de chute les pieds du P.D.G. qui cesse de rire et crie :

« Merde ! Ça va comme ça. J'en ai plein mes chaussures. »

Finalement nous arriverons en retard, chez maître Dibon, pour y bénéficier d'une notable surprise : dans le bureau ce n'est pas seulement le notaire, c'est aussi Madame Mère qui nous accueille. Une étrange Madame Mère, à vrai dire : poudrée, graissée, nantie d'une mise en plis avec postiche, d'un bon coup de teinture et d'un ensemble bleu marine qui lui découvre le genou. Elle nous lorgne :

« Eh bien, vous êtes frais !... Qu'est-ce que je vous disais, maître ? Ils sont allés godailler dans le parc pour raviver leurs souvenirs. »

Et devant mon double étonnement elle explique :

« Oui, je faisais trop Carabosse auprès de Salomé. Je me suis décidée à m'habiller plus moderne... Nous sommes arrivées ce matin à dix heures à Orly. Ne t'y trouvant pas, j'ai téléphoné à Bertille et appris que la signature avait seulement lieu aujourd'hui. Nous avions juste le temps de prendre le rapide de Sablé où maître Dibon a bien voulu venir nous chercher...

— J'avais votre procuration, chère madame, dit le notaire. Mais nous préférons tous que vous soyez là. »

Et tourné vers moi :

« Votre fille n'a pas voulu être indiscrète. Je l'ai confiée à ma femme pour la durée de cet entretien. »

Il devrait être court, l'entretien, puisqu'en principe nous sommes tous d'accord. Mais dès que le notaire s'engage dans le détail, mes contractants se réveillent et, *chacun à la dimension de sa gueule* (comme dit une expression locale) *fait son brochet*. Marcel, qui s'est figé dès qu'il a aperçu Mme Rezeau, qui a repris son air offensé (offensé d'être traité sur le même pied que nous), rappelle que les deux grandes fermes sont désormais séparées du reste et que la frontière tout du long sera la rivière. J'en conviens aisément. Mais il ajoute aussitôt qu'il s'agit de la rive nord, l'étang se trouvant donc de son côté comme le marais aux halbrans. Je rouspète, arguant du récent intermède qui dès lors me serait interdit...

« Ne mélangeons pas les genres », dit Marcel, très sec.

On m'accorde le droit de canne et de canotage, en échange des roseaux qui, j'ai bien compris, attireront l'acheteur-sud s'il aime manier la canardière. Voilà un point réglé. Mais Fred entend qu'on lui rembourse son voyage. Mme Rezeau, s'appuyant sur la hausse du loyer de l'argent, veut voir l'intérêt des sommes qu'elle me prête monter d'un point. Bon, bon !... C'est un baroud d'honneur entre bourgeois, chacun voulant se prouver qu'il sait se défendre ; sur ce terrain-là je serai toujours battu :

« Nous disons : un demi-point », propose maître Dibon.

Va pour le demi-point ! Ces petits litiges m'agacent et me rappellent trop une autre scène, très ancienne, qui eut pour cadre le même bureau, quand y trônait feu maître Saint-Germain. J'étais assis à la même place, mais près de moi il y avait Monique, les cils haut relevés sur ses yeux gris. Que penserait-elle de cette revanche ? Et du reste en est-ce une ? Monique était assise sur une chaise qui avait un barreau de moins et cette chaise est encore là, vide... Elle ne disait rien, elle se balançait doucement sur les pieds arrière avec un petit sourire ironique. Aujourd'hui, si elle était là, n'aurait-elle pas le même sourire ? Ne me soufflerait-elle pas à l'oreille comme elle le faisait parfois pour contrer, en cas de besoin, l'avantageux fils de ma mère : *Sois un peu franc avec toi-même ?* Oui, sûrement, elle renverserait la tête, elle aurait son petit rire de fond de gorge... *Eh bien, mon chéri, toi qui m'as dit un jour :* « Maintenant, je ne veux plus entendre parler des Rezeau », *avoue que la situation est cocasse. Des Rezeau, avec moi, avec Bertille, tu n'as cessé d'en refaire ! Et de quoi as-tu donc vécu, ces années-ci, de qui t'es-tu occupé ? Mais non, mon chou, tu n'es pas toujours battu. Au contraire ! Le membre du clan qui me semble avoir le plus exploité les autres...*

« Vous avez fait bon voyage ? Ce n'était pas trop fatigant ? » demande Marcel à notre mère, tandis que maître Dibon prépare la paperasse.

Mme Rezeau récite à mi-voix le Baedeker... A quoi bon me chercher des excuses ? Vive mes contradictions, si j'en vis ! Je me sens gagné par une sourde, mais énorme gaieté. C'est pourtant vrai qu'une fois de plus, tous autant qu'ils sont, ces messieurs-dames évitent avec soin toute allusion à ce que je fais. La gêne qui renaît sans cesse entre nous, elle n'est guère due à des questions de gros sous, où je leur laisse l'avantage. Nul n'ignore — et surtout pas eux — ce qui les tracasse. *On vous appelait « Brasse-Bouillon » quand vous étiez jeune,* m'a écrit Mme Lombert. *Maintenant ce serait plutôt « Le Cannibale ».* Il y a des moments de grâce où ils l'oublient. Puis les voilà qui s'en souviennent, qui se rétrécissent devant l'appétit de mon regard, qui pensent en secret : *Calamus, Calamitas !* En ce moment même voyez le P.D.G., ce bon chrétien modestement modeste qui adhère fortement à tout : le dogme, l'ordre, la fortune et, dans ces certitudes, trouve l'innocence, la force et la tranquillité... Il cille ! Il est sous ses paupières comme l'oiseau sous ses ailes, inquiet, frileux, quand passe un grain. Voyez notre chère vieille Folcoche, monstre sacré de la famille en pleine mutation : ce n'est pas pour rien qu'elle est assise de biais. Voyez M. Rezeau que, renversant les consonnes, nous devrions appeler M. Zero, comme il se frotte nerveusement les mains ! Pour un peu je boirais du lait. Et puis soudain j'ai honte...

« Ça va la marmaille ? demande poliment Mme Rezeau, pour continuer à meubler, mais en oubliant de préciser à qui la question s'adresse.

— Très bien, merci » répondent à la fois les trois frères.

L'empressement a été significatif. Sur ce chapitre-là nous aurons tous réagi de la même façon : en nous créant une autre famille. Ce sont même ces enfants à qui chacun de nous, dans des milieux différents, a consacré sa vie, ce sont ces enfants qui assurent le plus radicalement notre séparation. Durci, le regard de Madame Mère passe sur chacun de nous, sans s'arrêter.

« Puis-je vous demander de signer ici, chère madame ? », fait maître Dibon, très à propos.

La sortie n'en sera pas moins solennelle. Du clerc à l'épicier, du facteur au buraliste la nouvelle s'est répandue dans Soledot. Sous les toits bleus des maisons basses dont gargouillent les gouttières, la plupart des rideaux bougent aux fenêtres. Quelques vieilles sont carrément embossées derrière ces portillons bipartis, dont le haut ne se ferme que le soir et qui laissent dépasser leurs têtes comme celles des chevaux dans un box. Le curé lui-même, en soutane (le costume à col pasteur, ici, pas question !) lit son bréviaire sous le porche de l'église. Mme Rezeau franchit très lentement les vingt mètres qui la séparent des voitures. Elle s'est emparée de mon bras et de celui de Marcel : afin que nul n'en ignore. Elle n'est même venue que pour ça. Pour détruire la légende. Pour afficher un sourire de réconciliation générale. Mais sans détourner la tête elle jette à Salomé qui vient de nous rejoindre, ravissante dans un petit tailleur neuf sur quoi brille une broche inconnue :

« Tu ne t'es pas trop ennuyée en nous attendant, ma poulette ?

— Je vous reconduis à *La Belle Angerie* ? demande Marcel.

— Non, merci, reprend Mme Rezeau, suave. Je rentre à Paris avec ton frère... Au fait, prends donc Fred avec toi. Nous lui avons payé son voyage, mais ça lui fera un petit boni. »

C'est un congé. Les adieux seront un peu raides, les portières de la Mercedes claqueront trop fort. Mais tandis que je m'interroge pour savoir qui vraiment est le grand bénéficiaire de la journée, tandis que je passe la première en éprouvant la désagréable impression d'être devenu le chauffeur de Madame, celle-ci, commodément accoudée à l'arrière, distribue à travers la glace de petits signes d'amitié aux populations.

XVIII

J'AVAIS pu le constater tout de suite : la transformation n'était pas seulement vestimentaire.
On faisait des moues. On faisait des mines. On
avait deux voix : l'une chuchotée, pour la chère
oreille, l'autre, trop forte, destinée à souligner
la distance. Et les gestes et les regards n'étaient
qu'enveloppements, caresse dans l'air, recherche
du contact. Sans plus, d'ailleurs : on manquait
encore d'habitude, on souffrait d'une longue
retenue. Mais nul autre mot que celui de passion
ne semblait mieux convenir pour qualifier le
sentiment qui dévorait cette femme. Passion où
elle se ressuscitait : ancienne, nouvelle et comme
fendue en deux dans le sens de la longueur. La
demi-dame du côté foie, en se rajeunissant, non
sans quelque ridicule, récupérait en partie l'allure
impérieuse de Folcoche. La demi-dame du côté
cœur souriait, esclave de sa petite-fille. Par
chance, Salomé, toujours grave, toujours occupée
de son problème, ne paraissait pas encore bien
se rendre compte de son pouvoir ; elle s'agaçait

même de prévenances, d'insistances excessives ; elle contrait au besoin avec une franchise drue qui, loin de décourager Mme Rezeau, la ravissait :

« Au moins avec cette enfant, on sait toujours ce qu'elle a sur le cœur. »

Me souvenant qu'elle ne tolérait pas de nous la moindre réplique, je trouvais tout de même la pièce étrange ; et par moments, vexante. Avant de repartir pour Paris, Mme Rezeau voulut donner des ordres aux Jobeau devant moi : histoire de bien montrer qu'elle restait la maîtresse. Ensuite elle voulut examiner sur place un programme de travaux :

« Echelonnés, bien entendu ! » assura-t-elle.

Mais à l'extension de l'électricité réellement indispensable, s'ajouta vite l'installation non moins urgente d'un service d'eau qui ne pouvait fonctionner que sur pompe immergée avec, cela allait de soi, un réservoir de filtrage et de pression, sans oublier le cumulus de taille suffisante pour assurer l'eau chaude à un évier moderne et à une salle de bain. Encore était-ce juste, n'est-ce pas, étant donné la grandeur de la maison et le nombre des estivants à prévoir : si, comme elle le souhaitait, nous venions passer les vacances à *La Belle Angerie,* deux cabinets de toilette ne seraient pas de trop : un pour les garçons, un pour les filles...

« Et quoi encore ? fit le nouveau propriétaire éberlué.

— Ma foi, reprit sans sourciller Madame Mère, puisque vous venez en juillet, il faudrait d'ici là refaire au moins trois ou quatre chambres.

— Tu exagères, *Gramie* ! dit Salomé. Papa n'est pas faux-monnayeur pour disposer d'une planche à billets. L'oncle Marcel ne faisait rien. Pourquoi veux-tu que nous fassions tout ? »

J'entendais pour la première fois le petit nom d'amitié forgé par Salomé durant le voyage ; et pour la première fois aussi j'allais utiliser son influence. Parce que la petite avait dit *nous*, Madame Mère tiqua : ce pronom sentait l'alliance (alors que pour la nouvelle génération c'est une façon toute verbale d'affirmer ses droits, de se donner comme membre à part entière du collectif familial... en nous laissant, à nous parents, une dernière exclusivité : celle de le financer). Mais Salomé, pleine de jugeote (comme d'habitude, lorsqu'elle n'est pas à la merci de ses sentiments), passait déjà du pluriel au singulier :

« Je ne vois pas ce que tu attends pour faire d'abord une demande d'aide à l'amélioration de l'habitat rural. On te la refusera d'autant moins que l'eau serait commune avec les Jobeau : la ferme fera passer le manoir. »

Les Rezeau sollicitant le secours de l'Etat pour pouvoir laver leurs gosses et leur salade ?... Papa eût préféré laisser s'exténuer sa bonne en corvée de seaux. Mais de grandeur en décadence Madame Mère était devenue plus réaliste :

« Tu penses à tout, dit-elle. Mais bien qu'à taux réduit c'est un nouvel emprunt : encore faut-il que ton père puisse y faire face. »

Je ne *pouvais* plus que très peu, mais c'est un verbe qu'il ne faut pas me jeter à la tête et j'hésitais à refuser quand Salomé, candide, retourna la situation :

« Papa est presque au bout de son rouleau, dit-elle. Mais toi ? »

Ce que c'est d'être pingre tout en étant superbe ! Mme Rezeau parut souffrir, tout en se rengorgeant. Puis sa folie pour Salomé aida son orgueil à l'emporter sur l'avarice. Sans me regarder, sans même tenir compte de ma présence, elle passa son bras au cou de mon avocate :

« Moitié, moitié, ça t'ira ? » fit-elle, dans une grimace tendre.

XIX

Des sacrifices, elle en ferait d'autres, pour mieux nous bousculer, pour mieux pousser son avantage et sans se préoccuper le moins du monde des réactions comme des dégâts. Dans la dilection comme dans l'exécration elle restait bien elle-même : têtue, patiente, concentrée sur son but, indifférente au reste. Quand on ne peut plus s'imposer, on ruse, on avance à couvert, par petites offensives fractionnées. Mais très vite il fut clair que je redeviendrais l'adversaire chaque fois que j'essaierais de l'empêcher de nous supplanter auprès de Salomé.

Dans la voiture même, pendant le voyage de retour vers Gournay — où ni Bertille ni moi n'avions prévu de l'inviter à nouveau, où elle s'invitait de son propre chef — un incident minime inaugura une série significative. J'avais passé le volant à Salomé, en partie pour la faire profiter de son récent permis, en partie pour la décoller du siège arrière. Mme Rezeau, qui faisait un nez long d'une aune, n'y tint pas plus d'un quart d'heure. Bientôt elle tourna fébrilement la manivelle pour abaisser la glace, aspira goulûment de l'air :

« C'est curieux, avoua-t-elle, je n'ai pourtant jamais eu le mal de mer. Ça saute beaucoup moins devant. »

Il fallut bien lui céder ma place.

*
**

Le soir, Mme Rezeau, débarquant à Gournay, donna l'accolade aux présents sans trop les distinguer les uns des autres, puis s'installa dans le grand fauteuil au coin de la cheminée dont elle se mit à tisonner le feu, purement décoratif. Ce faisant, pour la nième fois elle recommença, volubile, île par île, le récit de ses pérégrinations au pays des Guanches et des serins. Dans chaque port, sur chaque plage, sous le porche de chaque église, elle avait surtout vu Salomé. Si mignonne en bikini qu'on pouvait excuser ces imbéciles d'Américains sifflant sur son passage. Si brave en pantalon pour escalader son volcan quotidien. Si douée avec ça qu'en un rien de temps elle s'était débrouillée en espagnol. Elle ne tarissait pas. Lorsque enfin elle consentit à reprendre haleine, Bertille en profita pour lui annoncer le mariage de Jeannet.

« Ah bien ! » dit Mme Rezeau sans s'inquiéter de la date ni de l'élue.

Comme Salomé était montée dans sa chambre Bertille enchaîna, parla de la visite de l'inspecteur, de celle du docteur Flormontin. On l'écouta cette fois, les sourcils froncés, la main autour de l'oreille. Mais Bertille fit allusion aux lettres :

« Vous les avez brûlées, j'espère ! » dit Mme Rezeau.

Bertille se récria, au nom de la liberté. Mme Rezeau se récria, au nom de la prudence. Quand Salomé redescendit, sérieuse, absorbée, appliquée à se taire, Mme Rezeau put se contraindre à ravaler toute question, non à effacer l'angoisse peinte sur son visage. Il lui fallut quelques minutes avant de retrouver son sang-froid :

« A propos, ma chérie, tu devrais peut-être dire à tes parents que tu as l'intention de travailler. »

Très vite cependant elle s'organisa, s'activa, passa des journées entières à Paris. Nous ne la vîmes pratiquement plus que le soir. Elle revenait, éreintée, et finit par confier à Bertille :

« Voyez-vous j'en ai assez de moisir tout l'hiver à *La Belle Angerie*. Il y a longtemps que j'ai envie de m'offrir un pied-à-terre à Paris. Avec ce qui me revient des Pluvignec, maintenant, c'est possible : encore faut-il que je trouve à un prix raisonnable. »

Bien entendu, *à son âge, avec ses mauvais yeux, ses mauvaises oreilles*, comment eût-elle fait pour arpenter Paris sans Salomé ? Et n'était-il pas excellent de l'occuper en attendant de lui trouver un emploi ?

Prétexte majeur, en effet. De Salomé, Bertille

et moi, nous ne savions trop que faire. Si Gramie, que Blandine continuait à appeler grand-mère, tandis qu'Aubin employait Mémère dans le direct, Babouchka dans la citation et que Jeannet parfois lâchait du Madame... si Gramie ne semblait avoir qu'une petite-fille, nous avions, nous, quatre enfants.

Elle fut bien obligée de s'en apercevoir dès le premier dimanche qui nous vit tous réunis. Mais Blandine, en complicité de jupe, papotant chiffons avec sa sœur, Aubin venant lui réclamer la solution du 10 vertical des mots croisés de *L'Aiglon*, Bertille en train de lui essayer un chandail tricoté durant son absence, Jeannet chamailleur, mais tout œil et tout oreille, tandis que Salomé elle-même, fleur dans le bouquet, fille parmi les siens, se reposait des cavalcades de la semaine, non vraiment, ce tableau de famille, Mme Rezeau ne put le supporter.

Elle devint toute jaune. Elle se plaignit de son foie. Elle refusa de déjeuner, se coucha, se fit monter au moins cinq fois de la tisane par Salomé, un peu agacée tout de même et dont la complaisance ne cessait de m'étonner.

Complaisance, du reste, ou calcul ? Ou les deux en même temps ? La seule fois où, ayant réussi à me trouver en tête-à-tête avec elle, je lui demandai comment elle pouvait supporter cette pesante mainmise de ma mère, Salomé avoua tout de suite :

« Je ne te le cache pas : elle me touche autant qu'elle me fatigue. »

Une seconde plus tard, elle ajoutait :

« Que veux-tu ? Il faut ce qu'il faut. »

Son air résolu ne précisait rien. Mais ce silence, nouveau chez elle, laissait un peu deviner la suite. Madame Mère nous avait débordés ; elle ne tarderait sans doute pas à l'être à son tour.

*

En attendant elle jouait de tout. Elle jouait de son âge, sans cesse rappelé : on discute mal avec un vieillard, excusé par le seul fait qu'il lui reste peut-être 2 ou 3 pour 100 d'existence à vivre. Elle jouait de sa santé, l'emphysème lui fournissant à point des quintes de toux. Elle jouait de ses rentes, point miraculeuses, mais point négligeables ; elle prodiguait ses conseils à la grand-mère Caroux, soucieuse de placements sûrs (et de bonne transmission dans l'ordre connu : *sang, amour, éducation, héritage,* ce dernier facteur suppléant souvent, malgré ses vicissitudes propres, à celles des autres). Elle jouait de la gêne de Bertille qui, pour ne pas avoir l'air d'exploiter la situation en faveur de *sa* fille, essayait de raisonner la belle-mère, en inversant le reproche :

« Je ne voudrais pas que la petite abuse...

— Mais c'est moi qui abuse, je le sais, répliquait tranquillement Mme Rezeau. On n'aime pas qui on veut. On aime qui on peut. Il y a toujours adoption. »

Et tout de suite trouvant une autre pointe à enfoncer dans un endroit sensible :

« Jeannet va se marier, lui. Laissez-moi compenser. »

Je passe sur les distributions de timbres à Aubin, les feintes extases devant les photos de Blandine. Baptiste lui-même fut entrepris : Mme Rezeau lui demanda son portrait. Je passe sur l'art de flatter l'indifférence, le moindre intérêt, de dire par exemple à Salomé :

« Ta sœur est encore très gamine. »

A Bertille :

« Voilà le fils de votre mari casé. »

A moi-même :

« Les aînés partis, au fond, vous allez rester avec vos enfants. »

Nous n'avions pas le sentiment, certes, d'être à son contact, devenus meilleurs, mais plutôt celui de nous disperser, de céder à ce qu'ont de centrifuge les rondes familiales.

Aussi fut-ce avec un certain soulagement qu'au bout de la quinzaine nous la vîmes rentrer un beau soir avec une boîte à gâteau tournant autour d'une ficelle, tandis qu'elle m'annonçait triomphante :

« D'une pierre deux coups ! J'ai mon pied-à-terre et Salomé un patron. Tu te souviens de Max Bartolomi ? »

Oui, je me souvenais de cette première alliance corse, de la tante au poitrail solennel et de son rejeton, long maigre cousin, assez facétieux pour avoir inventé de toutes pièces les dernières paroles de René Rezeau quand il mourut martyr de la prostate.

« Tout comte qu'il soit — du pape, il est vrai — il s'est admirablement débrouillé, le gaillard ! reprenait Madame Mère, admirative. La *G.I.F.F.*, tu vois ce que je veux dire : la *Générale immobilière et foncière de France*, c'est lui. La rénovation du XIIIe, c'est lui. Je me suis souvenu de ce que Marcel m'avait dit : *Max est le seul, avec moi, dans la famille qui ait vraiment une situation. Mais il est très discuté : ces géants de la pierre ne sont pas des philanthropes.* Eh bien, je me suis payée de culot, je suis allée le voir sans rendez-vous et par miracle il m'a reçue. Il se souvient parfaitement de toi. Il riait... *Sacré Brasse-Bouillon ! Moi, je vends de la surface et lui du volume.* Il semblait ravi de te rendre service...

— A vrai dire, je ne lui ai rien demandé, fis-je à mi-voix.

— Allons, Papa ! » dit Salomé.

Elle avait encore une robe nouvelle, avec des souliers et un sac à main assortis, en lézard. Jeannet et Marie, assis fesse contre fesse dans un coin, la déshabillaient d'un regard dédaigneux ; Blandine, à ma gauche, était toute envie ; Bertille, à ma droite, toute indulgente ; et je n'aimais aucun de ces sentiments en train de gâcher notre entente. Mais Mme Rezeau continuait gaiement :

« Bref, Max m'a immédiatement proposé, à de très bonnes conditions, un trois-pièces au septième dans la Résidence Mérovée, avenue de Choisy, où il a des bureaux. Quant à Salomé, après un petit stage, il veut en faire une hôtesse d'accueil. »

Son extrême satisfaction ne lui permit pas de remarquer que l'enthousiasme n'était pas général. De nous tous Bertille semblait la plus mortifiée, la plus hésitante à dire merci. Salomé elle-même ne cachait pas son embarras :

« Je commencerai lundi prochain, fit-elle pour y couper court.

— Ce sera bien pratique, dit encore Mme Rezeau. Comme elle travaillera dans le même immeuble, elle pourra déjeuner chez moi tous les midis. »

XX

Mme Rezeau partie pour le XIIIᵉ, nous pûmes enfin changer de problèmes. C'était le tour de Jeannet de nous en poser (en attendant celui de Blandine ou d'Aubin : les enfants ne sauraient, sans nous priver d'eux, nous priver de soucis). Fait général : c'est toujours quand un mariage est résolu que les embêtements commencent, les jeunes se mariant moins qu'ils ne sont mariés par cette foule de gens qui se mêlent de l'affaire : parents, amis, services sociaux, médecin prénuptial, employés de l'état civil, gérant, bijoutiers, spécialistes en listes et, bien entendu, les trois officiants d'étude, d'église et de mairie. Fait particulier : pour simplifier les choses il a toujours été plus facile de faire reculer un mur que d'obtenir de Jeannet des concessions sur ses principes.

Il épousait, oui. Mais l'horreur éprouvée pour tout ce qui pouvait lui rappeler son ascendance bourgeoise lui interdisait de signer un contrat. Le père Bioni, prêt à doter sa fille sous la forme d'un appartement, osa lui parler de séparation de biens. Jeannet se récria :

« Commencer par nous séparer, non, alors ! »

S'imaginant qu'il en voulait à son argent, notre inspecteur de l'enregistrement me téléphona, furieux :

« Dans l'état de ma fille il se croit tout permis. »

Je le détrompai : son gendre ne tolérerait aucune forme de dot sans s'estimer acheté. Comme il n'envisageait pas non plus d'habiter, même provisoirement, chez son père ou chez son beau-père, comme il n'avait pas cinq mille francs devant lui ni assez d'ancienneté pour demander l'aide de sa Compagnie, ce jeune homme allait sans doute, pour la gloire, transférer en quelque mansarde la pauvre Marie, fille unique habituée au confort d'une villa de huit pièces.

« Il est fou ! » dit Bioni.

La discussion reprit le soir. Quelqu'un parla du cousin Max, le nouveau patron de Salomé. *Ce ruffian du mètre carré ! Plutôt crever sous les ponts que de lui devoir quelque chose*, assura Jeannet. Il accepterait à la rigueur d'emprunter le minimum d'apport personnel exigé par le crédit logement : à condition de voir les deux familles y participer à parts égales. C'était me mettre dans l'embarras : je venais de m'engager dans le rachat de *La Belle Angerie* et à moins d'hypothéquer la maison...

« Je te le défends bien ! » décréta Jeannet.

Quelques jours passèrent. Marie était enceinte d'au moins deux mois. Enfin surgit le sauveur : Baptiste Forut.

« Trois pièces en viager libre dans la Tour II,

170

au douzième, côté canal, ça t'irait ? La rente dépasse à peine le prix d'un loyer. La propriétaire a soixante-seize ans.

— Chelles-Paris, tant pis pour la trotte ! Je prends ! » dit Jean Rezeau, génération numéro 9, avec un sérieux candide.

*
**

Il fallait en finir. Le jeune couple ignorerait longtemps que, pour faire partir la vieille dame dans une maison de retraite, les Bioni lui avaient lâché un important bouquet par-dessous la table. Mais nous n'étions pas au bout de nos peines. Mme Bioni vint dîner avec Marie pour arrêter la date, préciser les derniers détails :

« Le samedi, en tenue de ville, réclama Jeannet. Et pas plus de vingt personnes à table. »

La fée vaut la fête disaient les bonnes gens sur le parcours des noces. Je déteste le tape-à-l'œil, mais j'aime qu'un peu de soie rhabille un jour pour en faire une date. Ce fut l'avis de Blandine, allongeant une moue :

« Tu me voles d'une robe longue. »

Marie, qui n'avait plus la taille assez fine, ne la soutint pas. Cependant Bertille comptait sur ses doigts.

« Six Rezeau, plus deux grand-mères...

— Trois Bioni, dit Marie, plus quatre grands-parents qui monteront de Bastia...

— Dix-sept ! cria Aubin.

— Et les témoins ? Et les oncles et tantes ? dit Mme Bioni, étrange petite femme dont les cheveux décolorés contredisaient le teint et l'accent.

— Et les copains ? dit Blandine. Tu me laisses sans cavalier ? »

Argument décisif : les copains sauveraient les oncles.

« Va pour trente couverts ! » bougonna Jeannet.

D'ordinaire il n'est pas chien du tout ; il serait même plutôt prodigue. Mais, le cou pris dans le col roulé, il souffre de ce nouveau respect humain : la peur d'en faire trop, où semble inversée de signe la peur de n'en pas faire assez qui hantait nos prédécesseurs... Au fait, trente couverts, mais où ? *La Porte jaune* dans le bois de Vincennes ? *Atout cœur*, en rase campagne ? Et quoi encore ? Ni grand salon ni grand menu chez un traiteur de l'hyménée. L'accord se fit pour une guinguette en bord de Marne.

« Il ne me reste plus qu'à prévenir la cure, dit Mme Bioni.

— Quoi ? dit Jeannet.

— Mais... » dit Marie.

Ces monosyllabes, plus significatifs que de longues phrases, laissèrent un instant Jeannet, stupéfait, en face de Marie, béante. Pour lui la chose semblait si naturellement exclue qu'il n'avait pas pensé une minute que Marie pût estimer le contraire : comme nous tous, d'ailleurs, qui n'en avions jamais parlé. A l'étage des grands-parents, *horrendum !* le livret n'a pas de sens, la bénédiction fait le mariage. A notre étage à nous, qui ne sommes guère autre chose que des baptisés (à la diligence des précédents), tout est formalité, tout reste usage, dans l'ordre qui va du pratique au théâtral : notaire, maire, curé, chargés des sous, des papiers, du cérémonial. Personnellement je n'avais envie de plaider ni pour ni contre.

« Ce n'est pas vrai ! dit Jeannet. Tu as besoin d'orgue ?

— J'aimerais mieux, dit Marie.

— Un mariage civil ! gémissait Mme Bioni. Qu'est-ce que j'entendrais à Bastia ! Qu'est-ce que dirait mon mari !

— Ça, dit Bertille, ma mère en ferait une maladie. Et ma belle-mère donc ! »

Une maladie, peut-être pas : elle avait bien changé, Mme Rezeau, depuis l'époque des précepteurs en camail et de la confession familiale. Elle avait mis beaucoup d'eau dans son vin de messe et je gage que le divorce des vicaires d'avec l'ordre établi, la soutane, le bas latin, les indulgences, le maigre et la sainte pudibonderie n'avaient point raffermi sa foi. Mais elle prophétiserait une fois de plus la fin du monde ! Jeannet, qui avait besoin d'un bouc émissaire, éclata :

« La grand-mère Rezeau, alors là, franchement, qu'elle vienne, tant pis ! Qu'elle ne vienne pas, tant mieux ! Je me suis très bien passé d'elle, comme elle de moi, depuis ma naissance. »

Pauvre garçon ! Il souffrait comme un rabbin forcé de manger du jambon. Je les connais, ces maximes favorites : *Où l'obligation naît meurt le choix.* Ou bien : *Ose, oppose, expose, mais ne compose jamais.* Il est commode, mon fils ! Sur les voies de la sincérité, il s'interdit les traverses. Mais il a le souci de *l'autre*, et, l'autre étant Marie, forte de ses droits au prie-Dieu, elle avait des chances de gagner. Il s'épancherait peut-être, entre hommes, dans le sein de Baptiste que j'en-

tendais déjà grasseyer : *Qu'est-ce que tu veux ?*
Les filles, pour être heureuses, il leur faut tous
les goupillons. Il ne s'esclafferait probablement
pas : sa génération, vite couchée, mais aussi vite
touchée, verbalement prude, ne comprenant plus
cette sorte de rire. Pour l'instant, il reprenait
lentement :

« Si tu y crois, allons-y ! Mais de ma part ce
sera de la figuration.

— Tu peux bien dire oui une fois de plus, dit
Marie.

— A qui ? A quoi ? grogna encore Jeannet.

— A moi », souffla Marie.

Sur son long cou la tête de Jeannet oscilla, puis
se pencha vers celle de Marie, mêlant du cheveu
blond à du cheveu brun. La cause était entendue ; nous passerions par Notre-Dame-des-Ardents.
Mme Bioni respirait. Je n'étais pas autrement
fier du résultat. Bertille, qui depuis quelque
temps regardait la pendule, murmura :

« Je me demande ce que fait Salomé. Elle m'a
téléphoné pour me dire de ne pas l'attendre. Mais
à neuf heures, tout de même...

— Elle est peut-être allée au théâtre avec
Mme Rezeau, dit Jeannet. Ça ne ferait que la
sixième fois en quinze jours.

— Je le saurais », dit Bertille, bravant le doute
peint sur son propre visage.

XXI

La table était desservie, la vaisselle faite quand, une bonne heure après le départ des Bioni, Salomé s'est garée sous le réverbère. Elle a claqué la portière d'une petite *Austin* blanche. Puis traversant la cour d'un pas égal, piquant du talon sur chaque marche, elle est entrée, elle a refermé la porte et dit d'une voix neutre :

« Pour ma première course il a fallu que je crève. »

Tout s'annonce ici : cette voiture ne l'a pas été. Puis vraiment trop est trop. Sauf Aubin qui déjà se frotte à sa sœur, nous l'observons tous sévèrement. Bertille, deux rides au ras des sourcils, baisse la tête.

« Je n'y peux rien, dit Salomé. J'ai trouvé l'*Austin* devant la porte, avenue de Choisy. Elle était payée, immatriculée et la carte grise établie à mon nom. »

Si Salomé garde l'attitude, l'expression, le regard de la franchise, il s'y mêle de la réserve. Elle dit la vérité. Elle ne dit probablement pas toute la vérité. Elle a toujours eu de la décision, mais c'était au bénéfice de la communauté, alors qu'elle donne l'impression de s'en être en partie retirée, de jouer un jeu personnel entre nous et Mme Rezeau. Je ne peux pas ne pas intervenir :

« Tu devrais tout de même faire remarquer à ta grand-mère que vous êtes quatre. »

Quatre... L'ayant toujours traitée comme ma fille je ne saurais lui dénier la qualité de petite-fille. Mme Rezeau l'a bien compris : c'est la situation particulière de Salomé qui nous paralyse. Bien que la délicatesse ne soit pas son fort, Mme Rezeau compte sur la nôtre. Nul n'aurait le cœur de rappeler à Salomé qu'après tout elle est une Forut. Nul n'osera lui dire carrément que Mme Rezeau est en train de réinstaller parmi nous l'injustice, de peur d'avoir l'air d'insinuer que l'injustice s'aggrave du fait que Salomé n'est pas une Rezeau.

« Nous sommes même quatorze avec les cousins », dit Jeannet.

Notons l'air détaché. Seigneur, si par hasard on le croyait envieux ! Il n'attend rien de Mme Rezeau, qui devrait couper toute tarte en quatorze parts. Il préférerait donner la sienne aux cousins, qu'il n'a jamais vus. Salomé a rougi, puis blanchi. Plantée derrière Aubin, elle fourrage nerveusement des dix doigts dans ses cheveux et proteste, tournée vers moi :

« Tu connais ta mère. Elle n'a aucun sens de la mesure et elle ne permet à personne d'en avoir pour elle.

— Il faut savoir refuser, dit Bertille.

— Il faut pouvoir », dit Salomé.

Que sous-entend-elle ? A première vue cela veut

dire : *N'avez-vous pas compris que Gramie n'a jamais aimé personne et qu'elle m'aime, moi ? qu'elle fait une sorte de cancer de la tendresse ? Refuser, c'est la repousser : je n'en ai pas le courage.* Mais cela peut vouloir dire aussi (ou en même temps) : *Après tout j'ai besoin de ce qu'on m'offre ; pourquoi m'en priverais-je ?* Où est le temps des discussions ouvertes ? Où est le temps des numéros de charme, après les petits accrochages quotidiens ? Salomé s'est toute refermée, et, lointaine, regarde vaguement la télévision où l'image défile, mais dont Blandine a coupé le son. Elle ne se dérange pas pour tourner le bouton. Elle sourit quelques secondes parce que Aubin la chatouille et lui crie dans l'oreille :

« Hé quoi ! Sors un peu de ton réfrigérateur. »

Mais Aubin monte se coucher et Salomé redevient sinistre pour se tourner vers sa mère et dire, à mi-voix :

« A propos, maman, je travaille maintenant, je gagne ma vie. Si tu n'y vois pas d'inconvénient, ne serait-ce que pour pouvoir ouvrir un compte en banque, j'aimerais être émancipée. »

Bertille, qui recoud un bouton, tire sèchement sur son fil avant de répondre :

« C'est ta grand-mère qui t'a fourré cette idée dans la tête ? De toute façon demande à ton père. »

Aucune objection. Partisan de la majorité à dix-huit ans (puisqu'à cet âge il y a des filles qui ont déjà des enfants et des garçons susceptibles de se faire tuer : ce qui dans les deux cas mérite bien la citoyenneté) j'ai toujours dit aux enfants que je les émanciperais à la première requête. Salomé s'est d'ailleurs émancipée toute seule pour des choses plus graves qu'un compte en banque. Si le vrai motif est de pouvoir choisir librement son domicile, ce n'est pas un refus qui la retiendrait. Bertille, qui pointe le nez vers moi, semble déçue en me voyant hocher affirmativement la tête :

« D'accord. C'est l'affaire de cinq minutes. Nous passerons demain au greffe du tribunal d'instance.

— Oui, dit Salomé, en ce qui me concerne, c'est Maman qui a la signature. »

XXII

Des voitures, nous en avons laissé sur les trois places de l'Hôtel-de-Ville, de la Fontaine, du Marché-au-Blé qui s'enchevêtrent au cœur de Lagny. Nous sommes entrés par petits paquets dans une mairie de brique, ex-abbaye affichant les armes de la ville où figure un des clous de la Croix et cette plaque, fière d'annoncer que la Pucelle est passée là en mars 1430. Elle n'a eu qu'un tort : en repartir pour Compiègne pour se faire tirer par la huque à bas de son cheval. Deux autres pucelles, du moins réputées telles jusqu'à ce soir par un grand et un petit bouillonnements blancs, ont déjà grimpé l'escalier d'honneur à tapis rouge, en posant la main sur la pomme de cuivre, très astiquée, de la rampe qui, dans maintes mairies, a la réputation de porter chance. Un quidam, lorgnant le tableau accroché au mur de droite et où Socrate, livide, meurt parmi les larmes de la philosophie, a fait remarquer :

« Celui-là, ils pourraient tout de même l'accrocher ailleurs, côté actes de décès. »

Nous, nous piétinons dans le couloir qui fit partie de l'ancien cloître. Manquent les mariés. Manquent ma mère et Salomé, qui est allée la chercher en auto.

« Mais qu'est-ce qu'ils fichent ? » répètent les Bioni qui nous ont présenté du Bioni et du Paolino — nom de Madame — tandis que, pauvres sur l'Arbin comme sur le Rezeau, nous leur présentions du Caroux et que parmi nous circulait une dame absolument décidée à épingler sur chaque veston, pour un franc, une fleur d'oranger de taffetas.

Arrivent enfin Jeannet et Marie, en complet et tailleur coupés dans le même lainage bleu marine, avec les mêmes chemises, cravates et pochettes bleu ciel. Ils sifflaient un demi avec leurs témoins, qui suivent. Non, vraiment, Arnaud Maxlon qui paraissait tout désigner et le directeur de l'enregistrement, prêt à honorer son inspecteur, c'était trop voyant. Ils ont préféré une camarade de classe de Marie, manucure, et un jeune programmeur qui travaille avec Jeannet, qui comme lui manie l'*assembleur* ou le *cobol* et qui au surplus est son délégué syndical. Au fond, c'est très sympathique. Quand j'ai épousé sa mère, elle avait maître Gand, son patron, pour témoin ; et moi, ma concierge. Un appariteur passe, ramassant les retardataires :

« Les mariages, salle 17 ! »

Impossible d'attendre plus longtemps ma mère et Salomé. Nous montons, pour déboucher dans un grand salon du plus pur style Napoléon III : tapissé de pourpre, avec fauteuils assortis, plafonds et glaces encadrés de pâtisserie d'or, cheminée monumentale taillée dans le noir antique. Une république de plâtre, début Troisième, avec une étoile dans les cheveux, observe d'un regard blanc les citoyens endimanchés de la Cinquième et le maire, barré de tricolore, déjà campé derrière une table de marbre vert, inscrustée de griotte et de cipolin.

« Ils en avaient, du fric, sous le Second Empire ! » dit Jeannet, hostile, tombé par malchance sur une des plus pompeuses salles de mariage de la grande banlieue.

Silence ! Le maire marie le premier couple qui a voulu se montrer digne des lambris et aligne six garçons en smoking, six filles gainées de satin rose.

« Rapprochement de viandes : la boucherie Lair et la charcuterie Lombard marient leurs enfants », murmure Bioni, qui connaît sur le bout du doigt son fichier de cession de fonds.

On le sait : question façade, c'est la devanture qui a pris le relais. Je chronomètre : de la lecture du Code aux signatures, laïus compris, les douze lettres de Mademoiselle mettent douze minutes à se rétrécir en Madame. Vue de dos, la mariée rassemblant ses voiles a l'air d'un ver à soie dans son cocon : sa vie, de ce souvenir, longtemps, dévidera le fil. Moi-même, voyez-vous... Je suis assis contre Bertille, mais à ma gauche, entre Jeannet et moi, il y a l'ombre de Monique. Par Jeannet je reste marié avec la morte et Marie, qui a aimé notre fils, ne fait que continuer dans son ventre ce qui avait commencé dans un autre.

Cependant passe la sébile des pauvres. Passe

la sébile des écoles. Aux suivants ! Ce sont deux pupilles de l'Assistance publique, escortés par les employés du Prisunic local où ils travaillent, où ils se sont connus et qui a entièrement pris leur noce à sa charge. Leur consentement sonore fait plaisir à entendre et dans ses vœux le maire, qui a des lettres, dit ne point croire qu'ils aient eu de la chance d'être orphelins, mais admet que n'ayant point de famille reçue ils seront, de la famille créée, plus librement responsables... Poignées de main officielles. Nouvelle quête. La mariée en signant fait une tache d'encre sur sa robe. Nous avons été conservés pour la bonne bouche. Nous restons maîtres de cent mètres carrés de parquet à chevrons et, remontant du fond de la salle, prenons place aux premiers rangs. Assis devant la table de marbre vert sur les deux cathèdres dorées que leur réserve la munificence municipale, Jeannet et Marie intimidés se tortillent, n'arrivant pas à caser leur derrière. Le maire qui était sorti un instant, sans doute pour s'alléger, rentre d'un petit pas sec. Le greffier se met à lire :

« Marie Geneviève Rose Bioni, fille d'Ange Sébastien Léon et de Clara Maria Paolino... »

Stop. C'est le moment qu'a choisi Madame Mère pour franchir la grande porte au bras de Salomé. Pour la confusion de Jeannet, si sa sœur est en petite robe de lamé, Mme Rezeau — qui à *La Belle Angerie* se nippe comme une souillon — s'avance en grand arroi, lente, coiffée haut, gantée long, poussant une robe de velours violet sur quoi ruisselle, sorti du même écrin que son bracelet et que ses pendulantes boucles d'oreilles, un collier de topazes — qui doivent être des citrines, mais qui font de l'effet.

« Je vous en prie, madame », disent les hommes du premier rang, se levant pour lui offrir leur siège.

Elle ne se presse pas davantage et après avoir salué le maire d'une large inclinaison de tête que celui-ci lui rend, elle va s'asseoir avec Salomé tout à fait derrière, forçant ainsi les curieux à se retourner. Car le moins qu'on puisse dire est que durant une bonne minute ils en oublient la table verte ; et qu'en faisant mine de l'ignorer, Mme Rezeau se sent bien reconnue — même par ceux qui ne l'ont jamais vue. D'elle à moi les regards ricochent, créant une double gêne dont nous ne conviendrons, dont nous ne parlerons jamais. Mais moi, j'y reste entier ; elle, non. L'application qu'elle met à exister en chair et en os, à se donner une présence, ne fait qu'exciter la comparaison entre elle et son double, impossibles à dissocier. Les gens sont ainsi faits que, même si un être a changé, nul ne cherche en quoi il diffère, mais en quoi il se ressemble. Elle me bouclait, Mme Rezeau, quand j'étais jeune. Je lui ai bien rendu : elle est comme enfermée dans une glace.

« Ça m'étonnerait, me glisse dans l'oreille la grand-mère Caroux, assise juste derrière moi, que Mme Rezeau soit satisfaite de se retrouver bientôt arrière-grand-mère. »

Sûrement pas : le mariage du fils annonce déjà au père que la nature, comme tel, le met à la retraite ; la naissance du fils du fils du fils (supposons-le mâle) renvoie l'aïeule au Déluge. Du reste, bien qu'elle l'ait assurée en son temps, bon gré, mal gré, la continuité des Rezeau, Madame Mère s'en moque. Ce sentiment qui ne date pas d'hier n'a pu que s'affirmer avec l'âge. Comme pour beaucoup de vieilles dames, notre avenir n'a plus de sens depuis qu'il prime sur son passé. Sa descendance ! Le mot le dit : elle descend. Mme Rezeau qui n'aime pas Jeannet, qui aurait pu s'abstenir en alléguant quelque bronchite, Mme Rezeau est là parce que nous ayant raccrochés, pour des raisons qui ne sont pas toutes claires, elle en avoue deux évidentes : celle de se maintenir et celle de témoigner de ce que l'auparavant surclassait l'ensuite.

Elle en témoignera comme il convient : dans un progressif assoupissement qu'excusent le ronron des lectures et le véritable discours dans lequel s'est lancé le maire, ami personnel du bon serviteur de l'Etat Ange Bioni et qui félicite ce père-ci, puis ce moins officiel, mais distingué père-là, astiquant nos exemples comme une paire de souliers que ces chers enfants n'auront plus en somme qu'à chausser pour filer sur la voie royale... Mon métier, qui en comporte beaucoup, m'a rendu très résistant aux homélies. Mais si les Contributions indirectes, elles-mêmes — triomphant mieux du chiffre que du verbe — ont besoin d'un coup de coude de Clara-Maria, il en faudra deux de Salomé pour que Madame Mère se redresse au moment du oui.

*
**

Elle se ranimera dans l'ombre de Notre-Dame-des-Ardents, l'ancienne abbatiale qui fait corps avec la mairie et où nous arrivons en vrac. Sous le porche éclairé par un vitrail en queue de paon Mme Rezeau renifle l'odeur familière et jette un regard, faussement négligent, au tableau d'affichage où, au-dessous de la cote des films, sont épinglés les faire-part qui ont remplacé les publications des bans. De l'autre côté des portes capitonnées elle accorde le même coup d'œil aux éventaires de la bonne presse. Elle feuillette même une revue pour échapper au bref conciliabule entre le beau-père qui veut prendre le bras de sa fille et Bertille qui ne croit pas devoir prendre le bras de son beau-fils. Bertille a raison : en principe, Monique étant disparue, c'est à la grand-mère de conduire son petit-fils. Mais Jeannet s'empare de sa femme.

« Laissez donc ! » murmure Mme Rezeau en arrondissant le coude au bénéfice du grand-père Paolino.

Jeannet file, déjà, très mal à l'aise. Il n'y a pas pour lui de différence notable entre cette église gothique, le temple de Louksor ou la Maison carrée, sanctuaires d'époques différentes dont l'art seul a encore quelque chose à dire. Il a été baptisé sur le désir de sa mère. Il me le reproche assez. Mais la liberté qui règne à la maison lui a permis de refuser la suite (comme ses frère et sœurs, à l'exception de Blandine qui a fait sa première communion et s'en est ensuite tenue là). Il serait incapable de nommer les saints — qui avec sa clef, qui avec son lis, qui couronne en tête, qui la tête en mains — peuplant les vitraux ou les bas-côtés, faisant leurs petites affaires parmi les cierges, les troncs et les ex-voto. Ils n'ont jamais fait partie de son stock d'images, entièrement sécularisées. Comme Marie bute sur une marche inattendue qui fait passer la seconde moitié de la nef à un autre niveau, il en profite pour souffler à Papa qui suit, flanqué de Mme Bioni :

« Hé ! Si je lui disais non, maintenant, au curé, je serais marié quand même. »

La belle-mère roule des yeux effrayés. Mais tout se passera très bien. L'importance locale des Bioni a ramené du monde : pas assez cependant pour occuper la moitié des chaises. Mme Rezeau sort le fameux chapelet d'or et d'ivoire, l'égrène en toute sérénité. Comme d'habitude il y a quelque flottement dans l'assistance lors des coups de clochette. Assis, levés, ça va, les deux sexes y consentent ; mais quand les femmes s'agenouillent, beaucoup d'hommes restent debout. On chuchote. *Les quatre rangées de colonnes et la galerie haute, n'est-ce pas ? sont de toute beauté. Mais les vitraux sont disparates. Vous avez vu le lutrin de plexiglas, avec son micro ? L'alliance du sacré et du moderne, mon cher, je ne sais pas pourquoi, je trouve que ça fait toc. Et je ne parle pas de ces affreux rideaux qui ceinturent le chœur : dans un monument de cette qualité on ne devrait pas permettre...*

« Oui », dit Jeannet, pour la seconde fois, à onze heures dix-sept.

Le reste sera du même ordre. Nos cérémonies

ont perdu une partie de leur sens ; nous croyons pour la plupart devoir nous en excuser dans l'indifférence ou l'ironie. Il faudra bien que viennent d'autres temps où les sincères croiront de nouveau à la fête. Pour l'instant nous sommes installés dans le bâclage et la confusion. Jeannet a très mal supporté le défilé des amis ou relations venus le féliciter, la plupart inconnus de lui et dont soixante pour cent regardaient leur montre. Il est sorti en maugréant :

« Quand une fille vous accorde sa main, pourquoi faut-il en serrer deux cents autres ? »

Il s'est cru (et a sans doute eu raison de se croire) provoqué par sa grand-mère qui, sur le parvis, lui a remis son cadeau de mariage : la chevalière de son grand-père, aux armes des Rezeau :

« Merci ! Je ferai gratter ces bêtises et regraver mes initiales », a-t-il en la fourrant dans sa poche.

Il fait relativement beau. Entre deux giboulées mars offre des bleus neufs. *Le Coin du coincoin*, guinguette construite sur pilotis en bord de Marne est agréable, malgré son nom d'un goût douteux et cette épaisse plaque de verre qui, au milieu du parquet, permet de voir au-dessous barboter dans un enclos grillagé une douzaine de canards, disponibles pour la broche comme le sont les truites en sursis dans les aquariums des grands restaurants. Le menu, expressément limité à trois plats et deux vins par Jeannet, reste louable. Mais les deux grand-mères corses étant plus âgées, donc ayant pris le pas sur elle, Mme Rezeau fait la tête. Blandine a des chaussures neuves qui lui font mal aux pieds. Aubin fait le pitre.

Salomé que j'ai vue tout à l'heure parler au docteur Flormontin, venu saluer les mariés, est plus absente que jamais. Tous les moins de vingt-cinq ans conversent entre eux, au besoin par-dessus les personnes âgées. Habitué à lire comme un sourd sur les lèvres d'autrui, je déchiffrerai sur celles de ma bru, excédée de se trouver coincée parmi les gérontes, ce murmure inaudible qui fait sourire mon fils :

« On devrait se marier entre jeunes et s'enterrer entre vieux. »

Boutade méritée ! Des bistrots aux académies il est consternant d'écouter parler les gens dits sérieux devant un verre. Ce qu'ils vont se dire peut d'avance se conjuguer ainsi : je parle du temps, tu parles du fric, il parle de mangeaille, nous parlons de notre foie, vous parlez de bagnoles, ils parlent de cul. De ce dernier sujet il se peut que certains s'élancent, avec le fromage, vers les idées avancées. A peine Baptiste a-t-il fini, sur ma droite, de définir l'amour comme le seul bon exemple de point commun entre deux parallèles que j'entends, sur ma gauche, Emelyne Caroux, la sœur aînée de Bertille, déclarer que, pour être grivoise, l'image reste bonne, car le reste ne se rencontre jamais. On lui sert de la tarte aux cerises et, sans perdre une bouchée, elle nous rembourse d'une tarte à la crème : *nul ne communique*. Avis à nos petits bagués, pour les conforter dans leur noviciat :

« Au fond, il y a des mariés ; il n'y a pas de mariage. »

Gloses sur l'institution. Aperçus sur ses variantes : mono, tétra, poly. Aperçus sur ces situations, après tout aussi respectables, qu'on pourrait appeler crypto, homo, pan-gamiques. Emelyne (avec un y, je vous prie) devient lyrique. Elle supprime le mariage. *Et tous les enfants, et toutes les unions, à deux, à trois, à quinze, à n + 1 deviennent légitimes.* Mme Rezeau, qui s'est fortement sustentée, qui est redevenue de meilleure humeur, se penche, compatissante, vers Mme Caroux :

« C'est... votre fille ?

— Ne m'en parlez pas, répond la chère femme. Toute petite, elle criait déjà dans la confiserie : A bas les bonbons ! »

Mais Ange Bioni proteste. Inspecteur de l'Enregistrement, il ne saurait admettre que nos amours ne soient plus enregistrées. Il boit une gorgée de café et assure qu'il est pourtant très large d'esprit. Il en boit une autre et accepte, voyez-vous, que l'hôtel précède parfois l'autel, au lieu de le suivre. *Mais le père, mademoiselle, dans votre système, qu'est-ce qui le désignerait ?* On bâille. On passe aux liqueurs. Je ne sais comment, voici la reine Elisabeth sur le tapis. Baptiste en profite pour relancer Emelyne. Un roi est assez généreux pour faire une reine ; une reine ne fait qu'un prince consort. Emelyne retourne aussitôt l'argument : Voyez à quel point une femme est désavantagée ! Une reine n'est pas assez reine pour faire un roi, voilà la vérité. On passe aux cigares. Emelyne affranchit toujours ses sœurs, royales ou non...

« Ange, dit enfin Mme Bioni, l'heure tourne. On pourrait peut-être aussi libérer la salle. »

XXIII

Il était parti ; il ne reviendrait plus qu'en visite,
accompagné par la gardienne de sa nouvelle vie.
Il aurait bientôt perdu les automatismes com-
muns, le souvenir des emplacements familiers
de la brosse, de l'ouvre-boîte, du décapsuleur.
Il avait cessé, cet enfant, d'être un enfant propre-
ment dit : terme réservé, quel que soit leur âge,
à ceux qui habitent encore la maison. Il n'était
plus qu'un fils marié. Mais avant de devenir un
demi-étranger, il allait nous imposer durant des
semaines une absence plus forte qu'une présence.
Sa chambre était restée sa chambre. On dirait
longtemps des phrases de ce genre :

« Tu as vu ? Le plafond se fend chez Jeannet. »

Ses talents particuliers manquaient :

« Zut ! Qui maintenant va bien pouvoir réparer
le va-et-vient ? »

Sa place à la droite de Bertille, à table, restait
vide : Aubin, qui aurait dû quitter la gauche,
n'osait pas roquer. Plusieurs parties du monde
auxquelles nous avions accès avaient soudain dis-

paru avec les amis de Jeannet : celle de l'électronique qui rameutait de jeunes binoclards à conversation chiffrée ; celle du sport dont nous ne verrions plus bomber devant nous les chandails à écussons et qui ne ferait plus crier Blandine obligée de suivre à la télé le match au lieu de la dramatique.

C'est pourquoi elle nous fut plus cruelle, la brusque décision de Salomé. Bertille était rentrée inquiète ; elle n'avait pas plus que moi aimé la conversation de sa fille avec le docteur Flormontin : d'autant plus qu'en revenant de Lagny elle l'avait entendue lui téléphoner, à voix contenue, et qu'elle n'y avait pas fait la moindre allusion. Mais c'est Mme Rezeau, restée pour le week-end, qui le dimanche après-midi prit l'offensive. Sur une remarque de Bertille qui lui trouvait mauvaise mine, Salomé reconnut qu'elle avait maigri de trois kilos.

« Elle est debout toute la journée, dit Mme Rezeau. Elle la passe en cavalcades dans Paris ou à travers les étages. Et elle a encore une heure de trajet pour descendre, une heure pour remonter, en pleine bourrée. »

En fait Salomé ne travaillait plus seulement avenue de Choisy dans les bureaux de Max. Elle en rayonnait pour aller présenter des appartements dans ses immeubles, un peu partout. Nantie d'un fixe et d'un certain pourcentage, elle se débrouillait fort bien, mais sa grand-mère se trouvait souvent privée d'elle à midi.

« Comment voulez-vous qu'elle tienne ? reprit Mme Rezeau. Il faudrait au moins lui épargner la navette. Je peux très bien la loger.

192

« — Et nous ne la verrons plus, dit Bertille, presque rogue. Je vous remercie, mais je n'ai pas envie de me séparer de ma fille. Avouez que sa place est plutôt avec moi qu'avec vous.

— Est-ce donc là ce qui est en question ? dit Mme Rezeau, pateline. A son âge ce n'est plus ni vous ni moi, c'est la situation de Salomé qui prime. J'ai pu la lui procurer. Je voulais seulement lui permettre de la conserver. Mais si vous préférez qu'elle s'éreinte... »

Rompant le dialogue, Bertille rentra vivement dans sa cuisine : signe chez elle de violente opposition. Ma mère se leva et fit, passant devant moi :

« Toi, qu'en penses-tu ? »

J'eus le tort de répondre :

« Vous savez, ici, nous nous tenons serrés. Nous n'aimons perdre personne.

— Tu sais ce que je t'ai dit, Gramie, fit Salomé.

— Peux-tu me donner le bras un instant, ma chérie ? dit Mme Rezeau sans plus s'occuper de moi. Ce chauffage central m'étouffe. J'ai envie de prendre l'air. »

Salomé la suivit pour arpenter avec elle la promenade Ballu. Entre le départ de Jeannet et celui de Salomé Mme Rezeau espérait-elle me voir trouver une sorte d'équilibre ? Si oui, quelle naïveté ! Et quelle méconnaissance de mes réactions ! Jeune, je l'avais détestée, Madame Mère ; ou plutôt détesté qu'elle me détestât. Je n'aimais pas davantage qu'elle aimât Salomé. J'y voyais de plus en plus, avec une spoliation, un sentiment contre nature. Le jeu de ma mère, à mon sens, c'était d'en faire tellement que Salomé finisse par faire figure d'intruse : pour que je la rejette et qu'elle la récupère. Il suffisait de ne pas couper dans le pont.

Mais ma mère — je devais l'apprendre plus tard — venait d'abattre d'autres atouts. Quand Salomé réapparut, devançant sa grand-mère qui remontait l'escalier extérieur en soufflant, Bertille, Blandine, Aubin et moi-même, en train de regarder un film, nous vîmes bien qu'elle n'était pas dans son état naturel. Elle traversa la salle sans nous regarder.

« Ça ne va pas, chérie ? demanda Bertille.

— Mais si, mais si ! » fit Salomé, raflant un magazine au passage avant d'aller jouer du violon dans sa chambre.

Quand elle redescendit pour le dîner, elle ne me parut ni plus distante ni plus figée que d'habitude. Elle évitait seulement tous les regards, y compris ceux de sa grand-mère. C'est en montant se coucher, très tôt, qu'elle annonça, dolente :

« Je suis vraiment trop fatiguée. Puisque Gramie m'offre un gîte, je partirai le lundi matin pour rentrer le vendredi soir. »

Puis elle fit le tour de la pièce pour nous embrasser. Aubin, lui-même, navré pour ses jeudis, ne lui rendit pas son baiser. Comme Mme Rezeau appuyait le sien, longuement, Bertille pour la seconde fois se retira dans la cuisine où peu de temps après nous pûmes entendre un compotier se fracasser sur le dallage.

XXIV

On peut rarement être certain du bonheur d'autrui. La beauté, la santé, le pouvoir, la fortune et l'amour, réunis, ne le garantissent pas plus que de belles couleurs, sur une palette, ne garantissent un chef-d'œuvre. De toute façon avant qu'il ne s'use immanquablement sur lui-même comme le diamant, sa taille, sa valeur, son existence même nous échappent. A peine peut-on se fier aux signes. Depuis qu'elle est disparue, Mme Rezeau — peu portée à s'interroger là-dessus ni même à prononcer le mot — je me suis demandé parfois si durant sa vie il lui était arrivé d'être heureuse ; et je me dis que sans doute elle ne l'a jamais été, sauf avec Salomé, ce printemps-là.

Comme elle l'avait prédit nous restions seuls avec *nos* enfants. En principe, Salomé, nous devions tout de même l'avoir deux jours et trois nuits par semaine. Elle fut quelque temps fidèle au programme. Elle arrivait tard, laissait son *Austin* dans la cour et débouchait dans la salle, une serviette sous le bras, arborant ce que sa mère elle-même appelait « un sourire de courtière ». Aimable, mais ramenant le saute-au-cou de naguère à une petite osculation, elle cherchait à s'occuper au plus vite. Donner un coup de main à la rédaction ou au devoir de maths d'Aubin, aller jouer au sous-sol une partie de ping-pong avec Blandine, voilà qui lui permettait de redevenir normale, sinon détendue. Apparemment elle restait la même avec son frère et sa sœur ; elle n'avait changé qu'avec nous. Mais si elle s'était donné un tour de clef après sa déconvenue, cette fois nous en étions au double tour. Dressée à aider sa mère, elle n'y rechignait pas ; elle s'employait même volontiers, en parlant le moins possible :

« J'ai l'impression, me disait Bertille, d'avoir engagé une Anglaise au pair qui ne saurait pas trois mots de français. »

Je ne parle pas de moi : Salomé s'efforçait de ne pas avoir l'air de m'éviter. Elle y arrivait mal. Cette attitude même ne pouvait que l'amener à espacer ses visites pour éviter les questions du genre : *Enfin, qu'as-tu contre nous ?* à quoi la ritournelle *Mais rien, voyons, rien !* n'apportait pas d'apaisement. Dès le mois d'avril elle se mit à manquer une fois sur deux et finalement nous la vîmes moins souvent que Jeannet, qui franchissait le pont chaque semaine, un soir après dîner et avait décidé de nous accorder un dimanche entier par mois (un autre étant réservé aux Bioni, le troisième au sport et le dernier à quelque sortie). Il est vrai que pour compenser Mme Rezeau trouva moyen, dans un secteur archisaturé, d'obtenir le téléphone, ce qui permit à Bertille, ulcérée, de subir quelques soliloques de sa belle-mère qui hurlait dans l'appareil, mais dont il devenait pratiquement impossible de se faire entendre :

« Vous savez, le samedi est un des meilleurs jours de vente. Il lui arrive même de prendre des rendez-vous le dimanche. Max me le disait avant-hier : « Ma tante, j'avais voulu vous rendre « service : c'est moi le grand gagnant. »

Parfois Salomé prenait le relais, ajoutait quelques mots. Mais si Mme Rezeau n'avait de voix que pour entamer son los, Salomé débitait quelques gentillesses sans parler de sa grand-mère.

*

Finalement un samedi matin, outrée de ce que Salomé ne fût pas venue depuis une quinzaine et n'eût même pas, la veille, cru devoir prévenir de son absence, Bertille me dit :

« On y va ? »

Nul besoin de préciser. J'y pensais moi-même. D'autres n'auraient pas attendu tout ce temps et si je n'étais pas déjà allé surprendre ces dames, c'est que, pour en avoir été victime, je répugne toujours aux surveillances, aux immixtions dans les affaires et les libertés d'autrui, même quand il s'agit de mes proches. Mais cela ne pouvait plus durer. Mme Rezeau n'avait pas mis les pieds chez nous depuis le mariage du fils : probablement pour éviter toute explication. Elle ne nous avait pas non plus invités à venir voir comment elle était installée avenue de Choisy. Nous ne pouvions la laisser nous couper de Salomé. Sans faire d'éclat il fallait tout de même marquer le coup.

J'avais d'ailleurs un très bon prétexte : les travaux de *La Belle Angerie*, dont Mme Rezeau ne soufflait mot.

Bien que situé dans le populeux treizième et non dans le seizième — où Max, d'ailleurs, habitait rue de la Pompe, pour ne point déroger —, l'immeuble, tout verre et marbre, avait de l'allure. Dans le hall, qui sentait encore le vernis, deux choses m'intriguèrent aussitôt : une note de service adressée à *Messieurs et Mesdames les Propriétaires*, puis, à peu près au milieu d'une rangée de boîtes aux lettres en palissandre, l'étiquette imprimée donnant le nom de l'occupant du septième B, appartement 87. Il s'agissait de *Mlle Salomé Forut*. On avait seulement rajouté au crayon feutre rouge, en dessous : *et Mme Vve Rezeau*. Un numéro d'*Ouest-France* était coincé dans la fente.

« Si le courrier n'a pas été relevé, dit Bertille, il y a des chances pour qu'elles ne soient pas là. »

Elles n'étaient pas là en effet. Tout ce que le septième put nous offrir, ce fut une porte d'acajou, percée d'un œilleton et garnie de trois serrures de sécurité par une solide méfiance craonnaise. Interrogée à la descente, une très jeune concierge, coiffée et bichonnée comme une starlette, nous fournit en une seule phrase — à tournure significative — au moins deux indications :

« Mademoiselle est à la campagne avec sa grand-mère. »

*
**

Pas difficile d'imaginer ce qui s'est passé. Pour

détacher des siens une fille qui s'entendait bien avec eux, il suffit d'être patiente. On converse d'abord gentiment avec elle : *Tes parents ont eu raison de vous associer aux décisions familiales. Tu vas plus facilement pouvoir voler de tes propres ailes.* Puis on commence à insinuer : *Bon, te voilà émancipée. Je n'ai pas l'impression qu'ils aient signé de gaieté de cœur. Je connais ça, j'en ai souffert et ton père me l'a assez reproché : nous avons tous du mal à nous délivrer d'un certain sentiment de propriété paternelle.* Continuons, interprétons, les réticences de Gournay, jugeons-les avec la sévérité qui s'impose : *C'est bien ce que je craignais : on te libère d'une main ; on te raccroche de l'autre.* Tout cela, Salomé nous l'avouera plus tard, avec le reste. Mais s'il fournit des justifications, ce harcèlement ne saurait suffire. Avec l'indépendance acquise par l'enveloppe de fin de mois, l'essentiel a été l'appartement : rien de plus radical que la satisfaction d'être installée chez soi. Nous allons là-dessus être très vite fixés. Nous sommes revenus à sept heures et demie, nous sortons à peine de l'ascenseur, nous n'avons pas encore sonné, et j'entends à travers la porte :

« Je te parie que les voilà. »

C'est Mme Rezeau qui vient de parler. La concierge a dû nous décrire avec une suffisante précision. Un œil a déjà bouché la lumière de l'œilleton, alors que j'appuie sur le bouton, signant ma présence par cette série de petits coups de sonnette qui fut si longtemps accueillie à la maison par une cavalcade d'enfants criant dans les escaliers : Voilà Papa ! Voilà Papa !

« Bon, bon, ne t'énerve pas ! » fait la voix de ma mère, accompagnée par un grand recul de verrous.

La porte s'ouvre sur une entrée qui n'est en fait que le prolongement du studio et c'est aussitôt la surprise. L'ensemblier n'a sûrement pas consulté Mme Rezeau, habituée à ce mobilier disparate des provinces, acquis au hasard des legs et qui fait plier les parquets sous une masse de temps et de chêne. Dans cette composition à la fois stricte et légère où chaque objet vaut par son volume, par sa tache de couleur, où les sièges font chauffer du rouge ou refroidir du vert olive sur un grand tapis de chèvre lui-même jeté sur une moquette anthracite, il n'y a qu'à voir s'avancer Salomé pour comprendre à quel point elle est l'âme de ce décor. Mme Rezeau, à l'inverse, y est aussi inattendue qu'une bonne sœur aux Folies-Bergère. Mais une fois que nous serons assis, après la sèche petite lèche réglementaire, il ne sera fait aucune allusion au propriétaire, au décorateur, à l'argent dépensé ; on ne nous demandera même pas si nous apprécions.

« Il ne fallait pas vous inquiéter, dit Salomé. Nous étions à *La Belle Angerie*.

— D'ordinaire j'y vais pendant le week-end, quand Salomé remonte à Gournay, dit Mme Rezeau. Cette fois je l'ai emmenée pour qu'elle discute elle-même avec les peintres de la réfection de sa chambre. »

Et tournée vers la vraie maîtresse de maison :

« On les garde à dîner ?

— Je ne demande pas mieux, dit Salomé. Mais dans ce cas il faut que j'aille faire des courses.

— Non, dit Bertille, il faut de toute façon que nous rentrions : Baptiste doit passer à neuf heures.

— A propos, j'ai fait le compte des premiers travaux, reprend Mme Rezeau. Tu m'enverras la moitié de la somme et je réglerai le tout.

— Je voulais justement vous demander les factures. »

Je me déteste, je donne dans son jeu. Il y a des êtres près desquels il est plus facile de vivre en ennemi : pierre contre pierre, au moins ça fait des étincelles. Ménager Madame Mère, c'est tourner autour d'un bloc. Elle a décidé de ne pas comprendre le vrai but de notre visite. Que lui disputons-nous ? De quel droit ? Enveloppés, voilà ce que nous sommes, Bertille et moi, dans ce naturel qui fait bon ménage avec l'incroyable. Je ne parle pas du naturel de Salomé : elle se force, elle a des cils de plomb, elle croise et décroise sans arrêt des jambes dont elle ne sait que faire. Je parle de celui de ma mère, proche de l'inconscience, mais aussi de la béatitude. Elle qui mettait si peu de fesse sur les bords de fauteuil, je ne l'ai jamais vue assise ainsi : tout enfoncée dans le moelleux du dossier. Elle a forci. C'est une grosse chatte satisfaite qui rentre la griffe dans le velours et à qui l'emphysème prête une sorte de ronronnement :

« J'ai craint un moment d'être obligée d'annuler nos vacances, Salomé n'a théoriquement pas travaillé assez longtemps pour avoir droit à un mois. »

Elle ne se cache plus. Il est désormais entendu que tout dépend de Salomé, qu'il n'y a pas lieu d'en discuter :

« Heureusement, Max ferme ses bureaux en juillet. »

Bertille se lève. Ce qu'elle voulait gémir lui est resté dans la gorge ; elle n'a plus envie que de s'en aller. Mais Mme Rezeau insiste pour nous faire visiter le reste de l'appartement. Bouleau de Norvège pour la chambre de Salomé : cela semble sorti d'une vitrine de la rue Saint-Antoine et on ne retrouve rien de son cher fouillis de Gournay, sauf une panthère de peluche noire gagnée à une loterie foraine par Gonzague. Teck pour Mme Rezeau, obligée de dormir sur un divan bas que surplombe un grand portrait de sa chérie. Son regard, avec la même ferveur, se pose sur le double ; puis sur l'original :

« Soyez tranquilles : on ne la maltraite pas », dit-elle.

XXV

Mai, juin. Je préfère les crises aux situations fausses, si celles-ci peuvent nous guérir de celles-là. Il devenait souhaitable d'en voir éclater une parmi les miens, six mois plus tôt fort unis. Tout excessif qu'il fût, Jeannet n'avait pas eu tort : nous n'aurions jamais dû renouer avec Mme Rezeau. Détester, adorer, cela ne changeait rien à sa façon de faire. Elle recommençait à exténuer la famille autour d'elle, peut-être sans le vouloir, peut-être même sans en avoir conscience : une fatalité, en somme, liée comme l'est la vague à l'excès de son mouvement. A certains moments du reste je n'étais pas loin de croire à plus de noirceur, à l'intention délibérée de nuire, de s'attaquer à ce groupe bien bouqueté que j'ai toujours considéré comme ma revanche, de s'en revancher à son tour en y portant la division. Quoi qu'il en soit, cherché ou non, le résultat était le même et de scène en scène se renouvelait ce sabotage.

*
**

Bertille, il lui arrive de s'en prendre à moi maintenant. Si les femmes réagissent plus vivement que nous aux incidents de la vie privée, elles en sont excusables : la plupart n'ont pas comme les hommes l'avantage d'en être protégées par l'épaisseur des préoccupations professionnelles. Mais Bertille est allée jusqu'à me dire :

« Tu aurais dû mettre le holà tout de suite. Comment veux-tu que j'intervienne ? Après tout c'est ta mère. »

Regrettons d'avoir riposté :

« Et de quoi aurais-je eu l'air ? Jouer le parâtre réclamant contre Salomé, merci bien ! Après tout, c'est ta fille. »

*
**

Blandine, à seize ans, va passer le bac, que les Français, nantis d'un simple bulletin de naissance, considèrent encore comme le bulletin de connaissance permettant d'accéder aux vies supérieures. Du coup elle s'est prise au sérieux ; elle est sortie de l'âge délicieux où les adolescentes ignorent leur grâce pour entrer dans celui où la petite personne se cherche une personnalité. On la voit de loin, sa tignasse flamboyant sur un chemisier blanc bien garni, à ceinture corsaire si sèchement serrée qu'elle fait rebondir le contenu du pantalon à pont vert céladon. On la voit de si loin que, malgré l'ombre propice du déambulatoire de l'église Saint-Arnoult, je l'ai aperçue en train de se mélanger à du châtain :

« T'as vu ? Ma sœur se noie : on lui fait le

bouche à bouche, dit Aubin qui m'accompagne à la civette.

— Attends un peu que j'aille à son secours ! »

Je fonce, j'écarte poliment un dadais marqué de rouge ; je ramène une Blandine au sein gonflé de soupirs à qui je m'entends dire que le bachotage pour l'heure est plus urgent que le pelotage, qu'elle a à se faire examiner par ses profs avant d'en confier le soin aux garçons... Mais malgré l'âge on proteste, on incrimine ma conception des poids et mesures, on cite le nom de Salomé... Quoi donc ? J'en suis tout épaté, tout désolé. Mais vlan ! mignonne, te voilà giflée.

***

Nous devenons tous nerveux. Baptiste qui, mauvais signe, se tire sur la barbe, débouche dans le vivoir. Il passait hier place Dauphine et qui a-t-il vu, sortant du palais de justice ? Sa nièce ! Raccompagnée jusqu'à la grille par un robin en toge poinçonnée d'une rosette. J'essaie de blaguer :

« Elle a peut-être entrepris de reloger le bâtonnier ?

— Ou Gonzague, dit Baptiste. Tu veux mon avis ? Salomé nous double tous, ta mère comprise. »

Bertille n'en croit rien : sa fille ne peut être devenue soudain aussi dissimulée. Jeannet, qui est là, près d'une Marie toute ronde, s'esclaffe. Voyons ! C'est normal : une fille amoureuse est capable de passer sur le pire en oubliant le reste.

« Ce n'est pas vrai, crie Aubin.

— Quand il s'agit d'elle, tu vois tout en noir »,
dit Bertille.

Jeannet se pique et s'en va.

**
*

Peu après Paule me donne son coup de fil
mensuel. Consultée, elle répond comme elle fait
si souvent : par une autre question.

« Au fait, ce garçon, savez-vous ce qu'il
devient ? »

Puis elle admire, oui, elle admire qu'une femme
de soixante-quinze ans, d'une sécheresse réputée,
fasse — ce sont ses mots — *un si beau délire.*
Elle ajoute tranquillement qu'elle aime assez m'en
voir jaloux.

Je raccroche, irrité.

**
*

Avis diamétralement opposé à celui de Mme Caroux qui ne se félicite pas de voir sa vraie petite-
fille bénéficier des largesses de sa fausse grand-
mère.

« C'est comme si je donnais tout à Jeannet,
répète-t-elle. Chacun se doit à sa branche. »

Sinon, ça piaille, en effet, et il tombe beaucoup
de crotte dessous.

**
*

Il se passe sûrement quelque chose, mais quoi ?
Salomé téléphone de moins en moins, reste trois
semaines sans venir et, à sa première visite, prend
fort mal les questions de sa mère :

« Tu me fais suivre ? »

Elle lâche pourtant, après un silence maussade :

« La défense a demandé au juge de m'entendre. Je ne pouvais pas refuser, non ? »

Nous ne saurons ni où ni comment ni par qui elle a été contactée. Mais comme Bertille essaie de l'envelopper des deux bras, de lui dire que nous ne comprenons pas ses absences, qu'elle nous manque, voilà Salomé qui fond en larmes sans cesser d'être agressive :

« Ce que vous pouvez être tannants, les uns, les autres ! On m'aime, ça ! on m'aime de tous les côtés. Mais chacun pour soi. Regardez Aubin qui me fait la gueule parce que je ne suis plus là pour le border comme quand il avait cinq ans ! Qui me veut ne se préoccupe jamais de qui je veux. J'en ai assez d'être harcelée... »

Puis soudain elle me jette :

« Et ta mère qui s'y met, maintenant ! »

*
**

On pouvait le prévoir, mais l'inattendu va être l'apparition de Mme Rezeau qui, se méfiant du téléphone, a jugé plus sage de tomber chez nous à l'improviste, en semaine, au début de l'après-midi, c'est-à-dire à l'heure où sa protégée travaille. Craignant ne pas rentrer à temps, elle a même pris un taxi dont le chauffeur — gratifié d'un maigre pourboire, j'imagine — a haussé les épaules en repartant. Elle est là, dans mon bureau, toute benoîte, entre Bertille et moi. Officiellement, elle est venue nous présenter les factures, qui sont salées. Ne sachant pas discuter les chiffres, je ne dirai rien. Ne voulant pas perdre la face, je célerai que je regrette de m'être laissé entraîner à tant de frais pour le vague plaisir de signer de ma semelle un carré de glaise craonnaise où patouillait déjà le grand-père de mon grand-père.

« Fred a la jaunisse », dit enfin Madame Mère.

Elle claque de la langue, toute satisfaite de pouvoir nous informer. Elle continue :

« Marcel marie sa fille aînée : Rose. Très bien, ma foi. Famille, nom, idées, situation, tout est parfait. Le garçon est ingénieur dans le pétrole. »

A noter, n'est-ce pas ? Que cet avis nous inspire des comparaisons ! Mais la chronique familiale n'est pas terminée :

« Quant à Rueil, ça y est, Marcel liquide. Mais il n'est pas fou : il s'associe avec un promoteur. Vous devinez qui ? »

Geste évasif de Bertille.

« La G.I.F.F., pardi ! Il y a d'immenses pancartes à l'entrée de la propriété : *Bientôt s'élèvera ici la Résidence Joséphine*... Oui, il y aura cent logements là où vécut, seul, mon colonel de grand-père, surnommé le Dindon. Comme dit Max, la roue a tourné, aujourd'hui le dindon ou ses pareils sont cuits et bons à découper. Salomé s'en occupe avec lui. »

Pause pour quitter l'accessoire. Reprise dans l'essentiel :

« Vous ne pourrez pas vous plaindre de ne pas l'avoir vue, ces temps-ci. Elle m'abandonne toutes les fins de semaine. »

Bertille et moi, nous avons eu le tort de ciller. Le visage de Mme Rezeau se crispe, se recreuse de cent rides brusquement plus profondes. Elle voulait s'assurer de ce dont, en même temps, elle venait nous prévenir. Tel, qui entend profiter seul de son bien, ne dédaignera pas l'aide d'autrui pour le défendre. Mais que rien ne soit trop explicite !

« Pauvre chou ! ajoute simplement Mme Rezeau, elle m'inquiète un peu. En voilà une qui a besoin de vacances et de bon air, loin de Paris ! »

XXVI

Entre les nénuphars circulaires, çà et là ponctués de fleurs glaireuses, un soleil déclinant tamisé par les saules distribuait des ronds de lumière glauque, soluble dans l'eau, elle-même parcourue d'orbes molles chaque fois que, par en dessous, la remontée à l'air d'un dytique, le suçon d'un chevesne en touchaient la surface ou, par en dessus, la ridait l'effleurement rapide de ces fausses araignées coureuses que Papa appelait savamment des *gerris*. Sur la berge nous étions plantés à cinq mètres les uns des autres, le fermier, mon benjamin et moi. Je dis le fermier en tête : du droit de canne consenti par Marcel il ne devait pas se priver en mon absence et c'était bien ainsi. J'avais retrouvé un vieux pantalon de toile de mon père. Nu dans son short, encore blanc comme un lavabo, Aubin, en pleine crise d'allongement, laissait rôtir des bras et des cuisses maigres d'atèle. Il arrivait à ne pas souffler mot. Quant à Jobeau, trapu, tout en poitrail et en avant-bras, perdant du poil de partout, écrasant dans l'herbe un fessier de velours à grosses côtes rapiécé de carrés divers, il était plus immobile que le têtard d'aune voisin dont, parallèles à ses jambes, descendaient vers l'Ommée deux racines rougeâtres. La rigueur des sagittaires fléchant un cumulus soudé au ciel et dominant depuis des heures son double empêtré dans la rivière, la fixité des bouchons, celle du nylon enseveli dans les transparences, celle des gaules coincées sur de petites fourches de frêne écorcé accentuaient le silence, à peine troublé par un bref coassement ou le lointain pupulement d'une huppe. La bonace d'eau douce, quoi ! Le chaudron d'été, où recuire la concentration des odeurs : effluves de menthe, de sauge, d'armoise, mofettes remontées — en bulles dansantes — des vases en travail et, brochant sur le reste, liés entre eux par l'échange nourricier, le relent du roui qui accompagne toutes les marinades de verdure, le relent du mucus, lubrifiant des poissons.

« Et hop ! » fit Aubin, ferrant un dard qui, bien sorti, vint s'écailler sur le pré à l'endroit même où le gamin avait, cinq minutes plus tôt, ramassé la sauterelle utilisée comme esche.

Il ne talonna pas le terrain et rampa doucement pour décrocher l'hameçon. Un pouce en l'air — façon muette de chanter victoire — il exultait. C'était sa cinquième prise, qui s'en fut rejoindre dans la bourriche huit gardons, trois tanches, une brème et quelques poissons-chats. Puis il retendit la ligne, sans bruit.

« Ça chasse », murmura Jobeau.

La blanchaille commençait à sauter au nez des perches ou des brochets. L'éclairage prenait du biais et les grenouilles de l'autorité. Une couleuvre des marais passa, lente, ondulante, la tête maintenue à cinq centimètres au-dessus d'un banc de macres. Un martin-pêcheur, vairon en travers du bec, fit trois fois la navette de quelque part en aval où il avait dû repérer un banc, à quelque part en amont où devait se trouver son trou. Aubin fut cassé deux fois par une grosse pièce... Et peu à peu les ombres tournèrent, s'allongèrent, tandis que du fond du dimanche montaient les beuglements des vaches descendues aux barrières pour attendre leurs veaux. Deux robes passèrent entre les fûts desquamés des platanes, deux bras nus s'agitèrent et juste à ce moment, pour nous rappeler de quel sang nous étions, une première hulotte poussa son vieux cri chouan.

« Faut que je pense à la soupe, quand même ! » dit Jobeau.

Comme nous revenions, devançant la cloche (soumise depuis peu à notre horaire), Aubin, balançant glorieusement la bourriche, fit tout à trac :

« Dis, Papa, la souris craint le chat. La chauve-souris craint-elle le chat-huant ? »

Un bon moment, en somme, accordé à quelque chose d'aussi tenace en moi qu'une racine de liseron. Nous n'en aurions pas beaucoup d'autres durant ces vacances. Arrivés à *La Belle Angerie* sans enthousiasme, trois jours après Mme Rezeau et Salomé descendues à part en *Austin*, nous avions dû leur annoncer la défection du jeune ménage. Afin de ne vexer personne Jeannet s'était

213

arrangé avec sa compagnie pour se faire inscrire sur la troisième liste de congés payés. Il disposerait ainsi de son mois lors de l'accouchement de Marie.

« Je ne force personne à venir me voir ! » avait dit aigrement ma mère.

Malgré les travaux, en partie inachevés, le confort restait sommaire : deux points d'eau, le courant, trois chambres retapées, mais déjà envahies de cousins et dont la canicule, malgré les pulvérisations, faisait ressortir les puces. Au nez de Bertille je pouvais mesurer à quel point les citadins de banlieue dans leurs maisons pourvues de tout, dans leurs jardins peignés, peuvent ignorer la vraie cambrousse. De la fée Chlorophylle, voilà qu'elle le découvrait, *le doux cortège de feuilles, de fleurs et de fruits*, fait aussi d'orties, d'épines-noires, de chardons, de bestioles piquantes, suçantes ou térébrantes, rougets, taons, guêpes, frelons, mille-pattes, fourmis, perce-oreilles, gâtant fort la poésie des papillons, libellules ou autres bêtes à bon Dieu. Et je ne parle pas des rampants, localement appelés *vlains*, qu'il s'agisse de la *grande-jaune* de deux mètres, d'un malheureux orvet ou même d'un gros lombric de terreau ! Et je ne parle pas des chicotements nocturnes, des sarabandes au ras des plafonds dans les faux-greniers ! Toute cette vermine, à quoi mes frères et moi, enfants, étions parfaitement indifférents, terrorisait mes filles. Habituées à être entourées de camarades, à profiter de toutes les ressources de la mer ou de la montagne, elles se sentaient démunies. Un vieux croquet, un jeu de boules rouillé, un badminton aux raquettes crevées, un tonneau dont une partie des palets s'était perdue, ça n'allait pas loin en fait de distractions. Que faire de l'Ommée, trop fangeuse pour s'y baigner un pied ? Que faire du bateau qui, faute d'espaces libres, excluait la rame au bénéfice de la difficile godille ? Quand Mme Rezeau, tâchant chaque fois de me refiler Aubin, pour ne pas le voir cramponné à la gauche de Salomé comme elle l'était à sa droite... Quand Mme Rezeau les eut emmenées cinq ou six fois en promenade à travers champs ou le long des chemins creux, quand elles eurent tout leur soûl posé leurs petites bottes entre les ornières, les trognons de choux et ces jolies files de bouses étoilées laissées sur le dur par les bœufs en marche, quand elles eurent bien vu qu'il n'y avait rien à voir *pour elles* hormis des pommiers inclinés dans le sens du vent, des champs de trèfle ceints de talus épineux, succédant à des champs de patates aussi méchamment clos, elles décidèrent que, bon, ça allait comme ça, cette campagne-là, dite bocage (chef-lieu Segré : du latin *secretum*, isolé), c'était le pays le moins paysagé, le plus paysan qui fût. Sauf Aubin, enragé de grimper aux arbres, de monter à cru le cheval de Jobeau, de fourrager dans les fenils, sauf moi — qui peux travailler partout sur un coin de table —, tout le monde à la fin de la première semaine s'ennuyait ferme, évoquait la villa d'Hossegor ou le chalet d'Araches-les-Carroz, loués les années précédentes. J'entendais sans cesse la question rituelle de cette génération habituée aux légumes en boîte et aux loisirs tout préparés :

« Qu'est-ce qu'on fiche ? »

Ils s'étaient fait des illusions. Moi aussi. Un lieu n'est privilégié que par notre enfance et nous ne devons jamais le quitter si nous voulons qu'à leur tour nos enfants s'y accrochent. Les miens étaient des banlieusards et Soledot, pour eux, un trou hanté par deux cents ploucs. Salomé se mit à gratter longuement du violon ; Blandine à photographier n'importe quoi. Les deux sœurs, d'ordinaire peu complices, piquèrent des pointes touristiques vers les châteaux, les plages de la Loire, les tapisseries d'Angers, essayant de filer en douce, de décramponner leur grand-mère qui se glissait toujours au dernier moment dans la voiture :

« Alors, on me sème ? »

Pour elle aussi c'était un échec. Sa gourmandise, flattée par Bertille avec les moyens du bord, trouvait à notre présence quelque compensation. Mais Salomé était visiblement harassée d'elle et Mme Rezeau, qui avait fait des efforts inouïs pour se mettre à sa portée, pour s'intégrer à un monde de plus de cinquante ans postérieur au sien, semblait au bord de la dépression. Je ne l'avais jamais vue comme ça. Quand elle nous attendait debout sur un des grands carreaux du dallage noir et blanc de la salle à manger, elle faisait penser à une dame d'échiquier réduite au rôle du pion. Elle feignait de régner, solennelle. Mais qu'elle fît une remarque sur notre retard et Salomé ne la ratait pas :

« Allons, Gramie, ne fais pas la pendule. »

Elle n'arrivait même pas à tracasser Aubin, aussitôt défendu. Elle ne pouvait que l'écraser du regard, quitte à faire rire le gamin et à se replier sous ses paupières pour les rouvrir sur des prunelles gluantes dédiées à Mlle Forut. A Mlle Forut que les Jobeau appelaient *Mademoiselle*, tout court, comme ils disaient *Madame*. A Mlle Forut, parfois négligente, parfois exaspérée, parfois (et même le plus souvent) dans la lune, mais toujours si puissante qu'admise à contempler le contenu de la grande armoire, elle n'avait pas hésité à dire :

« Ecoute, Gramie, c'est ridicule. Mets ta fortune à la banque. »

Et Mme Rezeau, se privant des plaisirs du tripotage comme du couponnage, était allée sur-le-champ louer un coffre à la B.N.P.

*
**

Au fond elle ne se retrouvait en forme qu'avec moi. A mon arrivée je n'étais pas encore entré dans la maison qu'elle m'avait pris à part pour me demander :

« Peux-tu m'avancer quelque chose sur ma rente ? Je suis un peu juste, en ce moment. »

Qu'elle le fût, rien d'étonnant et ce n'était pas mon avance qui comblerait le trou. Mais je m'aperçus rapidement que le bahut Renaissance avait disparu. J'allai voir Marthe que je trouvai en train de nourrir de beaux spécimens de la race craonnaise : pas ses enfants, non, précisons, mais de jeunes cochons dits *courards*, nés d'un

de ces nobles verrats qui, bien plus que Volney
— auteur de considérations sur la ruine des
empires — ont fait, avec les courses, la renommée
de Craon.

« Vous savez qui a acheté le bahut ? dis-je à
mi-voix.

— L'antiquaire de Pouancé », dit Marthe, penchée sur l'auge.

Elle se releva, sévère, la seille en main :

« Faites attention, il est resté une heure à
mesurer les boiseries du salon. Il doit revenir.
J'aime pas trop jaser, mais Madame n'est plus
dans son sens. Au début elle vendait par manque.
Après, pour traficoter. A c'te heure, c'est pour
Mademoiselle... Puisque je vous tiens, merci pour
l'eau. »

Elle rit, en repoussant la porte de la soue :

« Des fois qu'elle ne partagerait pas, j'aime
mieux vous dire : Madame, pour son robinet, me
demande six canards par an. »

Ce détail me décida. L'oreille rouge, j'allai
réclamer des explications à Mme Rezeau et lui
représenter qu'elle ne pouvait à la fois toucher
des intérêts et grignoter le capital. Elle était
justement en train de faire ce qu'elle appelait
sa comptabilité : opération curieuse consistant à
comparer le contenu de six enveloppes *Avoir*,
soigneusement numérotées, avec le contenu de
six enveloppes *Doit*, celles-ci comme celles-là rangées dans une boîte à chaussures séparée par
un morceau de carton en deux compartiments.
Le drame de *La Belle Angerie*, je le savais, tenait
tout entier au fait que l'enveloppe 5-avoir (*coupes
de bois, ventes diverses*) avait une fois pour

218

toutes été chargée d'équilibrer la 5-doit (*dépenses de maison*), tandis que la 3-avoir (*rentes*) alimentait la 3-doit (*placements*). Le parc n'y avait pas résisté, le mobilier était en train de suivre, les boiseries ne tiendraient pas longtemps... Cependant, après avoir feint un instant l'indicible étonnement, Mme Rezeau sautait à l'indignation :

« Tu deviens aussi chien que ton frère, criat-elle. J'ai dû me procurer certaines sommes, oui, c'est vrai. Plains-t'en ! Tout a été dépensé pour ta fille.

— Etait-ce raisonnable ? dis-je, sans relever la provocation.

— Dieu sait si on m'a reproché de n'en pas faire assez et voilà que j'en fais trop ! » ripostat-elle encore plus haut.

Mais une sincérité brutale l'emporta sur la mauvaise foi :

« Et puis, zut ! Légalement Salomé est une étrangère. Si je veux qu'elle soit un peu gâtée, je dois le faire de mon vivant. »

La justification du bon plaisir, au moins voilà qui était clair et, en un sens, rajeunissant. Je me retirai en singeant dans le vide le vaste coup de chapeau du Grand Siècle. Bertille, mise au courant, me conseilla de prévenir l'antiquaire. Je m'y refusai : ils étaient au moins cent dans le département à surveiller les vieilles dames susceptibles de brader les bois de famille. Je ne pouvais tout de même pas leur envoyer une circulaire ! Et puis, avouons-le, je suis de ceux qui gueulent, quand on les lèse, mais qui éprouvent ensuite une sotte, une orgueilleuse répugnance à défendre jusqu'au bout leurs intérêts. Je laissai tomber. Mais je m'aperçus vite, je m'aperçus le soir même, aux pointes, aux allusions de Mme Rezeau, à sa façon de ne pas m'entendre parler ou au contraire de surveiller mon silence, qu'elle m'avait pris fort au sérieux et trouvé de nouveau détestable.

XXVII

Un appartement que vous avez souscrit sur plans, une maison que vous avez fait construire, vous n'y pouvez imaginer que vous ; l'espace n'y est pas dédoublé par le temps et celui que meuble votre corps n'est pas en quelque sorte usagé... Ai-je déjà encrassé le bain de jouvence ? Est-ce un effet de nos bisbilles renaissantes ? Chemisées de long et le pompon du bonnet de coton tombant sur l'oreille, sept générations assez mal lavées, hormis d'eau bénite, ont grouillé dans ce lit dont elles firent pudiquement chanter les ressorts du sommier. Chaque fois que je remue, je leur donne des coups de coude et Bertille qui fait sa gymnastique matinale, parfaitement nue, généreuse de la touffe, scandalise feu ma tante Thérèse qui, au même endroit, les seins remontés haut par les baleines du corset, se faisait ficeler par feu la tante Yvonne, sa jumelle, au postérieur noyé comme le sien dans le grand pantalon fendu à volants de dentelle. Suis-je venu vivre une reconstitution ? Le passé me fatigue.

Mais voilà Bertille qui, trop attentive à ce qu'elle fait et trop proche d'une fenêtre basse, se penche en avant, les bras écartés, une jambe lancée en arrière. Elle rate son coup, se déséquilibre : son talon s'envole dans un carreau qui lâche un mastic centenaire, se détache d'un bloc et va se briser en bas sur le grès du caniveau servant de déversoir aux gouttières.

« Vitrier ! » lance ma Berrichonne, sans s'émouvoir.

C'est vite dit. Voyez comme nous sommes : ambigus, vite contredits par nous-mêmes. C'est le carreau-loupe qui vient de disparaître, hé, pomme ! Sur cette fenêtre aux croisillons rongés par vingt décennies de pluies, pas une vitre n'a la même teinte. On y trouve de tout : depuis le chambourin verdâtre, bullé, inégal, déformant les images jusqu'au verre moderne, clair, lisse et plan, de trois dixièmes. A travers le carreau disparu affligé en son centre d'un défaut, d'un léger renflement, tous les collègues, les sept générations qui faisaient la grasse matinée vacancière avec moi, qui viennent comme moi de sauter du lit, ont trouvé que le prunier d'en face avait de plus grosses prunes. Mais c'est une tout autre remarque que je ferai à Bertille en train d'enfiler un slip :

« Tu as entendu ? Elle est encore partie au ravitaillement avant huit heures, ce matin. »

Rentrons le ventre. La glace Louis XV en a vu d'autres au nombril poussé en avant par des panses d'hommes de loi et le notaire à favoris qui prospère dans son cadre, ne me contredirait pas. Mais notre femme mérite qu'on se tienne ; et qu'on lui exprime toute notre pensée :

« Tu ne m'enlèveras pas de l'idée qu'elle ne désire pas être accompagnée. »

222

Bertille fait la moue : son principal défaut, quand il s'agit de ses poussins, est de mettre la tête sous l'aile. Elle dérive :

« Tu sais la meilleure ? Max aurait trouvé Salomé à son goût et s'en serait ouvert à ta mère. Comme elle dit, *dans un sens, c'est un très beau parti. Quelle fortune, quelle situation, ma chère ! Max n'est plus jeune, c'est vrai, mais Salomé, la pauvre chérie, n'est plus... enfin vous me comprenez ! Bref, si j'ai découragé Max en lui parlant de son âge, c'est surtout parce que je n'ai pas envie de voir partir la petite...* C'est un abîme d'égoïsme, ta mère. S'il s'agissait d'un garçon en tous points convenable, elle en ferait autant. »

C'est souvent que Bertille soliloque ainsi à cette heure. Son petit rapport, sauf presse, elle ne le fait jamais le soir, au coucher, dans le déshabillage à quoi je participe activement. C'est dans le rhabillage ou à sa toilette, le nez dans le gant mouillé, qu'elle bavarde. Présentement elle se repeigne, avouant :

« A propos, j'ai dû me fâcher hier. Dès que tu as le dos tourné, ta mère te bêche devant les enfants. Elle aurait entrepris de te démolir auprès d'eux qu'elle ne ferait pas mieux.

— Anti-chronique ! murmure l'époux, qui se rase.

— C'est tout ce que ça te fait ? » dit Bertille.

Je suis mal placé pour m'en plaindre. Au surplus quand on a commis une erreur, mieux vaut la reconnaître sans bruit. Une seconde, s'il vous plaît, pour en finir avec ce dessous de lèvre et précisons :

« Si Salomé osait le répéter, tu t'apercevrais que ma mère a dû lui chanter bien pis. Ne lui passe rien. Au cas où elle continuerait le plus simple, ce serait... »

Des cris viennent de m'interrompre : des cris qui montent d'en dessous, approximativement de la cuisine, et qui sont la réplique exacte de ceux poussés voilà quarante ans par Folcoche lancée sur le sentier de la guerre :

« Espèce de dégoûtant ! Veux-tu m'enlever ces horreurs, oui ou non ? »

Nous le saurons dans un instant : Aubin qui a découvert de vieilles nasses dans la remise et va les relever chaque jour dès potron-minet, a ramené deux anguilles qu'il a cru avoir assommées et que Mme Rezeau a retrouvées, vivantes et grouillantes, dans l'archaïque garde-manger en toile métallique où elle abrite encore sa viande des mouches vertes. Le prétexte est futile, mais Aubin pour elle a le tort d'appartenir à l'horrible race en culotte courte. Ses protestations n'y feront rien. Au contraire, Mme Rezeau hurle de plus en plus fort :

« Tu vas te taire, petit voyou ! Je ne sais pas ce qui me retient... »

Bertille boutonne en hâte sa robe de chambre. Elle gronde :

« Ta mère l'a pris en grippe. Je ne peux pas le laisser seul avec elle. J'y vais... Tu disais ? Le plus simple, ce sera quoi ?

— Ce sera de ne pas revenir. »

*
**

Sous-entendu : *tant que*... S'il ne reste plus grand-chose de *La Belle Angerie* au terme indiqué par cette locution conjonctive, qu'importe ! Retrouvons la paix. Je ne souhaite à Mme Rezeau nul autre mal que de vivre longtemps dans l'isolement qui fut le sien et que décidément elle mérite. Pourtant j'aurais sans doute mieux fait de me taire : il arrive qu'une phrase vous inspire du remords, comme si elle avait été capable de cliver l'avenir.

Mais sortons : pas de paperasses aujourd'hui. Il fait beau, il fait chaud : les prés, gorgés de rosée, seront jusqu'à midi encensés de vapeur mauve ; les coucous répondent aux loriots, aussi présents, aussi invisibles qu'eux ; les hirondelles moucheronnent dans le très haut bleu. Pour bouder la coupable, j'ai liquidé rapidement un fond de tasse, puis entraîné Aubin aux yeux encore tout brillants de colère. Blandine a suivi. Bertille a suivi. En guise d'avertissement nous abandonnons *La Belle Angerie* jusqu'à midi ; nous marchons à la file indienne sur le bas-côté de la 161 B dont Blandine cueille méthodiquement les jacées.

« 4875 ZY 77, c'est Smé ! » crie Aubin qui fait dix dixièmes de chaque œil.

L'*Austin* débouche de Soledot, passe devant le cimetière à quelques mètres du caveau de famille. Je pense bizarrement : *Non, papa, non, celle-là n'est pas à moi*. Mais l'*Austin* s'approche ; elle est sur nous, elle s'arrête. Salomé descend et en trois bonds embrasse sa mère, embrasse son frère, embrasse sa sœur. Elle est souriante, dansante, telle qu'elle était voilà quelques mois, encore que sa robe ne trahisse pas plus ses sous-vêtements que sa joie ses motifs. Notre étonnement la gêne d'ailleurs assez vite, et c'est en regrettant de ne pas s'être mieux contrôlée qu'elle remonte en voiture et file :

« Au moins ça lui réussit, à elle, les vacances ! » dit Bertille.

Probablement ai-je été le seul à remarquer sur la banquette arrière, entre le sac à main et un filet distendu par les emplettes, la tache bleue d'un télégramme.

*
* *

A vrai dire je n'en serai sûr que le soir, au bout d'une journée passée dans l'expectative et l'observation mutuelle. Madame Mère n'a pas daigné s'apercevoir de notre absence, mais après un déjeuner dont tous les plats me paraîtront froids, elle fera preuve l'après-midi d'une certaine circonspection. Elle n'a pas pu ne pas remarquer l'attitude bizarre de Salomé, moins expansive, plus contenue que ce matin, mais qui se multiplie, se prodigue comme une cheftaine : de la cuisine à la vaisselle tout lui est passé par les mains ; on la dirait anxieuse d'amasser des mérites pour se faire pardonner on ne sait quoi.

« Je te mets une chaise longue au soleil, Gramie ? »

Gramie remercie et se met à vituler, la tête abritée sous une vieille ombrelle, la robe tirée haut pour exposer aux ultra-violets des jambes variqueuses. Mais elle se retourne sans cesse de droite à gauche et il me suffit de regarder un instant son visage traqué pour me rendre compte qu'elle a peur. Dans ces cas-là d'ordinaire, pour se prouver qu'elles ont encore du crédit, les vieilles personnes deviennent lancinantes et c'est bien ce qui se produit :

« Tu sais, finalement, je prendrais bien une goutte de café. »

Salomé va en préparer une tasse que Mme Rezeau touillera mélancoliquement pendant un quart d'heure. Puis elle se tortille :

« Cette toile est d'une raideur ! »

Salomé va chercher un coussin et cette inaltérable obligeance, au lieu de rassurer Mme Rezeau, l'inquiète davantage. Elle ferait bien un petit piquet. Mais Salomé ne sait pas jouer au piquet. Un bésigue, alors ? Mais Salomé ne sait pas jouer au bésigue et Mme Rezeau commence à croire qu'elle le fait exprès. Bertille propose une belote, mais Mme Rezeau ne sait pas jouer à la belote. Toutefois puisque sa bru s'offre imprudemment comme victime, l'occasion est trop bonne pour se venger de notre abandon de la matinée.

« Vous avez vu mes pauvres rosiers, Bertille. Est-ce que vous savez tailler ? »

Et voilà ma femme sécateur en main. Aubin me tire la manche et je m'éclipse pour aller lui construire une cabane de bambou dans le petit bois. Mais quand nous reviendrons, nous serons accueillis par la chanson des raclettes qui tranchent du pissenlit à fleur de sablon. Femme et filles, transpirantes, grattent à qui mieux mieux, sous l'œil connaisseur de la châtelaine trop gênée, hélas ! par son emphysème pour pouvoir les aider. Je ne peux pas faire autrement que de prendre un râteau et nous ne serons sauvés que par l'arrivée d'un gros homme qui a laissé sa camionnette sur la route et, qui, venu à pied du portail, tombe la casquette à cinq pas :

« Madame n'a rien pour moi, cette fois-ci ?

— Je crois que non », dit Madame Mère en me regardant.

Elle s'est levée très vite et raccompagnant au pas de chasse le visiteur — fripier, marchand de bois ou chineur — ne s'arrête qu'au bout de l'allée pour tenir avec lui un conciliabule hors de portée de nos oreilles. Bien entendu, quand elle reviendra nous aurons disparu.

*
**

Jusqu'à la cloche, que tirera Blandine. De ma chambre où je suis allé passer trois heures devant ma table, j'ai reconnu sa manière : comme Fine aux temps héroïques (mais Fine était sourde), Blandine ne tire pas régulièrement. Bertille atteint la volée, mais la casse en ne rendant pas de corde. Aubin est le seul à savoir d'instinct faire chanter le bronze, espacer ses coups, les feutrer, les durcir, les grouper en séquences, exprimer la joie, la tristesse, l'urgence : comme mon père qui, as de la cloche, avait dans sa jeunesse inventé un code pour décrire aux amis, de loin, son tableau de chasse.

Descendons. Je longe le grand couloir éclairé de biais par un soleil couchant qui plaque sur la cloison d'en face une flamboyante réplique des œils-de-bœuf. J'en pousse un, mal fermé, pour ne pas laisser entrer la touffeur et les moustiques.

L'escalier craque où il faut. L'odeur de vermoulu augmente sous les poutres du rez-de-chaussée. Dans la salle à manger où elle atteint son comble, Mme Rezeau est assise à son auguste place : au milieu de la grande table, le dos tourné à la cheminée aux émaux.

« Il ne manque plus que Salomé, dit Bertille.

— Je la croyais avec vous, dit Mme Rezeau, qui depuis trois semaines se laisse servir et ne met plus les pieds à la cuisine.

— Non, dit Bertille, elle a tout fait à midi, je ne l'ai pas appelée. Je me suis débrouillée avec Blandine. »

Aubin détale, grimpe quatre à quatre. Des portes claquent. Il revient, bredouille. Non, bien sûr, Salomé n'est pas dans sa chambre, elle aurait entendu la cloche.

« Où diable est-elle allée ? dit Mme Rezeau, d'une voix changée.

— Je l'ai vue partir vers la rivière, dit Blandine. Mais c'était vers cinq heures. Je resonne ?

— Non, moi ! » dit Aubin, qui se précipite.

Le potage continue à fumer. Dehors les rouges tournent au violet, puis au noir (dans l'ordre inverse de l'avancement clérical, disait Fred). Un dernier rayon vient de quitter la tapisserie de l'Amour qu'un trou de mite a rendu borgne. Aubin y va d'un petit branle pressant qui se propage dans le soir, encore strié de martinets, mais déjà repeuplé de noctules. Mme Rezeau n'en attend pas la fin. Elle n'y tient plus, elle repousse sa chaise, coupe par la serre et trotte vers la rivière en criant sur plusieurs tons :

« Salomé ! Salomé ! »

Il n'y a plus qu'une bande plus claire à l'horizon : deux chevêches chuintent aux deux bouts de l'invisible, se répondent de minute en minute, relayées par un hibou plus proche qui hue dans un peuplier. Des vaches restées au pré se devinent à peine les masses sombres, mais violemment odorantes et signalées par un bruit d'herbe tirée, des soufflements chauds, des piétinements lourds à travers les rainettes.

« Salomé ! »

Parmi les cris de chouette celui de Mme Rezeau est à peine moins rauque et Bertille, mal habituée aux grincements nocturnes du Bocage — qui à cette heure semble habité de striges — en est toute frémissante à mon bras. Arrêtons les frais, c'est ridicule. A quoi bon aller plus loin ? Sous le fouillis de branches dessinées au fusain on voit très bien, fidèle à son embarcadère, se profiler le bateau immobile au bord d'une rivière de papier d'étain. Pour une adulte l'Ommée elle-même ne présente aucun danger : elle n'a nulle part plus d'un mètre cinquante de fond. Je crie :

« Aubin, va voir si l'*Austin* est au garage ? »

Mme Rezeau remonte soudain, oblique vers la ferme qu'encense son fumier et que situe, jailli d'une porte ouverte, un pan de lumière crue où brillent des bidons vides retournés à boucheton :

« Salomé ! » crie-t-elle encore une fois.

Le pan de lumière se coupe en deux : Marthe, précédée par son ombre, s'avance sur le seuil :

« Vous cherchez Mademoiselle ? »

En ce qui me concerne je ne cherche plus personne : mon opinion est faite. Mais la belle-mère et la bru se précipitent :

« Vous l'avez vue ? »

Le visage de Jobeau n'est qu'un rond noir dans l'encadrement de sa porte. Mais sortis de l'ombre face à l'ampoule, ceux de ma femme et de ma mère sont brusquement trahis, l'un avouant l'inquiétude, l'autre la terreur.

« On l'a vue, oui, démarrer vers six heures, nous deux Félix, dit Marthe. Même, on s'est demandé pourquoi elle partait par le chemin de la ferme. »

XXVIII

Sur le coup, devant Marthe — bonne langue, s'il en est ! — Mme Rezeau était arrivée à faire figure, en lançant :

« La petite aurait pu nous prévenir qu'elle allait à Segré ! »

Puis coupée en deux par une quinte, elle s'était réfugiée dans l'ombre et Marthe n'avait plus trouvé que moi devant elle pour souffler :

« Ça sent le galant ! »

Filer par-derrière pour ne pas attirer l'attention, pour ne pas risquer la prise en chasse de l'*I.D.* (crainte singulière : je ne me voyais pas dans ce numéro), c'était vraiment superflu. Pourquoi en remettre ? Il semblait si simple de s'esbigner aux aurores à l'occasion des courses rituelles : personne ne s'en fût ému. Mais le télégramme, sûrement retiré de la poste restante, devait fixer un rendez-vous précis. Un tour dans la chambre de Salomé — la plus belle de toute la maison depuis la réfection — me le confirma : il ne restait que son parfum ; toutes ses affaires avaient disparu. Pour éviter de trimbaler une valise devant nous, elle avait dû la coincer dès le matin dans le coffre de sa voiture, soigneusement fermé à clef. Je ne trouvai pas de lettre. Mais en trouver là, était-ce logique ? La fugue de Salomé, pour être différente des miennes, me rappelait des souvenirs en me fournissant la preuve — si besoin était — que les précédents ont toujours des suites et qu'aux enfants, promus parents, le talion est assuré par les leurs. Mais enfin, voyons, à sa place, aurais-je laissé un mot ? Et si oui, en quel endroit, pour qu'il ne soit trouvé ni trop tôt ni trop tard ? J'allai fouiller ma chambre. On passe aux lavabos tous les soirs... Mais il n'y avait rien dans le cabinet de toilette. On sort les pyjamas du sac... Nouveau chou blanc, mais nous brûlions, nous brûlions. On ouvre le lit en se couchant... Gros malin ! La lettre était sous le drap : une lettre sans adresse, sans destinaire, écrite sur ce papier à en-tête de *La Belle Angerie* si vieux qu'il en 'était marbré de jaune :

Je pars pour rejoindre Gonzague qui a bénéficié du sursis. Si les juges ne l'ont pas condamné, pourquoi le ferais-je ? Inutile d'aligner des phrases : vous en me disant qu'il peut me perdre, moi en prétendant que je peux le sauver. Une faute de jeunesse, ce n'est pas si grave. Et puis c'est simple : j'ai besoin de lui.

Excusez-moi de ne pas vous avoir avertis : vous m'auriez retenue. Excusez-moi aussi de vous dire franchement que je me sens tout à fait dans mon droit. Tôt ou tard une fille doit quitter la maison. Ce que m'a dit Gramie ne me permettait plus de m'y tenir à l'aise. Mais demeurer avec elle, qui ne me doit rien, qui me donnait tout, me gênait plus encore. Je la remercie de son aide et lui demande, comme à tous ceux qui m'aiment, de me laisser vivre.

Suivait la formule *Bons baisers* qui m'a toujours agacé. Pour qu'il y en ait de bons, donc de moins bons, l'article existe-t-il en plusieurs qualités ? Et qu'en faisait donc, sur l'heure, cette petite bouche sensuelle desserrant la barrière humide de ses dents ? Suivait aussi un postscriptum : *Nous partons pour l'étranger, au moins quelque temps. Je vous écrirai.* J'aurais voulu m'abstenir de tout commentaire, mais je me sentais à la fois vexé, insuffisant, trahi, responsable, plein de la sotte ironie qui masque nos échecs. *Laissez-moi vivre*, à cet âge, est une ellipse pour *laissez-moi vivre sans vous* (et plus précisément avec Untel, qui bénéficie de la rime en *ivre*). Lettre en main je repassai l'inévitable corridor, vers l'autre aile où Madame Mère s'était effondrée dans son vieux fauteuil crasseux au capiton crevé, coincé entre une fenêtre sans rideaux découpant ses trente-deux carreaux de nuit et ce poêle qui, poutres comprises, avait si fort enfumé la pièce qu'en plein été elle sentait encore la suie. Bertille, assise à califourchon sur une chaise de paille, n'était qu'un bloc de nerfs. Elle m'arracha la lettre et l'ayant lue d'une traite la jeta sur les genoux de Mme Rezeau, en sifflant :

« Qu'avez-vous donc raconté à Salomé, ma mère ? Il faudra éclaircir ça. »

Mme Rezeau baissa sur le papier des yeux presque vitreux. Elle grelottait du menton et je me demandai un instant si elle n'était pas en train de faire une attaque. Mais après avoir saisi la lettre d'une main secouée par saccades de brefs tremblements, elle finit pour balbutier :

« Je... ne... comprends pas.

— Nous en reparlerons, dit sèchement Bertille. Pour l'instant je vais faire manger les enfants. De toute façon, moi, je remonte demain : ici nous ne pouvons rien savoir ni rien faire. »

Bertille descendue, Mme Rezeau laissa tomber de lourdes paupières et murmura sans les ouvrir :

« Moi aussi, je remonte. Si Salomé a besoin de moi, c'est à Paris qu'elle reviendra.

— A supposer qu'elle en soit partie, fis-je — plaidant le faux pour savoir le vrai. Elle n'est pas assez riche pour aller loin.

— Ça, de l'argent, elle en a ! » soupira la donatrice, sans préciser.

Statue de cire figée comme au musée Grévin et respirant à regret à travers de mauvaises bronches, elle était pathétique et j'étais tout près d'avoir pitié d'elle. Mais il fallait crever l'abcès :

« Vous savez bien qu'elle ne reviendra pas. Détacher une fille de sa famille par l'insinuation, les cadeaux, l'exercice de l'indépendance, c'est une chose. L'amener à vivre avec une personne âgée, c'en est une autre. Séparée de nous, Salomé n'a plus eu qu'une idée : se raccrocher à Gonzague, l'attendre, se servir de vous pour se mettre en mesure de l'aider, le moment venu. »

La surprenante indifférence de ce visage, d'ordinaire si riche dans l'expression de la hargne, ne se démentit pas. Mais un certain temps de réflexion

236

me permit de comprendre qu'on cherchait quelque chose, susceptible de faire mal. Puis la voix connue se mit à mordre :

« Tu devrais me remercier ! Si tu n'avais pas des sentiments aussi louches envers ta belle-fille, tu te montrerais aussi content d'être débarrassé d'elle que Bertille de Jeannet.

— Et je devrais aussi vous remercier, n'est-ce pas, d'avoir, à votre façon, arrangé le récit de la mort de son père ? »

Pour ne m'en être ouvert à personne, même à Bertille, faute de preuve, je m'en doutais depuis longtemps. J'aurais pu donner la date, le lieu : 11 mars, sur la promenade Ballu, deux heures avant l'annonce par Salomé de son intention d'aller s'installer à Paris.

« Arrangé quoi ? cria Mme Rezeau, avouant soudain. Mais enfin c'est la vérité que tu as tué son père ! Tout le monde trouve stupéfiant que Bertille ensuite ait pu t'épouser. »

Les toiles d'araignée ont toujours abondé dans la chambre de ma mère ; l'électricité en bleuissait de fort belles, tendues dans tous les coins et je me faisais l'effet d'avoir donné dans une énorme au centre de quoi m'attendait cette femme aux doigts aigus. Tout le monde trouvait stupéfiant... Tout le monde, c'est-à-dire, elle, Salomé, Marthe Jobeau et Radio-Soledot après la messe ou le marché, donc le village, le segréen, voire l'Anjou. L'anti-chronique, à tout prendre, n'avait pas pour seul enjeu Salomé ; mais passion ou vengeance ou les deux réunis, l'incohérence du propos restait flagrante : Mme Rezeau détruisait son propre ouvrage, me mettait en situation de ne plus pouvoir me supporter dans le pays.

« Ce sera difficile de vous pardonner ça ! fis-je, devançant la phrase même qu'un peu plus tard lui jetterait Bertille.

— J'en ai subi bien d'autres de ta part ! » répliqua-t-elle sans force, mais sans contrition.

Puis elle s'enfonça jusqu'au lendemain soir dans un mutisme glacé.

*
**

Entendons-nous : la plus solennelle consternation, en elle-même enfermée, ne résiste pas au franchissement de la haie pour un arrêt-pipi. Si je le note, ce n'est pas par dérision : aujourd'hui où pour Mme Rezeau, témoin d'une part évanouie de mon existence, j'éprouve une nostalgie d'amputé (Aime-t-on sa jambe ? Non. Mais on marche dessus), je me souviens moins volontiers des grandes attitudes que des petits détails. Je la revois profitant vivement, sans mot dire, de mon coup de frein à la demande d'Aubin. Je la revois, remâchant sur trois cent trente kilomètres sa déception, plus deux sandwiches et un œuf dur, tandis que Bertille affectait de me parler comme si la personne assise à ma droite était un mannequin (un de ces mannequins de couture anciens, dont les formes amples et courbes, mais entoilées de gris et soigneusement asexuées, m'ont toujours fait penser à celles de ma mère). Je la revois, descendant devant son immeuble avenue de Choisy et attendant que je décroche les tendeurs qui bloquaient son bagage au milieu du nôtre sur la galerie chromée. Bertille, se contentant de baisser la glace, n'avait pas bougé et dans son souci de sauver la face, Mme Rezeau disait :

« Ne sortez pas, les enfants : il y a trop de circulation.

— Au revoir, madame ! » fit Bertille, retenant Aubin qui avait la main sur la poignée.

Je montai, seul, les vieilles valises en peau de buffle de mon père me battant les mollets. Au passage Mme Rezeau accrocha la concierge pour lui demander, d'une voix égale, si elle avait vu sa petite-fille :

« Mlle Forut est rentrée cette nuit, dit la jeune femme, avec un sourire indéfinissable. Elle est repartie vers midi en me disant que désormais c'est vous qui vous occuperiez de tout... Sa voiture est au parking.

— A-t-elle laissé aussi son trousseau ? dit Mme Rezeau.

— Non, dit la concierge, passant brusquement au pluriel : je voulais leur demander une adresse, mais ils étaient pressés, ils avaient leur avion à prendre à Orly. »

Dans l'ascenseur, très rapide, Mme Rezeau se tint un instant l'estomac. *Ils ont couché ici !* marmonna-t-elle, sévère. Puis son visage s'éclaircit : *Tout de même, elle a gardé les clefs !* Mais une fois ouverts les trois verrous, une fois relevés les stores, après de courtes retrouvailles, après cette minute de grâce où le *vingt-fleurs* lui dilata les narines, où le portrait accroché au-dessus de son lit lui fit briller les yeux, l'évocation de l'absente lui devint intolérable. Elle s'assit, haletante et de nouveau toute raide au bord du même fauteuil où elle avait appris à s'enfoncer :

« Si tu sais quoi que ce soit, tiens-moi au courant, implora-t-elle. Ne m'abandonne pas tout à fait. »

XXIX

Si je regardais dans le classeur, case P.Q.R., la douzaine de chemises où figurent les Rezeau, en négligeant les plus anciennes pour ne sélectionner que les récentes — du sous-groupe *Ercé* — les deux tiers des lettres au moins seraient datées du mois d'août. A l'instar des enfants de l'Assistance publique, généralement très portés sur la famille, j'en use, j'en abuse même pendant dix mois. Juillet nous voit encore réunis pour des vacances communes. Août jamais : nous nous égaillons pour nous reposer les uns des autres. Le tout oral devient alors tout écrit : l'encre est la salive des absents. Mais chacun y devient différent : Aubin, ce bavard, se fait télégraphique ; Blandine offre un modèle de rédaction ; Bertille, si quotidienne, est pleine d'aperçus. Il n'y a que moi qui n'étonne personne : on ne trouve jamais un coiffeur assez bien coiffé...

Bref j'étais resté seul. Bertille qui n'a aucune méchanceté, mais n'a pas le pardon facile, avait hésité à réunir un *conseil* vengeur. Sa mère et moi l'en avions dissuadée : une chose est d'offrir à des enfants l'occasion d'émettre un avis, voire un jugement de valeur ; une autre, de leur faire prononcer une condamnation. Ensuite, bien qu'elle fût invitée chez une tante dans le Berri, Bertille avait hésité à partir. Mais très vite nous était parvenu un télégramme :

Sommes casés 1178 Est rue Sherbrooke Ap. 765 Montréal 110. Tout va bien.

Le point de chute était trop inattendu pour ne pas avoir été soigneusement préparé. Finalement, Blandine embarquée pour l'Angleterre et Aubin pour l'Irlande, comme prévu, Bertille avait pris le train de Bourges en me demandant de rester sur place pour centraliser et redistribuer les nouvelles, notamment celles du Canada :

« Sans transmettre à ta mère, surtout ! »

Ce n'était en aucune façon me sacrifier : je ne travaille jamais si bien que pendant les vacances qui n'ont pour moi d'autre signification qu'hygiénique ou touristique : dès que je m'arrête, en effet, je transforme ma chambre d'hôtel en bureau. Faute d'avoir appris à m'amuser, à l'âge voulu, presque tout ce que recouvre ce verbe m'ennuie (ou, si l'on préfère, est incapable de surclasser ce jeu sans partenaire où toute l'année je m'en donne à cœur joie). Trente jours durant je me laissai nourrir par une femme de journée — sauf intermèdes chez Jeannet, chez Baptiste déjà revenu, chez Arnaud Maxlon pas encore descendu sur la Côte. On m'écrivait, on me téléphonait de partout ; je rendais compte et un dialogue tempéré, par ricochets, s'installait entre ceux-ci et ceux-là, tous préoccupés de nos récentes déconvenues. Je citais Paule qui venait de téléphoner :

« Pour une fois que le cœur de Mme Rezeau lui sert à assurer autre chose que sa circulation, quel dommage ! »

Je citais Bertille :

« Nous l'avons ignorée durant vingt ans. Recommençons. »

Mais Blandine, depuis Liverpool, réagissait :

« Ignorer, c'est ne pas connaître. Il est moins facile d'oublier. Je n'arrive pas à détester tout à fait la folie de grand-mère et j'aime bien celle de Salomé qui, en filant, abandonne tous ses avantages.

— Oui, mais qu'elle ait gardé l'argent, j'aime moins, me faisait répondre Jeannet.

— Je lui écris tout de suite », annonçait Aubin, de son camp de jeunes entre Kinsale et Cork.

Il le pouvait, lui, sans crainte de tomber dans la maladresse du refus ou la faiblesse du consentement. Nous nous étions mis d'accord, Bertille et moi, pour un certain silence après l'envoi d'un câble à double sens : *Affection et adresse inchangées*. Mieux vaut inspirer des regrets que des remords et, en tel cas, les laisser prospérer dans le dépaysement. J'essayais d'ailleurs d'oublier un peu cette affaire, d'accrocher d'autres sujets, de parler par exemple de l'imminent bébé de Marie. Sans grand succès. Les familles, elles aussi, sont retenues par le spectaculaire. Nos enfants, qui n'attachent déjà pas longtemps de l'importance aux amours fraternelles, se désintéressent à peu près complètement des suites et surtout des histoires de gros ventre qui à leurs yeux sont devenues l'épreuve, voire le châtiment des idylles. *Tu parles d'un abcès !* me disait tout bas Aubin, peu avant son départ, en voyant s'éloigner lourdement sa belle-sœur. Au surplus Mme Rezeau ne se laissait point exiler dans l'indifférence. Il était dit que nous n'aurions pas aisément la paix. Il ne s'écoulait pas de semaine que je ne fusse entrepris : par un tiers, bien entendu, afin de me contraindre aux ménagements, d'éviter tout éclat susceptible d'aboutir à la franche rupture. Ce fut d'abord la concierge de l'avenue de Choisy qui de son élégante voix de comtesse me téléphona :

« Votre maman est à côté de moi et me demande de vous appeler à sa place, de peur de ne pas bien vous entendre. Si vous pouviez passer la voir, elle serait heureuse de vous communiquer les renseignements qui viennent de lui parvenir au sujet de Mlle Forut. »

De loin Salomé — qui n'avait pas encore écrit — continuait donc à tenir la balance égale et ma maman n'arrivait pas à lui en vouloir ; ni même à m'en vouloir à moi de lui en vouloir à elle. Ma maman était trop bonne ! Je cherchai, je trouvai le bon accent :

« Dites-lui que je la remercie. Je viens d'en recevoir de mon côté. »

Huit jours plus tard, maître Dibon, le notaire de Soledot prenait le relais, toujours par fil :

« Excusez-moi de vous déranger, mais il est arrivé un pépin à *La Belle Angerie*. Marthe Jobeau, voyant tomber la pression d'eau chez elle, a fait aussitôt une ronde chez vous et découvert que le réservoir, pourtant neuf, avait claqué. Les dégâts, en dessous, sont importants. Mme Rezeau, avertie, me dit que ceci vous regarde autant qu'elle. Il y a eu malfaçon. Voulez-vous vous entendre pour me donner des instructions ? »

Même au titre de voisin, pourquoi ce notaire s'occupait-il de plomberie ? De quel autre raccord était-ce le prétexte ? Mais un bon fils n'a point de méfiance :

« Ce que décidera ma mère sera parfait : je lui donne carte blanche. »

L'obstination de Mme Rezeau allait faire mieux. Le jour de la Saint-Christophe — pourtant spécialiste de la protection des voies publiques — nouveau coup de téléphone en provenance de Paris :

« Ici, la clinique Formigeon, rue de Tolbiac. Mme Rezeau, votre mère, me prie de vous faire savoir qu'en sortant du commissariat, où elle était allée retirer son passeport, elle a été blessée à la jambe gauche par un enfant qui dévalait le trottoir sur des patins à roulettes. Il n'y a pas de fracture, mais seulement une plaie contuse. Nous ne pensons pas garder Mme Rezeau plus de trois jours. Elle occupe le 37 et souhaiterait qu'on lui apporte une robe de chambre. »

*
**

C'est ainsi que je me retrouvai, vers une heure, au carrefour Bobillot-Tolbiac. Une *Mercedes*, déboîtant par hasard juste devant moi, m'offrit une place trente mètres plus loin, presque en face de la clinique. Je descendis pour fermer les portes... et brusquement, j'oubliai la sacoche où je venais de bourrer un peignoir de Bertille ;

j'oubliai le numéro 37 et un certain nombre d'années. Tolbiac, *c'était notre station*. Combien de fois l'avais-je attendue, près du plan, penché par-dessus la balustrade pour trier du regard toutes ces têtes vomies en dessous par la bouche de métro ? Obéissant aux signaux d'autrefois, à l'offre du passage clouté, au retour de mes pieds dans mes pas, je dérivai, je *rentrai* par la rue Fourier où aboutit le crochet final de la rue Bellier-Dedouvre, née rue de la Colonie ; et ce fut seulement tout en bas, devant le 3, à l'endroit où, revenant du square, elle soulevait les roues avant du landau de Jeannet pour lui faire franchir la bordure du trottoir, que je m'étonnai d'être là.

Je ne passe jamais rue Bellier-Dedouvre. Pour moi, faute de l'y avoir conduite, puisque j'étais encore à l'hôpital, Monique n'est pas enterrée à Thiais ; elle le serait plutôt là, au premier étage droite, dans ce logement de soixante mètres carrés qui a deux fenêtres voilées de tergal. Il y a une ficelle en travers de l'une d'elles pour faire sécher une culotte d'enfant. L'autre est ouverte et il en sort un petit flot guilleret de doubles croches... Bonjour, chérie ! Tu t'es arrêtée à vingt-sept ans, tu es jeune, tu auras bientôt le même âge que ton fils, on ne t'appellera pas grand-mère... Oui, j'ai toujours ton portefeuille et ta photo dedans : celle qui fut prise au bord d'une petite rivière, par moi, posté sur l'autre rive, et qui me donne toujours envie de crier *Traverse !* à cette fille dont me sépare maintenant, d'aval en aval, l'infranchissable largeur de kilomètres de temps.

« André, cria une jeune femme parue soudain à la fenêtre, tu te fous de moi, non ? Ça fait une heure que je l'attends, la viande. »

Un commis en blouse grise, qui sortait du bistrot, se mit à courir : tel était donc celui qui se rasait devant mon lavabo. Après d'autres, sans doute... Je suis étrangement sensible à ces parentés dans l'espace et toujours étonné de ne pas connaître qui m'a remplacé en un lieu... Allons ! c'était une gageure, mais dans ce quartier-ci, j'avais rendez-vous avec celle qui avait jeté à Monique : *Vous ne ferez jamais partie de la famille.* Je remontai lentement, tracassé par une question bête : les deux cousines, qui s'aimaient bien, s'aimeraient-elles encore ? Un veuf remarié, au fond, se sent toujours bigame. Mais pourquoi Madame Mère était-elle venue se faire soigner dans ces parages ?

J'allai chercher la sacoche. Sans monter au 37, je la déposai au bureau de la clinique.

XXX

Ce fut le poum-poum amorti de l'embout caout-
chouté de sa canne frappant les dernières marches,
qui m'avertit. Elle n'avait pas appelé, elle avait
ouvert et refermé sans bruit le portillon de la
grille, la porte du vivoir, la porte du vestibule
et grimpé l'escalier sans se faire voir de Mme Glais,
la femme de journée dont l'aspirateur, ronflant
dans ma chambre, avait favorisé cette entrée
clandestine. Je n'eus même pas le temps de me
lever quand elle frappa... Mme Rezeau entrait
déjà, maugréant :

« Dieu que ma jambe me fait mal ! »

La jambe, encore bandée, me parut enflée, en
effet et la trotte jusqu'à Gournay au moins pré-
maturée.

« Et je ne pourrai même pas attaquer les
parents de ce maudit gamin : il a filé ! »

Sans autres effusions elle s'était assise en face
de moi, la jambe étendue. Sous les cheveux teints
dont la repousse était blanche le visage effrayait :
jaunâtre, taché de brun, fissuré de ridules entre
les grosses rides, laissant pendre de la peau de

tous côtés et s'opacifier des prunelles tristes, cernées par l'arc bleuâtre du gérontoxon.

« Je suis venue t'apporter les clefs de *La Belle Angerie*, reprit Mme Rezeau. Tu te débrouilleras avec Marthe. Après-demain je serai à Montréal : le billet d'Air France est dans ma poche. »

Les clefs ! S'était-elle à ce point dégoûtée des débris de son empire qu'elle les abandonnât à mes soins ? Envisageait-elle le non-retour ou un séjour assez long pour me nommer régisseur ?

« Je ne sais pas si vous avez raison, fis-je à mi-voix. Mais de toute façon vous auriez dû attendre d'être plus ingambe. »

Mme Rezeau haussa les épaules :

« J'ai soixante-quinze ans. Je n'ai pas le temps d'attendre. »

Elle ouvrit son sac pour en tirer un trousseau de grosses clefs à pannetons compliqués qu'elle jeta sur mon bureau :

« Et puis il faut ramener Salomé avant qu'elle ait pris, là-bas, des habitudes. Elle veut ce garçon... Qu'elle le garde ! Mais ici, près de nous.

— Et si elle refuse de revenir ?

— Le Canada est habitable », dit Mme Rezeau, farouche.

Puis changeant aussitôt de sujet :

« Ta bru n'a pas accouché ? »

Pure politesse de sa part. J'avouai que Marie avait un peu de retard, que les Bioni commençaient à s'inquiéter :

« On ne connaît pas d'avion qui soit resté en l'air, dit Mme Rezeau, ni d'enfant demeuré dans sa mère. Qu'elle jouisse de son reste, ta bru ! Elle va prendre pour vingt ans de travaux mignons... Bon ! Je ne veux pas abuser de ton précieux temps. Tu n'as pu en distraire une heure pour venir voir ta mère souffrante : c'est donc que tu es surchargé. Je te laisse... »

Elle ne disait ni au revoir ni adieu. Elle me laissait. Elle envisageait froidement de s'expatrier sur le tard, d'abandonner tout, d'expédier par-dessus bord habitudes, meubles, maison, pays, enfants, petits-enfants et le reste. Saisi, l'œil fixé à travers les carreaux sur la basse Marne d'été aux berges surchargées de saucissonneurs à bouteille, de filles vautrées parmi les papiers gras, je ne trouvais rien à dire : il y a quelque chose d'admirable dans l'absurde. Je pris seulement la défense de la jambe :

« Vous n'allez pas encore vous traîner jusqu'à l'autobus et dans les couloirs du métro. Je sors la voiture et je vous ramène.

— Merci pour l'attention ! » dit Mme Rezeau, les lèvres serrées, le regard accaparé par l'arbre de famille — réplique du sien — où parmi six médaillons pendulait imperceptiblement sur son crochet celui de Salomé.

Plonger au sous-sol, pousser les vantaux du garage et mettre en marche pour amener la voiture près du perron, tandis que ma mère devait descendre, appuyée sur sa canne, cela ne me prit pas plus d'une minute. Mais une autre minute s'étant écoulée, je me demandai si Mme Rezeau, trop lasse, n'avait pas changé d'avis et décidé de repartir seulement après déjeuner. Je remontai. Le vivoir était vide, comme le vestibule et l'escalier. L'aspirateur ronflait maintenant dans la chambre de Blandine et le choc du suceur butant contre les plinthes scandait la besogne tranquille de la femme de journée. Mais, arrivé au palier, j'aperçus un bout de canne qui dépassait de l'entrebâillement de la porte du bureau et un peu plus loin, parallèles au parquet, deux jambes agitées d'un tremblement convulsif.

*
**

Un bond à côté pour faire taire l'appareil et demander de l'aide... Je ne suis pas médecin et le fait d'avoir potassé certaines questions, d'avoir même travaillé un moment pour l'O.M.S. ne saurait que m'encourager à me méfier de mon sentiment. Mais une jambe blessée, qui s'est mise à enfler après la sortie de clinique, qui fait une petite phlebite insoupçonnée du porteur, on sait que ça vous lâche à merveille un caillot dans la tuyauterie. Nous ramassons Mme Rezeau, nous la transportons sur le lit de Blandine. *La pauvre !* *La pauvre !* répète la femme de journée, veuve qui a perdu trois enfants et dont la compassion s'allie à ce merveilleux sang-froid des êtres qui n'ont eu que des coups durs dans la vie. Souliers, bas, veste de tailleur, elle a déjà tout retiré. Mme Rezeau n'a pas vraiment perdu connaissance, mais elle est incapable de parler : cyanosée, les yeux exorbités par l'anxiété, elle ouvre la bouche comme un poisson hors de l'eau, elle respire à peine et se recroqueville, une main crispée au-dessous des côtes, là où semble la transpercer un affreux point de côté.

« Appelez vite, elle pourrait passer », murmure Mme Glais.

Bertille a un carnet de numéros d'urgence, mais elle a dû l'emmener ou l'égarer ; de toute façon ce sont des choses qu'on ne retrouve jamais dans la presse. Je suis obligé de feuilleter l'annuaire... Las ! Notre médecin habituel est en vacances, son remplaçant en tournée. Même réponse chez un de ses confrères, dont la secrétaire me jure qu'elle va faire son possible pour le joindre et me l'envoyer d'ici une heure ou deux. J'hésite, puis j'appelle Flormontin : j'ai la chance de tomber sur lui, je lui explique ce que je crains.

« En principe je n'exerce plus ici, répond-il. J'ai cédé mon cabinet de Lagny pour m'installer en province. Je suis en train de clouer des caisses. Mais, pour vous, j'arrive. »

Il fera très vite en utilisant la Triumph de Gonzague. Dans l'intervalle Mme Glais, aidée de la voisine, Mme Sauteral, que d'un bond je suis allé chercher, auront déshabillé, puis couché Mme Rezeau, toujours violette et pliée en deux, mais qui à l'arrivée du médecin donne une preuve de conscience très nette en secouant la tête pour répondre à la question qu'il vient de me poser :

« On ne lui a pas fait d'anticoagulants ? »

Elle esquisse ensuite un geste vague parce qu'il a grogné :

« Si Mme Rezeau avait bien voulu revoir son médecin, nous n'en serions pas là. »

Précis, minutieux, Flormontin s'attarde sur le stéthoscope, puis sur le tensiomètre. Enfin, les sourcils en bataille, il fouille sa trousse, en retire une seringue et pique hâtivement une cuisse.

Aussitôt après il garrotte un bras pour faire saillir une veine et y pousser lentement le contenu d'une autre ampoule.

« Vous êtes seul, je crois, me dit-il. Je vais essayer de vous trouver une garde. »

Il remballe en observant du coin de l'œil sa malade qui se détend un peu et remue les lèvres sans parvenir toutefois à trouver assez d'air pour se faire entendre. Si je devais lui faire un reproche, ce serait d'inquiéter par excès d'impassibilité : il est trop significatif, dans sa profession, de promener cette tête de curé qui sait tout et qui doit ne rien savoir des horreurs que lui ont confessées ses ouailles. Il gratte son ordonnance, s'incline, redescend. Notre dialogue, au pied de l'escalier, ne saurait être plus court ni m'apporter autre chose qu'une confirmation. J'ai demandé :

« Diagnostic ?

— Ce que vous pensiez ! fait-il. Embolie pulmonaire.

— Pronostic ?

— Vous ne l'ignorez pas. »

Il traverse le vestibule pour s'arrêter au milieu de la salle :

« C'est la forme asphyxique, dit-il. Avertissez tout le monde. »

Et soudain le père l'emporte sur le médecin :

« Je voulais vous dire... Ma femme et moi, nous vous devons des excuses pour cette pénible affaire ; et des remerciements pour l'attitude de Salomé. Gonzague avait déjà eu de la chance qu'on n'ait pratiquement rien saisi : ce qui lui a permis d'être poursuivi comme ravitaillé et non comme ravitailleur. Mais l'insistance de la fille n'a pas seulement soutenu le garçon, elle a ému le tribunal. Cela dit, je comprends bien que vous ne puissiez pas vous féliciter, vous, du choix de Salomé. L'avenir dira ce qu'il vaut... A tout à l'heure : je reviendrai dans l'après-midi. »

Il s'en va, lissant son crâne rose et je me précipite sur l'appareil pour composer le 14 et téléphoner sept télégrammes : à Bertille, à Salomé, aux enfants, aux Jobeau, aux frères. Un dernier coup de fil, à Jeannet — parti déjeuner à la cantine — ne me permet de toucher qu'une standardiste, qui promet de transmettre. En reparaissant dans la chambre de Blandine, je trouve Mme Rezeau un peu moins suffocante, mais enfoncée comme une masse dans la plume de trois oreillers dont Mme Glais s'est servie pour la relever un peu.

« Je peux rester avec vous jusqu'à ce que la garde ou jusqu'à ce que Mme Bertille arrive, dit la femme de journée. Mais si vous permettez, je vais prévenir chez moi. »

Quand je m'approche du lit, les yeux de ma mère me suivent. Ses lèvres remuent de nouveau, d'abord en vain. Elle se reprend, aspire une réserve d'air et parvient à murmurer :

« Télégraphie-lui. »

Peut-être n'aurais-je pas dû répondre : *C'est fait*, lui fournissant ainsi une preuve de la gravité de son état. Ses yeux se ferment et j'ai devant moi une insupportable statue du désespoir. A ce qui la torture il n'y aura pas de soulagement : sauf dans ce qui s'approche. J'ai cru longtemps que son châtiment, elle le trouverait dans l'indifférence et la solitude d'une vieillesse méprisée. Erreur ! Elle l'aura trouvé dans l'amour même découvert trop tard et aussitôt perdu... Pourtant je me suis trompé si je l'ai crue un instant capable de résignation. Son visage change soudain d'expression. Ses yeux se rouvrent et, cette fois, c'est la rage qui la ranime. Si en ce moment elle me déteste ou se déteste ou déteste seulement l'imbécillité du hasard, je ne le saurai pas. Si c'est un remords ou un défi, une simple citation, une affreuse boutade, je ne le saurai pas ! Elle vient de prononcer trois mots : ceux-là mêmes que nous avons hurlés dans une ronde féroce, ceux d'un souhait très prématuré devenu près de quarante ans plus tard imminente réalité. Elle a soufflé, en deux temps, dans l'ironie à peine esquissée d'un sourire :

« Folcoche... va crever. »

XXXI

Nous sommes acteurs, nous sommes auteurs, nous sommes spectateurs, tous : il n'y a pas de vraie différence, entre le drame vécu, lu, regardé, imaginé, raconté. Qu'il soit nôtre, qu'il soit celui d'autrui, c'est le même à des millions d'exemplaires répété, recommencé : il n'y a que les dates, les noms, les détails qui nous soient propres et, dans ce tragique privé, l'illusion de l'exceptionnel exaltée par l'intensité de l'instant comme par celle du moi. Toutes les mères meurent, c'est l'exécrable banalité : et chacun pour sa mère le trouve scandaleux. Même moi. Quel curieux sentiment propriétaire s'y trouve donc blessé, quel orgueil d'avoir eu une mère pas comme les autres : qui ne m'aimait pas, que je n'aimais pas, mais qui a meublé ma vie comme j'ai meublé la sienne et dont en définitive, après avoir désiré la mort au temps d'une jeunesse par elle accablée, je n'ai plus envie de voir l'existence s'abolir de la mienne ?

La nuit s'achève, moite, agacée de moustiques. Avec une sorte de cornage, Mme Rezeau respire l'ombre rougeâtre où veille une lampe de chevet à la lumière étouffée sous une écharpe de soie. Elle s'est en vingt heures plusieurs fois transformée, les différentes femmes qu'elle a été l'emportant tour à tour. Après la vieille dame rebelle se moquant de sa mort, l'ancienne élève des Fidèles Compagnes s'est pénétrée, s'est effrayée de ce qu'elle venait de dire. Elle a voulu régler ses comptes de passage, faire graisser aux saintes huiles la roue du dernier voyage. Elle a murmuré :

« Le curé, vite. »

Un peu plus tard, quand soufflant ses bougies et ôtant son étole, s'est éloigné l'artisan de son salut, l'extrémisée n'a plus voulu prendre aucun risque et s'est confinée dans l'état de grâce, égrenant du rosaire, cinq et cinq font dix, sur les doigts de sa main gauche. Elle n'a plus ouvert la bouche que deux fois. La première, pour permettre à son double, honorable bourgeoise, de me faire savoir que ses affaires étaient en ordre sur la terre comme au ciel :

« Mon testament... est chez Dibon. »

La seconde, pour s'enquérir du résultat obtenu par mes télégrammes :

« Tu n'as... pas... de... réponse ? »

Et comme je n'en avais pas encore reçu, la grand-mère Rezeau de Salomé Forut a fermé les yeux dont se sont mises à rouler de grosses larmes lentes. Puis elle s'est peu à peu absentée de son corps. Quand Flormontin est revenu vers cinq heures, il n'a pu que constater la chute de la tension, la rapidité d'un pouls imperceptible. Il n'avait pas trouvé de garde, mais elle n'était plus nécessaire. En repartant il a croisé Jeannet qui est resté deux minutes et que j'ai renvoyé d'urgence à sa femme, alertée par de premiers élancements. Je n'attendais rien dans l'immédiat d'Aubin ni de Blandine, au retour de toute façon prévu pour le surlendemain ; ni des frères, vacanciers peut-être ambulants et difficiles à toucher. Je n'attendais même pas Bertille dont la tante habite, à cinquante kilomètres de Bourges, un bled impossible sans train comme sans car. Mais la difficulté est souvent un avantage : Mme Glais allait partir et me laisser seul vers minuit, quand Bertille est arrivée, éreintée, après avoir ricoché de voiture en voiture et terminé l'équipée, toujours en stop, à bord d'un camion des Halles, assise sur un sac de patates.

Elle a d'abord dit, sèchement :

« Il fallait que ta mère vienne mourir ici ! »

Puis, contradictoirement, elle s'est récriée parce que je n'avais pas encore averti les Caroux : la conversation des familles, je l'oublie toujours, passe par le sel des baptêmes, le sucre des confitures et le natron des regrets. Je l'ai laissée réparer cette erreur, grâce à quoi la nouvelle s'est répandue et le téléphone a sonné toute la nuit : dont une fois, il est vrai, pour m'annoncer, par la bouche de Mme Bioni, hésitant entre le ton funèbre et le ton joyeux, que Marie perdait les eaux et que Jeannet l'emmenait aussitôt en clinique.

« Jean ! » murmure-t-on sur ma droite.

Je sursaute. Non, ce n'est pas ma mère qui se réveille. Elle a toujours très peu employé mon prénom. Comme j'ai moi-même hésité entre *Folcoche, la Vieille, la Chouette, Madame Mère,*

Mme Rezeau, Madame, n'employant *Maman* que par dérision, elle hésitait et selon l'interlocuteur elle disait *mon fils, ton frère, votre mari, lui, il, ce garçon, le second, l'autre,* quand ce n'était pas (dixit Mme Lombert) le *Gournaisien ou le plumitif.* Non, c'est Bertille qui sort de son lit pour prendre le relais :

« Va t'allonger un peu. »

*
* *

C'est encore elle qui viendra me secouer. Les pinsons qui nichent dans le prunus, contre la maison, ramagent à tout va. Il fait grand jour. Je me suis laissé aller.

« Non, elle tient toujours, dit Bertille, répondant à mon regard. Si je t'ai réveillé, c'est parce que Blandine et Jeannet viennent d'appeler. »

Sa tête tombe sur mon épaule.

« Tu as une petite-fille : Monique. Je n'ose pas te dire d'aller la voir. Ta mère est tout de même très bas. Tu entends ? »

Je me secoue, je me défripe un peu, car j'ai dormi tout habillé, tout chaussé, sur le couvre-lit. J'avance dans le couloir que remplit le râle grésillant du coma.

« Moi, il faut que j'aille chercher Blandine au Bourget, reprend Bertille. Je ne sais pas comment elle s'est débrouillée, mais elle arrive dans quarante minutes par un avion de la B.E.A. Je n'ai que le temps. La femme de journée devrait être là d'un moment à l'autre et, d'après ce qu'elle m'a dit hier soir, Maman ne tardera pas non plus. Tâche d'avaler quelque chose, quand même. »

Elle va. Moi, je m'approche du lit en me mordillant les lèvres. Les vivants mangent en effet pour se maintenir tels. Je me souviens d'avoir pendant la guerre dû casser la croûte à proximité d'une dizaine de morts et l'ami de l'un d'eux piochait dans une boîte avec son couteau en disant : « Ça, c'est de la rillette ! Ce pauvre Albert, tiens, il était du Mans, il les adorait. » Dans le Craonnais on ne met pas le morceau en charpie, on s'arrête au rillot et c'est politesse, quand on tue le cochon, d'en offrir une assiette au voisin, au maître, au curé. Mme Rezeau comptait les morceaux : au-dessous de six le merci était sec, surtout si le côté gras, bordé par une couenne hérissée de poil mal rasé, l'emportait sur le côté maigre. Mme Rezeau ne mangera plus de rillots ni d'ailleurs d'aucune sorte de redevances. Arrière-grand-mère sans le savoir, elle a la bouche ouverte sur des dents d'or, sur de vieilles canines aux pointes usées, émouvantes d'impuissance et d'inutilité. Au fond de sa gorge viennent gonfler et crever de grosses bulles poussées par le stertor faiblissant de l'agonie. Par instants l'exhalation n'arrive pas à passer la barrière, s'arrête, repart dans un hoquet. La face cireuse, encadrée de cheveux fous collés par mèches, n'exprime plus rien, n'est plus que ce trou par où l'automate — que nous habitons tous — maintient l'effort d'une soufflerie mise en marche pour la petite Paule Pluvignec crachant le colostrum des commencements, remplacé aujourd'hui par la mousse blanche de la fin.

Mais voici que le téléphone sonne. Il sonne juste au moment où se bloque longuement une inspiration. Puis-je bouger ? Le silence s'étire au moins sur les quatre temps d'une pause. Enfin gargouille un petit flux d'air, le va-et-vient se rétablit, les côtes se soulèvent pour haléner encore. Une fois, deux fois... La troisième est comme suspendue, indécise, durant quelques secondes ; puis dans un léger bruit de fuite, la poitrine s'affaisse, lâche doucement ce demi-litre d'air qui ne sera pas remplacé. Le menton en galoche est tout à fait tombé, les yeux verts sont éteints sous la fente des paupières...

La sonnerie s'était arrêtée, mais vérifiant son numéro le demandeur a dû le recomposer. Je peux lui répondre maintenant. Cependant qu'il attende ! Au moment où vous venez de quitter la vie, Madame, il me paraît convenable de ressentir l'obligation (dans les deux sens du terme) de vous devoir la mienne. Si vous n'avez pas été ce qu'un fils peut attendre de sa génitrice, du moins avez-vous été, telle quelle, pour que je sois. Ce n'est pas rien et ce qui me stupéfie, dans l'heure, c'est qu'en fin de compte nous nous soyons aussi peu connus : quelques années dans ma jeunesse après votre retour de Chine ; quelques semaines, vers mes vingt ans, après votre retour des Antilles ; et vingt-cinq ans plus tard quelques jours répartis sur moins d'un an. L'importance que nous avons eue l'un pour l'autre est sans commune mesure avec le temps passé ensemble et si la tendresse n'y eut point de part, l'attention n'y fit pas défaut. Vous étiez exceptionnelle...

C'est une chance pour les autres, mais peut-être ne fut-ce pas seulement un malheur pour votre fils. Il est bien que ce soit lui qui, des deux pouces, vous ferme les yeux. Nous ne nous sommes pas aimés, ma mère, mais j'étais là pour votre dernier soupir, comme vous le fûtes pour mon premier.

XXXII

MARCEL appelant d'un palace de Biarritz, Fred
d'un bistrot de Longpont et marquant tous deux
la même sorte d'émotion que pourrait soulever
chez un habitant du quinzième la disparition de
la tour Eiffel ; Mme Caroux, arrivée tout juste
pour nouer la mentonnière et Mme Glais, suivant
de peu pour entreprendre avec elle la toilette
funèbre ; Baptiste, survenu la barbe au vent et
courant chercher son chevalet pour s'installer
devant la défunte et achever son portrait ; Blandine, un peu blanche, un peu effrayée d'avoir à
recoucher dans cette chambre, mais récupérant
aussitôt son appareil au fond de sa valise pour
photographier sa grand-mère sur son lit de mort ;
Bertille, méticuleuse et froide, répondant à tous :
Mme Rezeau est décédée ce matin à neuf heures,
sans dire une seule fois « ma belle-mère », mais
veillant à tout, sortant des draps brodés, rajou-
tant des flambeaux, recomptant trois fois devant
témoins les cinquante mille francs en coupures
de cinq cents qui accompagnaient le billet d'avion,
puis disposant d'autorité autour des mains jointes

le précieux chapelet des anges trouvé au fond du sac ; Jeannet, contraint ; Aubin, rentré le dernier, anormalement silencieux ; les Bioni, à mains moites ; des voisins, à dos courbes ; quelques amis, dont Arnaud Maxlon, incapable de s'empêcher de murmurer : *Mort d'un personnage* ; Flormontin, frottant sa calvitie près du confrère chargé de signer le permis d'inhumer... Images, démarches, paroles, formalités s'embrouillaient les unes dans les autres. Ça remue toujours beaucoup autour de ceux qui ne bougeront plus ; et je n'oublie pas les Pompes funèbres, représentées par le classique quadragénaire portant le deuil comme un uniforme, placier en bières et monuments assez habile pour ne pas marquer sa déception de ce que la famille eût un caveau à Soledot, Maine-et-Loire, mais s'emparant immédiatement du transport qui toutefois, *au-dessus de trois cents kilomètres, monsieur, la loi l'exige,* après choix du modèle 8 chêne clair, poignées et crucifix d'argent, capiton de satin et rabat de dentelle, nécessitait le double cercueil plombé en présence du commissaire.

Pourtant l'étonnant, pour moi, ce ne furent point ces allées et venues autour d'un gisant, ce rituel cocasse et désolant, ces formules consacrées (les seules à ne pas changer, tant les gens ont la frousse du léthifère). Ce ne fut pas, durant deux jours d'attente, la raideur de Mme Rezeau, vainement agacée de gouttes d'eau par les visiteurs maniant la branche de buis. Ce ne fut pas la cérémonie légale de la soudure en fin de quoi, une fois la défunte déposée avec précaution dans son coffre, les sels discrètement glissés à ses côtés, la dentelle rabattue, entrèrent en action les chalumeaux fixant le couvercle avec des bruits métalliques et des giclées de fusible évoquant tout à fait le travail d'un couvreur en zinc. Non, ce qui m'impressionna le plus, ce fut une première visite à ma petite-fille, quelques heures après sa naissance. Les nouveau-nés sont souvent ridés comme de petits vieux et ne se défripent qu'en deux ou trois jours. Quand je me penchai sur l'enfant, je fus si saisi que je ne pus retenir une exclamation :

« Oui, dit Jeannet, ça m'embête un peu. Il a fallu qu'elle choisisse ce huitième de sang-là. »

Rien de corse. Rien des Arbin ni des Rezeau. Mais des cheveux blond cendré, des yeux verts, un bout de menton en galoche fendu par le milieu... Les gènes Pluvignec, qui m'ont si fort marqué et qui, avec Jeannet, avaient sauté une génération, montraient une fois de plus leur virulence. Monique, c'était une vraie réduction de son aïeule, sitôt morte, sitôt ressuscitée.

Elle fut portée en terre, l'aïeule, au troisième jour : portée au sens propre, à bras, par quatre fermiers. Le fourgon était parti de la veille pour déposer le cercueil sous le catafalque au centre du transept de l'église de Soledot. De Gournay nous prîmes la route vers six heures pour arriver juste à temps sur la place des Tilleuls. Une dizaine de voitures, pas plus, y stationnaient sous le soleil. Le glas brassait dans l'air, autour du clocher, une grande foule de choucas apeurés ; mais il y avait peu de monde en dessous à s'être endimanché pour la messe des morts. Il faisait trop beau : de tous côtés ronronnaient les batteuses. Les Rezeau, quoi ! ça faisait des années qu'ils n'avaient plus assez d'importance dans le canton pour déranger les gens en pleins travaux d'été. Le notaire, qui nous attendait sur le parvis, me souffla :

« J'ai des ordres. Mme Rezeau m'avait laissé une note au sujet de ses obsèques : *Ni fleurs, ni couronnes, ni tentures, ni corbillard. Une messe basse, le brancard et hop ! dans le trou.* Excusez-moi, ce sont ses propres termes. Elle m'a même précisé, de vive voix : *Quand on n'est plus rien, mieux vaut que ce soit voulu que subi.* Mlle Salomé n'est pas là ? »

J'entrai sans répondre. Vieilles (dont une encore avec la coiffe à ailes), sœurs de l'hospice ou des écoles, les Jobeau, les Huault, les Argier, le vicomte maire U.D.R. dans la stalle du château, l'adjoint centriste garagiste, quelques commerçants du bourg et un petit nombre de tenanciers à moustaches grises — debout, cramponnés au dos des bancs de bois plein — composaient l'assistance, avec deux enfants de chœur et le curé, asthmatique, sous la chasuble noire. Nous n'étions pas encore installés que la clochette tinta... Je regardais les vitraux — barbouille sur verre du siècle dernier — payés par la famille au temps de sa splendeur : saint Jacques, patron de plusieurs aînés successifs, lapidé par des gosses, était méconnaissable ; mais saint Michel terrassait toujours gaillardement un dragon aux ailes de chauve-souris, à queue repliée autour de ses bottes. La clochette tintait... Il me sembla que l'office allait très vite : si vite que Fred sans sa femme arriva pour l'évangile, Marcel avec sa femme pour l'offertoire. Au moment de l'absoute, alors que le curé tournait autour du catafalque en faisant cliqueter à petits coups l'encensoir sur sa chaîne, un tac-tac de talons aiguilles sur les dalles fit se retourner tout le clan : flageolante et les yeux battus, arrivait Salomé.

La Berrichonne lui prit le bras pour sortir, avec un coup d'œil significatif au cercueil que les porteurs, bricoles en sautoir, descendaient par la grande allée. J'entendis murmurer : *Je suis crevée, je n'ai pas dormi : le décalage horaire...* Le glas, trop régulier pour être de sonneur, sûrement électrique, venait de recommencer et Mme Rezeau reprenait la route de Vern mille fois longée dans la poussière du bas-côté lors des rentrées dominicales à *La Belle Angerie,* qui la voyaient rarement s'arrêter à la grille du cimetière pour rendre visite à feu son époux. Sur notre passage les gens s'avançaient sur les seuils, certains serviette au cou et remâchant une dernière bouchée. De la fenêtre du secrétaire, au-dessus de la mairie où se décollait une affiche gaulliste, tombaient des informations sur le lancement de la fusée Titan III. Nous avions tous très correctement le nez en bas, mais j'éprouvai — comme je l'ai d'ailleurs éprouvé toute ma vie — cette sorte d'humiliation que d'autres peuvent avoir en portant des guenilles. Les enterrements avec crêpe, yeux rouges, femmes soutenues par leurs proches sont parfois ridicules. Mais les enterrements secs ont quelque chose d'odieux.

Un soleil de midi y ajoutait encore, à cette sécheresse. Il n'y avait pas un souffle d'air ni le plus petit mouton dans le ciel, du plus beau bleu ceinture de la Vierge. Jaune, veinée de blanchâtre et farcie de morceaux de schiste, la glaise accumulée autour d'une autre fosse, pas encore refermée, était littéralement cuite. Rouges et suants, les porteurs cordèrent rapidement et Mme Rezeau se retrouva soudain avec M. Rezeau pour une vie commune bien plus longue que la précédente. Dans la paix, peu connue des vivants, mais qu'ils réputent abondante à deux mètres au-dessous d'eux. Les assistants goupillonnèrent : les fermiers traçant bien leur croix, les citadins transformant le geste en chasse-mouches. La *Société* n'étant pas venue (et j'en connaissais le responsable), il n'y eut qu'un défilé de paysans aux cravates toutes faites tournant sur l'élastique, aux cals sensibles dans la poignée de main (je pensais : quelle bonté de reste ! La défunte qui n'a jamais rien fait de sa vie, c'est de ces cals, c'est de leur travail qu'elle a vécu). Le curé était déjà reparti quand le notaire, passant le dernier, transforma ses condoléances en considérations :

« Je ne vous emmène pas à mon étude : le testament de Mme Rezeau n'est pas encore enregistré. Mais je peux tout de suite vous en donner la teneur, qui est inattendue : Mme Rezeau institue légataire universelle Mlle Joséphine Forut, dite Salomé, sa petite-fille par alliance.

— Quoi ? dit Fred. Elle nous déshérite ? C'est illégal.

— Non, dit le notaire. Comme il y a trois réservataires, la part de Mlle Forut se trouve seulement réduite à la quotité disponible, c'est-à-dire au quart. Mme Rezeau aurait d'ailleurs très bien pu léguer expressément à Mlle Salomé cette quotité disponible : cela revenait au même. Elle a certainement voulu, en l'instituant légataire universelle, exprimer autre chose.

— Elle doit s'amuser en ce moment, dit Solange. Elle s'est bien fichue de vous.

— Il faut avouer, dit Marcel, que ça ressemble à une dernière brimade.

— A un coup de pied au cul, oui ! » dit Fred.

Ils étaient rouges et regardaient sans aménité Salomé, toute blanche :

« De toute façon, dit-elle, je refuse.

— Vous ne pouvez pas, reprit maître Dibon, et vos parents n'ont pas le droit de le faire à votre place : vous êtes mineure.

— Mais je suis émancipée ! protesta Salomé.

— Vous pouvez acquérir, mais non aliéner. Il est question de transformer l'article 776 pour donner aux mineurs émancipés pleine capacité civile, mais le texte n'est pas voté. Vous héritez de Mme Rezeau, bon gré, mal gré : ce qui est une façon de parler, d'ailleurs, car n'ayant aucun lien de parenté avec elle vous allez payer des droits exorbitants.

— Nous avons trouvé cinquante mille francs dans le sac à main de Mme Rezeau, dit Bertille, horriblement gênée, pressée de racheter le legs fait à sa fille par un acte de probité.

— Je vous serais obligé de me les faire tenir, fit le notaire. Mais, continua-t-il en se tournant vers moi, je crains que Mme Rezeau ne se soit procuré cette somme à vos dépens. Je le tiens des Jobeau : il y a trois semaines, peu après mon coup de téléphone au sujet de la fuite d'eau, Mme Rezeau a fait une apparition éclair et vendu ce qui restait comme boiseries ou meubles de valeur.

— Ça demande à être prouvé, dit Fred, égal à lui-même.

— Quand comptez-vous faire l'inventaire ? demanda Marcel.

— Vous avez revendu *La Belle Angerie* meublée, précisa le notaire. Le nu-propriétaire est désormais chez lui. L'important, ce sera l'ouverture du coffre, à la B.N.P.

— Je pensais à l'appartement de Paris, dit le P.-D.G.

— Quel appartement ? fit le notaire. Mme Rezeau ne possédait rien à Paris. Elle y descendait chez Mlle Forut.

— Pure dissimulation ! dit Fred. On voit tout de suite qui a payé.

— Cette fois, monsieur, c'est à vous de le prouver, dit le notaire.

— Oh là là, j'en ai jusque-là. J'espère que tu vas liquider tout ça en vitesse ! » s'écria brusquement Jeannet qui n'avait consenti à venir que sur les instances de Marie, restée seule en clinique.

Il s'éloignait à grands pas vers le village. Je saluai et le suivis avec tous les miens.

Mais il fallait passer à *La Belle Angerie* où nous avions à recenser les dégâts.

Ils n'étaient pas minces. Plafonds crevés, papiers délavés, décollés, moisis, parquets gonflés, les chambres récemment remises à neuf étaient de nouveau à refaire. Les caissons peints du rez-de-chaussée avaient beaucoup souffert. Dans le salon et la salle à manger l'arrachage des boiseries laissait à nu des plâtres pustuleux, griffonnés par endroits de vieux calculs de métreurs. Le pillage des antiquaires n'avait épargné ni la chapelle ni la chambre de Madame Mère d'où la glace, la commode, les chaises même — sauf une — avaient disparu. Plus rien dans les immenses placards, vidés aussi par le fripier. L'armoire anglaise et la table, toutes deux sans valeur, le vieux fauteuil crasseux, le lit, le poêle bourré de papiers brûlés et responsable d'un dernier enfumage, c'est tout ce que Mme Rezeau avait consenti à garder. Mais sur le rebord de la cheminée — sans pendule ni flambeaux — avaient été posés un cahier et, sur le cahier, un petit porte-plume en or. Hommage ? Défi ? Simple oubli ? Impossible à dire. Le porte-plume, je le connaissais bien : il venait de ma grand-mère, lauréate de je ne sais plus quel concours de poésie. Le cahier, je n'en soupçonnais pas l'existence.

« C'est curieux, venait de dire Bertille, ta mère aura bradé en un rien de temps ce qu'elle défendait depuis des années. »

Pas explicite, mais diffuse, la réponse était dans le cahier, qui contenait des coupures de journaux collées, des citations recopiées, agrémentées ou non de commentaires et de-ci, de-là, quelques traits personnels : ceux du début, d'ailleurs, très différents de ceux de la fin. Mme Rezeau n'avait pas épargné d'abord l'injure ou le mauvais jeu de mots. Sous une photo de presse on pouvait lire : *De Brasse-Bouillon à Brasse-couillons !* La citation : *Tout le monde ne peut pas être orphelin,* devenait : *Tout le monde ne peut pas être orfrelin* (petit de l'orfraie, en patois, par confusion d'orfraie avec effraie, comme dans Rousseau et Balzac). Ça se hissait à un autre niveau avec cette fausse charade : *Mon premier, c'est mon premier ; mon second, c'est mon second ; mon troisième, finalement, c'est mon troisième ; et mon tout, c'est rien !* J'aimais bien aussi : *Dieu a créé les hommes : ils le lui ont bien rendu,* suivi du commentaire : *Les mères aussi, ça leur arrive.* J'aimais mieux encore cette citation d'origine inconnue : *A-t-on de l'estime pour une poule parce qu'elle pond ? Non, elle fait de l'œuf à la coque. Pour nous attendrir il faut encore qu'elle glousse.* Un aveu l'illustrait : *Faut pouvoir...* Je n'aimais pas du tout, au contraire : *L'hectare embourgeoise : c'est un tour à lui jouer* ; ni certains satisfecit du genre : *Notre génération est la dernière qui ait tenu.* Mais le ton changeait brusquement ; on en arrivait à cette coupure : *La famille, ils n'en sortent pas ! Ils n'ont pas compris que, basée sur la lutte des âges, sur les fantaisies de la vie et de la mort, elle est — par définition — vouée à l'échec.* On glissait vers la désillusion : *J'ai été ici la gardienne de quoi ?* Enfin on ne s'occupait plus que d'une grande découverte : *Quand je l'ai vue, j'ai eu l'impression de faire un enfant par les yeux.* Je passe sur beaucoup d'autres, mais je ne saurais omettre celui-ci : *Cœur de laitue, tout m'est vinaigre : ce que c'est*

274

dur d'être tendre ! Ni ce dernier trait, après la fuite de Salomé : *Ça, on m'aime ! Il se pourrait qu'à mes obsèques certains aient les joues humides, s'il pleut.*

Il n'avait pas plu.

J'y songeais en descendant vers la salle à manger où Bertille m'avait précédé pour improviser un casse-croûte. Je tombai sur un vrai conseil, réuni autour de la table (trop grande pour avoir tenté quiconque), sur diverses chaises bancales provenant de bric et de broc. On m'attendait. Lorsque j'entrai, Jeannet encourageait vivement sa sœur à se défaire de l'appartement de l'avenue de Choisy. Je n'entendis que sa péroraison : *Nous avons bonne mine !* et la réponse de Salomé :

« Je regrette, mais j'en ai besoin. Nous sommes partis parce que nous ne pouvions pas vivre à trois et qu'il fallait mettre de la distance entre Gramie et nous. Je me demande même ce que nous aurions fait si elle nous était arrivée sur le dos, à Montréal. Maintenant nous rentrons : Gonzague reprendra sa médecine et moi, un travail.

— Tu veux te marier ? dit Bertille.

— Non, dit Salomé. Je n'en vois pas la nécessité. »

Fille libre, mais prudente, ménagère entendue, petite bête à plaisir, elle nous regardait, plus jolie que jamais, la poitrine palpitante, mais les yeux grands ouverts. Bertille essaya de ne pas avoir l'air contrariée :

« Au moins, reprit-elle, tâche d'oublier les calomnies de Mme Rezeau.

— C'est un détail, dit Jeannet. La vérité est que

personne n'aurait dû remettre les pieds dans le coin. Vous n'allez pas y rester, non ?

— J'ai certainement eu tort d'y pousser ton père », dit Bertille.

Un regard circulaire me renseigna : ils avaient déjà débattu la question. Jeannet restait contre, Blandine s'était ennuyée, Bertille ne pardonnait pas, Salomé se savait l'objet de cent ragots et, si la moue d'Aubin exprimait des regrets, ils ne trouveraient en moi aucun renfort. Je m'en voulais de plus en plus. Ce rachat de *La Belle Angerie*, c'était un retour à qui, à quoi ? A rien. J'avais peut-être cédé aux illusions de Bertille, mais aussi aux pressions du moins sympathique de ceux qui m'habitent : un relaps, tenté de revenir sur ses abjurations au nom d'une nostalgique complicité d'origine. D'une complicité qui supposait une complexion, mal dominée par de longs refus : si peu qu'il reste de terre héréditaire, si révoltés qu'en soient les hoirs, les seuls glaiseux peuvent dire ce que ça peut recoller aux pieds.

Je l'avouai. J'ajoutai que de toute façon nous ne pouvions plus remeubler cette immense baraque ni soutenir de nouvelles réparations ; que par ailleurs, si je n'avais plus de rente à payer, l'avance d'hoirie devenait remboursable et que ma part de succession n'y suffirait pas. Que resterait-il en effet de la fortune de Mme Rezeau, peu importante au départ, sûrement très écornée par ses dépenses finales et dont il faudrait encore distraire le legs de Salomé — pratiquement jeté au fisc ?

« En somme, pour nous en tirer, il faut revendre ? » dit Bertille.

Il n'y eut pas de vote, mais un consentement tacite. Jeannet repartit aussitôt avec Salomé qui ne savait plus où se mettre et à qui pourtant je ne reprochais rien — sauf peut-être de ne pas avoir ou de ne pas oser montrer plus de chaleur pour celle qui l'avait préférée à tout. Quelques instants plus tard je pus m'apercevoir que d'autres avaient déjà fait les mêmes calculs que moi ou interprété l'exclamation de Jeannet à la sortie du cimetière. Par le chemin de la ferme arrivait le notaire, marchant à petits pas en compagnie de Félix Jobeau et d'un autre paysan. Ils pointaient l'index sur certains bâtiments, marchaient à longs pas d'un mètre pour mesurer la cour, se concertaient, traçaient apparemment une ligne de démarcation entre le parc et la ferme. Quand je les vis monter vers les prairies, je pris le parti de les rejoindre. A mon approche un corbeau perché sur un piquet de clôture s'envola, bec béant sur un croassement d'alerte ; et tous les corbeaux des alentours en firent autant... Mais les trois hommes s'avancèrent poliment.

XXXIII

Et voilà qui est fait : nous nous en allons, mais personne ne prendra vraiment notre suite. Il ne s'agit plus de démission personnelle : nous disparaissons dans l'éradication générale des vieilles souches terriennes. Marcel lui-même n'y a pas échappé : il a, je viens de l'apprendre, dû vendre les métairies aux tenanciers qui ont fait jouer leur droit de préemption. Fort du sien, Jobeau — qui a déjà tâté le Crédit agricole — achète aussi. Deux champs isolés sur la route de Gené sont réclamés par son cousin Paul au titre du remembrement. La discussion a traîné sur les limites, car fermette et manoir s'enchevêtrent et certains bâtiments comme la grande remise — grange d'un côté, garage de l'autre — vont se trouver coupés en deux. Elle a traîné aussi sur le prix, Jobeau faisant état du classement des terres en seconde catégorie et des servitudes surgies de la division (qui seront, comme dans tous ces parcellements, un nid de chicanes). Et puis, tope là, nous sommes allés chez Marthe boire un canon. Marthe ne s'est servi qu'un fond de verre, pour trinquer, mais elle était comme ivre et plantée le long du mur, le long de *son* mur à elle, fille Argier (à vrai dire bien plus serve de Félix, de ses enfants et de ses bêtes que du propriétaire, mais jusqu'à ce jour privée d'un titre· qui va lui permettre de l'être en somme à son compte), elle en caressait la chaux écaillée en bredouillant :

« Si j'aurais jamais cru... »

Sa joie me jugeait sûrement avec sévérité. Vendre son bien ! Moi, je pensais au premier Rezeau en sabots, acquéreur de son clos, incapable d'imaginer que sa chaumière serait doublée sous Capet, triplée sous Barras, flanquée de tourelles et de pavillons sous Badinguet, pour connaître enfin la pioche du démolisseur. Car c'est de cela qu'il était question :

« Pour *La Belle Angerie* même, disait maître Dibon, soyons francs : seul, un Rezeau aurait pu faire la folie de remettre trente-deux pièces en état. C'est à la fois trop grand, trop vétuste et trop laid pour valoir une restauration. Mais j'ai sous la main un marchand de matériaux d'occasion. Il a l'intention de ne garder qu'une aile et d'abattre le reste en récupérant pierre, poutres et cheminées.

Il a soupiré, philosophard :

« En dix ans, j'ai bien découpé trente domaines : c'est toute une époque qui s'en va ! »

Les frais d'acte doivent· pour lui sur cette plaie sociale étendre quelque baume. En ce qui me concernait je me disais : *Bravo ! Effaçons tout.* Je le regretterais, sans aucun doute. Je me sentirais, où que j'aille, en exil. Mais ce ne serait pas nouveau et pour n'y plus penser je préférais voir tomber ce « tas de pierres » et se morceler guérets ou pacages au bénéfice de ceux qui avaient sué dessus. J'ai donc signé le compromis qui cédait la fermette à Félix Jobeau. J'en ai signé un autre qui cédait les deux champs à son cousin. J'ai donné procuration à maître Dibon pour le reste. Rachat, revente, l'opération aura été remarquable : avec les droits de mutation, j'y perdrai — bonne leçon — près du quart de la mise. Au bout du compte je suis rentré en face pour dire à Aubin :

« Sonne la cloche encore une fois. Nous partons. »

Mon fils y va d'une belle volée. Cette cloche, je la ferai descendre et je l'emporterai : elle a marqué un temps d'un son particulier, mélangé à nos cris et à ceux des oiseaux qui bientôt ne pourront plus nicher sous les solives. Le temps continuera, sans elle comme sans nous. Bertille et Blandine, pour recenser ce qui vaut encore la peine d'être déménagé, font l'inventaire de la maison. Mais jamais la baraque ni son contenu ne m'ont beaucoup importé. C'est dehors que je fais un dernier tour sur l'herbe en brosse qui n'a guère remonté depuis la fenaison et où stridulent des centaines de grillons. Le temps se couvre : ce pays tout éponge ne connaît pas de longues canicules et retrempe vite ses verts aux longues averses d'ouest. Dans l'Ommée où se reflètent les arbres, un écureuil danse et les poissons semblent passer entre les branches, nageant parmi les nuages. Ça sent le suint à plein nez : de l'autre côté de la rivière paît un troupeau de moutons, jeunes bêlant dans l'aigu, vieux dans le grave, tous si serrés par la ronde du chien qu'ils ont l'air de brouter de la laine devant eux...

Descendu jusqu'au barrage, remonté de l'autre côté par le petit bois où l'ombre s'alourdit, vais-je encore arpenter le verger malgré ce premier éclair qui zèbre un vaste gris ? Non, ça suffit, retournons. Nous le savons : je suis de ce pays. Si banal qu'il soit, si insupportables qu'y aient été les nôtres, le lieu où nous avons ouvert les yeux sur le monde, il est irremplaçable. Le quitter, c'est nous dénoyauter de notre enfance et cela nous devient d'autant plus difficile que nous avançons en âge, que l'approche de nos fins raréfie nos recommencements. Et puis nous le savons aussi : je suis navré de l'échec. Je n'y ai pas cru très fort, je n'y ai pas cru longtemps ; mais pour reparler de ceux qui m'habitent, si en moi a persisté un bravache assez faraud de son cas, il a toujours été doublé d'un démuni qui ne s'y résignait pas. Ce n'était pas le fils Rezeau — ou si peu —, c'était le fils tout court, devenu père de tant de façons, père de première, de seconde main et parâtre et beau-père qui, se croyant rédimé par ses propres enfants, s'est un moment demandé si son nouvel état n'était pas réversible. Quand on traîne dans la vie la secrète impression d'avoir été raté, l'occasion de l'infirmer ne se manque pas. Il y a des vocations tardives... La preuve ! Ce n'est pas tombé sur moi, c'est tombé à côté.

Voici Aubin qui vient à ma rencontre et, arrivé à ma hauteur, se retourne, change de pied pour marcher au même pas. Il tonne à sec depuis quelques minutes, mais le vent se lève, chargé d'odeurs de trèfle et d'abeilles qui se hâtent d'en revenir. J'arrive tout juste pour aider Bertille à charger les valises. Nous allons démarrer tandis que, cinq heures trop tard, ma mère ! il se met à pleuvoir.

ŒUVRES DE HERVÉ BAZIN

Aux Éditions Bernard Grasset :

VIPÈRE AU POING, 1948.
LA TÊTE CONTRE LES MURS, roman, 1949.
LA MORT DU PETIT CHEVAL, roman, 1950.
LE BUREAU DES MARIAGES, nouvelles, 1951.
LÈVE-TOI ET MARCHE, roman, 1952.
HUMEURS, poèmes, 1953.
L'HUILE SUR LE FEU, roman, 1954.
QUI J'OSE AIMER, roman, 1956.
LA FIN DES ASILES, enquête, 1959.
PLUMONS L'OISEAU, 1966.
CRI DE LA CHOUETTE, 1972.

Aux Éditions du Seuil :

AU NOM DU FILS, roman, 1960.
CHAPEAU BAS, nouvelles, 1963.
LE MATRIMOINE, roman, 1967.
LES BIENHEUREUX DE LA DÉSOLATION, roman, 1970.
JOUR, *suivi de* A LA POURSUITE D'IRIS, poèmes, 1971.
MADAME EX, roman, 1974

IMPRIMÉ EN FRANCE PAR BRODARD ET TAUPIN
7, bd Romain-Rolland - Montrouge - Usine de La Flèche.
LE LIVRE DE POCHE - 22, avenue Pierre 1er de Serbie - Paris.
ISBN : 2 - 253 - 00086 - 8

Humour, Dessins, Jeux et Mots croisé

HUMOUR
Allais (Alphonse).
* Allais... grement, 1392/7.
* A la une..., 1601/1.
* Plaisir d'Humour, 1956/9.
Bernard (Tristan).
** Rires et Sourires, 3651/4.
** Les Parents paresseux, 3989/8.
Comtesse M. de la F.
** L'Album de la Comtesse, 3520/1.
Dac (Pierre).
** L'Os à moelle, 3937/7.
Étienne (Luc).
** L'Art du contrepet, 3392/5.
** L'Art de la charade à tiroirs, 3431/1.
Jarry (Alfred).
**** Tout Ubu, 838/0.
*** La Chandelle verte, 1623/5.
Jean-Charles.
* Les Perles du Facteur, 2779/4.
** Les Nouvelles perles du Facteur, 3968/2.
Leacock (Stephen).
* Histoires humoristiques, 3384/2.
Mignon (Ernest).
* Les Mots du Général, 3350/3.
Nègre (Hervé).
**** Dictionnaire des histoires drôles, t. 1, 4053/2; **** t. 2, 4054/0.
Peter (L. J.) et Hull (R.).
* Le Principe de Peter, 3118/4.
Ribaud (André).
** La Cour, 3102/8.
Rouland (Jacques).
* Les Employés du Gag, 3237/2.

DESSINS
Chaval.
** L'Homme, 3534/2.
** L'Animalier, 3535/9.
Effel (Jean).
LA CRÉATION DU MONDE :
** 1. Le Ciel et la Terre, 3228/1.
** 2. Les Plantes et les Animaux, 3304/0.
** 3. L'Homme, 3663/9.
** 4. La Femme, 4025/0.
**** 5. Le Roman d'Adam et Ève, 4028/0.
Forest (Jean-Claude).
** Barbarella, 4055/7.
Henry (Maurice).
** Dessins : 1930-1970, 3613/4.

Simoen (Jean-Claude).
** De Gaulle à travers la carica internationale, 3465/9.
Siné.
** Je ne pense qu'à chat, 2360/3
** Siné Massacre, 3628/2.
Wolinski.
** Je ne pense qu'à ça, 3467/5.

JEUX
Aveline (Claude).
**** Le Code des jeux, 2645/7.
Berloquin (Pierre).
* Jeux alphabétiques, 3519/3.
* Jeux logiques, 3568/0.
* Jeux numériques, 3669/6.
* Jeux géométriques, 3537/5.
** Testez votre intelligence, 3915
Diwo (François).
** 100 Nouveaux Jeux, 3917/9.
Grandjean (Odette).
** 100 Krakmuk, 3897/3.
La Ferté (R.) et Remondon (M.).
* 100 Jeux et Problèmes, 287
La Ferté (Roger) et Diwo (Franç
* 100 Nouveaux Jeux, 3347/9.

MOTS CROISÉS
Asmodée, Hug, Jason, Théophr et Vega.
* Mots croisés du « Figaro », 221
Brouty (Guy).
* Mots croisés de « l'Aurore », 351
Favalelli (Max).
* Mots croisés, 1er recueil, 105
* 2e recueil, 1223/4; * 3e recueil, 146.
* 4e recueil, 1622/7; * 5e recueil, 372
* Mots croisés de « L'Expres 3334/7.
La Ferté (Roger).
* Mots croisés, 2465/0.
* Mots croisés de « France-So 2439/5.
* Mots croisés de « Télé 7 jour 3662/1.
Lespagnol (Robert).
* Mots croisés du « Canard chaîné », 1972/6.
* Mots croisés du «Monde», 213
Scipion (Robert).
* Mots croisés du « Nouvel Ob vateur », 3159/8.
Tristan Bernard.
* Mots croisés, 1522/9.

Le Livre de Poche
« Jules Verne »

...égralité des textes avec toutes les illustrations de la célèbre collection Hetzel.

...e tour du monde en 80 jours, ...025/2.
Cinq semaines en ballon, 2028/6.
...oyage au centre de la terre, ...029/4.
...s 500 millions de la Bégum, ...032/8.
20 000 lieues sous les mers, ...033/6.
Michel Strogoff, 2034/4.
Autour de la lune, 2035/1.
...s Enfants du Capitaine Grant, 1, 2036/9; ** t. 2, 2037/7.
...le mystérieuse, t. 1, 2038/5; ...2, 2039/3.
Nord contre Sud, 2046/8.

** De la terre à la lune, 2026/0.
*** Le Pays des fourrures, 2048/4.
**** Deux ans de vacances, 2049/2.
* Face au drapeau, 2050/0.
*** Kéraban le Têtu, 2051/8.
* Les Indes noires, 2044/3.
*** La Maison à vapeur, 2057/5.
*** Hector Servadac, 2054/2.
* Un drame en Livonie, 2061/7.
* Le « Chancellor », 2058/3.
* Le Phare du bout du monde, 2065/8.
*** Le Sphinx des glaces, 2056/7.
*** Mistress Branican, 2055/9.
** L'Archipel en feu, 2068/2.

Dans la même série : **Hector Malo.**
** Sans famille, t. 1, 2004/7; ** t. 2, 2005/4.

Le Livre de Poche
« exploration », « nature »

...d (Georges).
   Grande Aventure des Baleines, ...5/1.
...bard (Alain).
   ...fragé volontaire, 368/8.
...on (Rachel).
   Printemps silencieux, 2378/5.
...teau (J.-Y.) et Dumas (F.).
   Monde du Silence, 404/1.
...og (Maurice).
   ...napurna, premier 8000, 1550/0.
...rdahl (Thor).
   ...xpédition du Kon-Tiki, 319/1.
...ère (Francis).
   ...astique île de Pâques, 2479/1.

Mességué (Maurice).
*** *Des hommes et des plantes,* 3279/4.
*** *C'est la Nature qui a raison,* 3996/3.
Monfreid (Henry de).
** *Les Secrets de la mer Rouge,* 474/4.
** *La Croisière du Hachich,* 834/9.
Schilling (Ton).
** *Bêtes sauvages et tendres,* 3398/2.
Siffre (Michel).
Hors du Temps, 3218/2.
Stenuit (Robert).
** *Dauphin, mon cousin,* 3376/8.
Tazieff (Haroun).
* *Histoires de Volcans,* 1187/1.
*** *Quand la terre tremble,* 2177/1.